"流浪三部曲"
之二

气味

程永新 ○ 著

上海文艺出版社
Shanghai Literature & Art Publishing House

科学家最新研究发现,人类对气味的感受存在个体差异,而且气味同时影响了两性间的相互吸引。

如果站在你身边的一个出汗男人,使你闻到的味道有如香草味或尿骚味,那么你可能吸入了他的体味,它也叫作"雄淄烯酮"。当人们吸入雄淄烯酮,大约有 1/3 的人说闻到香草味,1/3 的人说闻到尿骚味,剩下 1/3 的人说根本没闻到什么味道。这个研究第一次把人体化学物质所呈现的气味与受体基因差异联系在一起,因而十分重要,气味是人类感官的一部分。雄淄烯酮可能是男人的一种特性,它源自于睾丸激素。

——摘自世界科学核心期刊《自然》网站

以色列科学家研究发现,无论对孩子还是成人来说,有气味的物体会在他们的大脑中留下鲜明的印记,这就是为什么气味往往能勾起回忆的原因。

——新华网

目录

001　上部　我的大学

003　第一章　海边
073　第二章　狼
118　第三章　跳龙门

165　下部　在人间

167　第一章　林荫道
217　第二章　吻
292　第三章　草原

上部　我的大学

第一章 海边

1

无论是在梦里还是醒着,只要一想到海边,我的眼前就会浮现五彩缤纷、无休无止、升腾漫游的泡泡。

关于海边,即便是像我这样不善言辞的人,也可以对你不停地说上几天几夜:海海漫漫的紫褐色的盐蒿子草,骄阳烈日下像铺了一层冰霜的无边无际的盐碱地,还有夕阳中随风摇曳的芦苇,绵延几百里总似在喃喃低唱的、常有黄羊和田鼠穿梭其间的防风林,纵横的沟渠,散落的村舍,静静的卫河,小跑的驴车,突突疾驰的拖拉机,当然,还有那——海,不是我们通常所能想到的蔚蓝的含情脉脉的大海,而是铁锈色混浊无比的海,在一道道防风林相隔的远处翻滚咆哮……但不知为什么,每次想到海,首先涌来的总是那满天飞舞的泡泡？

泡泡犹如童年时百看不厌的万花筒，二姨妈喜欢把它叫作西洋镜，万花筒轻轻转动，恬静的柚子就缓缓出现了，她坐在卫河前的一只小凳上，袖管卷起，露出白皙的臂腕，双手使劲搓揉塑料盆里的被单。当我们的丰收拖拉机停靠在她前面的空地上，柚子笑盈盈地起身朝我走过来，她身体的轮廓轻盈漂浮在空气中，空气为之涌动……

万花筒再度转动，柚子戴着塑料袖套，身挂黑色围兜，手里捏着一把铁钩，在昏朦路灯斜斜的照射下，拖拽着一筐筐冰冻过的海鱼。也许这样的见面过于突兀，看到我和熊猫，她的神色慌乱，脸一下红了。那时候，柚子已回了城，结了婚，她嫁给了犀牛。犀牛是谁？犀牛是海边闻名遐迩的打架高手，堪称海边一霸。只要在海边生活过的人谁也不会相信，纯洁妩媚的柚子最后下嫁犀牛，做出这样一个匪夷所思的选择。我相信，柚子出嫁的消息，让离开海边或留在海边的很多人无比震惊和纠结。海边，真是我们心头永远的痛。

那是数年后的一个场景，在都市一个嘈杂无比的夜市菜场。隔着一筐筐冻鱼，隔着鼎沸的人声，我和熊猫没与柚子说上什么话，我们几乎是狼狈逃离而去。只有我知道，熊猫在海边曾经长久地暗恋柚子；而我，则是在柚子有心无心的诱导下，品尝到青春期甜蜜初吻的同时，也经受了一场生不如死的失恋煎熬。

二姨妈去世后不久，我高中毕业了。

为了离开这个让我讨厌至极的家，有一天我突然冲上众目睽睽下的讲台，夺过话筒，发誓要去海边创业。一夜之间，我成了学校里的公众人物，成了那年头的明星。这可能是我从小到大，最带有好莱坞英雄情节的一次秀。我被安排去各个中学演讲，把我从未去过的海边描绘成人间天堂，说那里的电灯比别处亮，说那里每日三餐都有土豆和牛肉。平心而论，没人要求我这么说，包括班主任老太太、红团老师，以及我最好的同学熊猫。我像一个得了幻想症或癔病的患者，发着高烧，凭空虚构，信口开河，滔滔不绝。当一切过去之后，在等待毕业通知的日子里，我的高烧退了，平静下来了，像生了一场大病，需要静养，躲在家里哪儿也不去，完全忘记了自己曾经说过些什么，或是做过些什么。

离家出走的日子终于来了。我记得那是初春时节，码头上人山人海。强烈的灯光从高空俯射下来，使得攒动的人头，犹如一锅滚沸开水之上浮泛的泡沫。喧嚣声咿哩哇啦升腾，升到空中被南来的江风一吹，缓缓四溢，随着夜霭时隐时现。我梦游一样随着人群往前走，那一刻，只有冷冷的灯光刺痛了我的眼睛，使我感到瑟瑟的寒意。

后来，我像一头被斗败的疲兽，蹲伏在舱门后面的黑暗里。凭借廊灯透进的余光，我的同学熊猫翻下爬上，忙碌着将行李搁放妥帖。他已经反复调整了好几次。熊猫就是这样一个对什么事都很认真的人。在学校的篮球场上，谁要是发球的时候踩线了，他会从很远的地方奔过来，不依不饶地要求你重发。

船舱内空空如也。所有上了船的人都涌在舷梯过道上，与岸边堆积如云的亲人挥手告别。

我眺望着星空下波光粼粼的江面。江水悄悄地流淌，点点灯火闪烁在遥远的江岸线。浮标上下起伏，似乎要被江水吞没卷走，悬悬浮浮，总也逃离不了我追索的目光。我视力极好，五官中就数眼睛最健康，小学时目测 2.0，据说已达到参加空军的标准。但参军这样的好事和我有什么关系呢？想都不敢去想。我的家庭、我的出身，使我对很多事不敢存有奢望。走出小街回眸一瞥的瞬间，清晰地看到跌跌撞撞冲出小院的母亲，脸颊上挂着晶莹的泪珠。

我迅疾转回头去,一头扎进黑暗里,再也不敢回望。

其实,当我提着行李,穿越车灯流曳的大街,内心异常地恐慌。我知道,生活要重新开始了。我对以后的日子一点把握都没有。是我自己选择了孤身一人去闯荡世界,那么离家出走时的孤单、没有依傍,都只能靠我自己去征服。

四周的灯火明灭不定,街道闪烁其间,恍若梦境。倏地响起一串自行车的铃声,才将凝视车窗外的我拉回到现实。我的脑子一片空白。空白,是我成人之后的一种思维常态。这么说,并不表示我缺乏想象能力,我常常希冀奇迹的出现。少年时代,总期待有那么一天,一个壮实巍峨的男人,从遥远的异国他乡来到我身边,对我说:跟我走吧,你没有其他地方可去,因为你是我的孩子,我是你的父亲。后来呢,长久的期待因为没有着落而变换了内容,那个幻想中突然降临的人物由男人变成了少女。少女说:跟我走吧,我带你去寻找天堂。

我就是不甘心放弃期待,才突然萌发冲动,强烈地希望离家出走。因为我觉得,期待,拥有无比辽阔的疆域;期待,包含亘古永恒的时间概念。难道期待不是诱惑的代名词,期待不是人的美好情感吗?

靠近码头的时候,人群蜂拥,我内心掠过一丝暖意。起始不明白为什么会这样,稍稍定神之后,终于找到了根源:我和熊猫,毕竟是这支上百人队伍的领军人物。那些来自各个中学、素不相识的毕业生,将由我和熊猫带队奔赴海边。按照原先的安排,我要和熊猫一起在指定地点出现,和人数众多的属下见面。

我没有去履行一个领队的职责。那丝暖意仅仅像火星倏忽一闪,便迅速寂灭。

我在船舱里待了许久之后,熊猫来了。他的到来,缓解了我低落的情绪。他没有责怪我的失职,他甚至提都没提我为何没在指定地点出现这件事。熊猫以前是这样,以后也是这样,在未来几年的海边生活中,他一次都没责怪过我。尽管我做出的很多选择,常常和他所希望的相反,他对我的包容和迁就好像是宽阔无边的。

熊猫也是一个人来的,他也阻止了家人的送行。熊猫面带微笑沉稳地走进船舱,从他脸上看不到一点沮丧的神情。相反,穿着宽大军衣军裤的熊猫理了个短短的平顶头,显出几分英气和领袖的气质。熊猫天生就要领导很多人,他的意志天生就要决定很多人的命运。二十多年后,熊猫因为经济问题而锒铛入狱。要不是他在我们城市的财贸部门重权在握，实在抵挡不了金钱的诱惑，他的仕途远远没有到达终点，他本来可以做更大的官。

熊猫笑微微地走到我身旁，顺着我的目光远眺江景，轻轻打了声招呼：嘿，什么时候到的？熊猫的这声"嘿"，带有同舟共济的意味，使得被灯光刺激到的我好受了许多。

熊猫将行李安顿好，又把我的行李重新合理地放好。这时，我听到了一声沉闷而悠长的汽笛，码头上顿时人声飞扬，如同往滚烫的油锅里撒了一把盐。

轮船缓缓离岸，冷冷的灯光渐行渐远。我站起身，走出舱门，湿润的江风吹拂过来，吹乱了头发，江水轻轻拍击船体，发出哗哗的声响。一个船员从底舱舷梯爬上来，带出机舱一片轰鸣声，宛如放飞一群鸽子，在江面上盘桓。

"我们去看看同学们吧。"熊猫不知什么时候站到了我的身后，热情地邀请我。他没有忘记我们的领队身份。

我摇摇头。此时此刻的我，更需要在船舷边自由呼吸。

我不知道这艘轮船将驶向何方，就像我不知道那么坚决地做出抉择之后，下一步该怎么走。船有舵手在把握，而我从一踏上舷梯的那一刹那起，就控制不了自己的惶恐和迷惘。面对茫茫的黑夜，神秘莫测的江水，我觉得自己犹如一块漂浮不定的木板，我连自己都把握不了，怎么去扮演一个把握别人命运的角色？

熊猫悄无声息地走了。他从来不强迫我做什么，这让我感到舒服和惬意。也许正是这一点，很多年里，他一直能够是我的好朋友。

轮船行驶着，两岸灯火及巨型万吨轮缓缓朝后推移。轮船驶出江海交接处，那像条链子一般的灯光倏忽隐没了。

风愈来愈大，愈来愈冷，甲板上原先围成一堆的人群躲进了舱内。只有几盏航标灯随着摇晃的江水在远处一沉一浮，一沉一浮。

2

五彩晶莹的泡泡在升腾，在飞舞，它们拥有球状的外形，像是自由的精灵，袅袅飘向空中，它们飞翔的线路是那样地短暂，也许稍纵即逝，也许倏忽寂灭，但它们还是源源不断地生长，顽强地升腾，轻盈地飘浮。

柚子坐在卫河前的一只小凳上，袖管卷起，露出白皙的臂腕，双手使劲搓揉塑料盆里的被单，泡泡宛如一个个小天使，围绕她的周身，当我们的丰收拖拉机停靠在她面前，泡泡就神奇地朝我们扑面而来，顷刻间，我们也被袅袅的泡泡包围了。

柚子笑盈盈地走过来，从我手中接过行李，她的手上还沾满着泡沫。她穿着白衬衣绿军裤，走动起来短发飘拂。她靠近我的时候，我一激灵，脑袋似乎忽然清醒，我闻到了一股奇异的香味，这香味是如此地奇特，它像一支兴奋剂，一下激活了我的躯体、我的灵魂。

这就是我和柚子的第一次相遇。

此刻，午后开始的细雨已经消停，只有寂寥旷野上的风还在呼呼地吹，远处的防风林发出瘆人的巨响。被雨水打湿的衣服粘在身上，让人感到阵阵的寒意。我痴痴地望着来回跑动的柚子，麻木又无所适从。

轮船靠岸大约在黎明时分，我被熊猫推醒，睁开眼帘，朝舱门外一望，看到迷雾笼罩下的陆地缓缓驶近。

熊猫叫醒我后，便迅疾蹿出船舱，照应其他人去了。熊猫其实也并不十分清楚漫长征程中的具体事宜，但他总是不会忘记自己的使命。

熊猫重返舱内时，手脚麻利地抓起行李，对我说了句"快走"，转身朝舱门外走去。我稍稍迟疑片刻，也顾不得多想，提起行李随后跟了出去。

浓浓的晨雾四处弥漫,坚实的江岸变得扑朔迷离。强劲的江风猛然刮过来,身体情不自禁地哆嗦起来。浓雾稍稍驱散开去,显现惨淡的码头晨景。但要不了多久,一股股浓雾又不知从何处冒出,陆地重新陷入一片虚无之中。

我跟随人流涌出码头,回首一望,身后烟雾腾腾,真像是云中踏出的天路。来到街口,熊猫拍了拍我的肩膀,将两大捆行李往我跟前一撂,倏地消失了人影。

我非常佩服熊猫的能力,他居然在能见度极差的情况下,找到了我们的长途汽车。放行李,找座位,一阵忙乱过后,污垢满身的长途汽车,发出粗重刺耳的声响,载着一车懵里懵懂的人上路了。

一路走来,先是一宿的轮船,接着是长途汽车不停的颠簸。长途汽车足足颠簸了十几个小时,一车年轻人昏昏沉沉,摇头晃脑,东倒西歪,个别女生已趴出窗外开始呕吐。车速其实很慢,路途坑坑洼洼,临近中午,车窗被密密麻麻的雨点击打,发出噼啪的声音,雨水垂挂下来,变幻着形状各异的图案。

汽车在途中曾停靠过一阵子。那时候天地已豁然明朗,雨水无情地倾注。站在车站饭店前的屋檐下,我看到一条长河,从公路一侧蜿蜒而来,又傍着公路蜿蜒而去。

我这才知道，汽车一直沿着海岸线行驶。前方是一大片一大片泛出些许绿色的滩涂。南方四月的田野，应是郁郁葱葱的丰盈景象，而这儿的田地还是荒芜光秃，只有远处矗立在滂沱大雨中的一排水杉，才给这块死寂的土地增添生命的气息。

操着浓重方言的司机，一边嘴里大口嚼着面饼，一边吆喝我们上车。

汽车很快又爬上泥泞的公路。司机一路怨天尤人，骂骂咧咧。小河里的帆船，公路旁的驴车，都诱惑不了这些从未出过远门的城市人的目光，受寒冷和疲倦的困扰，这帮学生难以撑开滞重的眼皮，轻易忽略了所有的窗外景致。于是，长路上的奔波也就变成了雨水打湿的沉沉回忆。

我在回忆中跨下长途汽车。记得那时候天色已开始暗淡下来，四野茫茫，雨水变小，而暮色和寒气从旷野上合拢而来。

我忘了我们在一幢大楼前等候了多久。大楼孤零零地矗立在荒原上，后来知道这就是农场场部。那铺天盖地压过来的狂风源自海上，像是大海的喘息，又像是大海的怒吼。我们冷得哈不出一点热气，单薄的衣衫逐渐被雨水淋湿，那滋味真叫人难受，这时候恐怕连一向沉稳的熊猫，也和大家一样感到绝望了。

丰收拖拉机的嘭嘭声就是在那一刻挽救了我们。

我们这伙人开始骚动。几辆拖拉机尚未在大楼前停稳，一些人已将包裹行李往车斗上扔。其中一辆拖拉机驾驶员旁边的座位上，跃下一个长长的身影，他一身军装，戴顶军帽，又黑又红的鼻梁上，架了副淡黄色的赛璐珞眼镜，这种眼镜在那时候的学生干部中很流行。他刚飞身着地，便吼了一声：谁是带队的？

熊猫将我拽至瘦高个的面前，我发觉同样穿着军装的熊猫虽说比瘦高个小一圈，但他俩很相像。什么地方相像？我一时想不好。瘦高个说他名字叫鹿，他负责把我们这些新职工送往各个连队。他说话时喉音很重，共鸣很好，你难以想象那样洪亮的声音，竟发自一个如此瘦弱的躯体。

副连长鹿就这样走进了我以后的生活。

鹿在雨幕中将顾长的手臂伸向荒原，给我和熊猫指指戳戳，告诉我们整个农场内各个连队的分布情况。他指着远处微微隆起的一条坡脊说，那是界河。河那边便是劳改农场，河这边是知青农场。他又指着远处的一座碉堡说，那是抗战时期日本人留下的，大家都把它叫作"古堡"。

鹿把座位让给了我们,他自己站在机头的一块踏板上,一只手抓扶把手,半个身子倾向外侧,雨水从他的帽檐滴下,又顺着脸颊流淌。他这副英武潇洒、环顾四野的神情,在我的记忆里久久难以磨灭。很多日子过去以后,我和鹿、柚子之间发生了意想不到的事情,但我仍会常常想起第一次看见鹿时的情形。

丰收拖拉机驶过了一座桥,庞大的机头一旦爬上桥身弧度的顶点,路旁阴森森的一栋建筑物迎面扑来。这栋顶部倒塌的圆型建筑物便是鹿刚才说的古堡。古堡带点神秘的气氛,在雨幕中更是如此。几年后那件轰动海边的案件就发生在古堡里。

回忆犹如翩翩起舞的鸽子。

三十年后,我坐在欧洲著名的鸽子广场——伦敦特拉法加广场一侧的露天咖啡馆喝摩卡,那是一个雨霁初晴的夏天傍晚,椅子是阴凉的,远远的广场中央,矗立着纳尔逊的雕像,一大片一大片的鸽子在广场上寻寻觅觅,周边围观的如织游人,纷纷给鸽子们抛撒食物。忽然间,不知什么原因,鸽群像受了惊吓或听到了某个指令,倏地集体腾空起舞,飞向暗蓝色的天空。那真是壮观无比的一幕,整个天空被鸽群遮蔽了。就在那时候,我的耳边竟然响起了丰收拖拉机的嘭嘭声,天上的鸽群开始变得模糊,它们变成了无数的泡泡,慢慢飞翔,漂移。应该把这种心理变化叫作什么呢?后来我想出了一个词:时光的变焦。对,就是时光的变焦。尽管人到中年的我,已经到了可以正视内心疾病的年龄,已经可以变换角度思考问题,但当我想到这个词之后,无边无际的忧伤还是将我吞没了……

鹿领着我们去四连。这时丰收拖拉机上只剩下为数不多的学生了。

不知是事先安排好的,还是鹿临时决定的,我和熊猫跟随鹿去四连,在当时看来似乎是顺理成章的事。要说人跟人相熟相知需要缘分的话,我们和鹿大概算是有缘分的了。他不仅一路上不停地给我们介绍情况,而且每到一个连队,他似乎根本就没考虑过要打发我和熊猫下车,好像就是来将我和熊猫接回去,融进他以后的生活,去演绎一场算不上轰轰烈烈但不可谓不惨烈的青春悲剧。

好像都是一种冥冥中的安排,于是,我看到了漫天飞舞五彩缤纷的泡泡,看到了一路小跑过来头发飞扬的柚子,闻到了那股萦回不去、把我折磨得死去活来的香味。

柚子提着我们的行李,直接去了一座矮平房前,其实矮平房的后侧,还矗立着两排楼房,那里才是连队职工的主要宿舍区，矮平房里有广播站、医务室、工具室和仓库，还有，它是连队的"大脑"——连部的所在地。

柚子和我素昧平生，她怎么会走到我的面前，提上我的行李，那么肯定那么准确无误地走向连部，为什么？这一切简直像个谜，久久地困扰着我。

鹿对前来的一个老职工吩咐了几句，其他人随着那个老职工朝后侧的楼房走去，鹿对我和熊猫说了句"走"，便提着我们的行李大步流星而去，我和熊猫迟疑了一下，也拿起包裹网兜跟随其后。

矮平房前是一片开阔的空地，空地延伸出去是一条人工卫河。卫河将整个村子围起，像是古代城池的壕堑。卫河相交处留下一条窄窄的通道，走出通道，便是一望无垠的土地。卫河里挖出的土方堆成一座几百米长的土丘，土丘上种满了密密麻麻的树苗。

这时才发觉，我们非常幸运。副连长鹿带着我们走进的是一个已经建设得像模像样的村子。而在此之前，我们所到的其他村子，有些甚至连砖房都没有，仅仅是芦苇和茅草搭成的一些简易棚。

走到矮平房中央的一间屋子前，鹿推开虚掩着的木门，将我们迎了进去。屋子收拾得很干净，朝北的窗边放着一张床，罩着白色的蚊帐，窗下有一张写字桌，桌上放着一盏玻璃罩熏得乌黑的煤油灯。那是鹿的单人床和办公桌。屋子朝南的窗边放着一只铁制双层床。鹿说，你们俩就睡这儿吧。

没想到能够和鹿同住一间屋，短短的交往中，我们已经体味出他对我们的照顾，而我们似乎也同他有某种默契在渐渐形成。

接下去的情形更让我们意想不到了，尤其是对我来说。熊猫一向稳重，他能够遇事不慌，从他平静而缺少变化的脸上，你很难看出他有惊讶的时候。

我指的是我们刚准备拆包开箱，紧挨着的旁边那间屋子的门，吱呀一声打开了，走出一个人来。他朝我们睃了一眼，当我们觉察后抬起头打量他时，他已回过头去，双手叉腰，昂着头眺望宽阔的田野，仅把结实魁伟的背对着我们。

我和熊猫当时感到了一种威严的气氛，一种压迫感。我们面面相觑，沉默不语。

鹿朝我们微笑着摆摆手，示意我们继续收拾行李，他走了出去，走到那个人的身后，那个人好像会意地转过身，同鹿一起返身走进隔壁的屋子。他转身的时候，鹿高瘦的身影恰好挡住了视线，我们未能看清这个人的面容。但凭直觉，我和熊猫都隐约感到，那是一个掌握很多人命运的人。

之后，隔壁那间屋子不断传来几个人嗡嗡的说话声。一种尖细如女人嗓音的叫唤声，总高悬在那些杂乱的交谈之上，它单薄而又果决地穿梭往来，有如行云流水。随着尖厉嗓音的不断响起，隔壁屋子的那扇木门一会儿开启，一会儿关闭。在这期间，鹿几次跑回来，拿了什么东西又急匆匆跑去隔壁的屋子。

我们很快意识到，隔壁房间的忙乱，以及那些杂沓的脚步声与我们是有关系的。鹿终于又跑回来，告诉我们：连队食堂已煮好了面条，让我和熊猫去打饭。鹿正对我们这么说着的时候，隔壁房间又传来那尖厉的叫唤声，鹿不敢怠慢，赶紧疾步过去。他重新回到我们面前时，手里拿着两副碗筷递给我们。

黄昏逝去，天色终于缓慢地黑了下来，鹿跑过来点燃了煤油灯。这时已吃完面条的我，忍不住问了一句很蠢的话，我说旁边那间屋子是干吗的。

是连部。鹿回答说。

连部？也就是说，我和熊猫被安排住在连部的隔壁。

听完鹿的回答，当时我的第一反应就是：那个双手叉腰把背对着我们的人是连长。那么，那个拥有女人嗓音的又是谁呢？我想问却把话咽了下去，毕竟和鹿还不是很熟。

后来才慢慢知道，连里职工们说连部的时候，通常也包括我们居住的这间屋子。我和熊猫住进了连部，这件事让我暗暗吃惊。熊猫则好像早有所料，他只是轻轻地嗯了一声，便拿着一本书，一骨碌爬到上铺去了。按照我们中学班主任那位老太太的话说起来，熊猫就是一个可以不断往他身上压担子的干部。

这天晚上还有一位人物，应该进入我的记忆。他叫蝙蝠。那天晚上他不请自来，推门而入后，与我们有一种自来熟的架势。他的肩膀一高一低，走起路来下巴颏勾起，有一种特殊的魅力。他的眼睛非常有神，灵敏闪忽，显得聪慧和机智。最有个性的是他的鼻子，你倘若仔细观察的话，会发现鼻梁略略歪向一边，但这丝毫不妨碍他的鼻子具有那种雕塑感，他的相貌给人一种很有教养的印象。

蝙蝠进来后，笑嘻嘻地俯下身拍拍我的肩膀，又随意地一把夺过熊猫手中的书，与熊猫插科打诨了一番。最后，他走到鹿的床前，撩起蚊帐，把手伸进去摸摸鹿的脸，鹿虎着脸说你不要乱来哦，蝙蝠一副不依不饶的样子，怎么乱来了怎么乱来了，他边说边去挠鹿的胳肢窝，鹿扑哧一下笑出来，从床铺上跃身而起，两人扭成了一团。

打闹消停后，蝙蝠在屋里旁若无人地走来走去，他转过身，黑黑的眼眸骨碌碌打量我和熊猫，那会儿，我觉得他的鼻翼微微翕动，仿如嗅觉灵敏的犬鼻，他在寻找着什么。很快，他把眼光停留在我打开的箱子上，忽地扑过去，从我的箱子里搜寻到几本杂志。那些杂志我全没看过，准备带到海边阅读的。蝙蝠迅疾地抽出杂志，自言自语地说，好久没看到什么有价值的书了，对枯燥的海边生活抱怨一番，朝我大声嚷嚷说这些杂志借我了，没容我反应过来，他已裹挟着那几本杂志扬长而去。

几个月后，我曾羞涩地向蝙蝠提起这件事，想问他要回那些杂志，他笑嘻嘻地说弄丢了。一九七七年，全国恢复高考制度，蝙蝠在人数众多的艺术类考生中，凭借扎实的素描速写功底和出色的文化考试成绩，以压倒性的优势拔得头筹。离开海边的前夕，我帮蝙蝠整理行李，理着理着，我愣住了：在他一只巨大的木箱里，看到了我一年前带到海边的那几本杂志，它们整整齐齐地躺在那儿。

我惊讶得说不出话。后来，我犹犹豫豫地指着木箱说，它们，可以还我吗？

孰料,蝙蝠听后大吃一惊,像是听到了一则海外奇闻,笑哈哈地将箱盖猛然盖上,然后在我肩膀上挑衅性地重重击打一下,他涎着脸,怪模怪样地凑近说:怎么样?想打架啊?

当时对蝙蝠很崇拜的我,竟有些不知所措,似乎还有些懊悔刚才所说的话。

那天晚上最后进入我们宿舍的是女排长柚子。

柚子夹着一本红绒布封面的日记本,从二楼女生宿舍下来,轻盈飘进我们屋子在十点光景。海边的天气变幻莫测,傍晚还下着雨,这时候村子卫河的上空,朦朦胧胧,居然出现了一轮如钩的细月。

拥有一双兔子眼睛、细皮嫩肉的柚子走到我们屋子前,用脚很随意地踢开了门。我睡下铺离门最近,反应也最强,我敏捷地坐起身体,心莫名地扑扑乱跳。柚子依然是穿着绿军裤白衬衣,兴许是刚洗过头,飘拂的短发湿漉漉的,既清新又妩媚。

被这突如其来的声响同样吓了一跳的鹿,正伏案写着什么,他猛然起身而掀动的一股骤风,吹得煤油灯扑扇不止。

你干什么你?鹿跳起来指责柚子的口吻似乎很严厉,但柚子的脸上没有一丁点畏惧,更没有自责的神情,她将一头短发的脑袋缩进脖子里，一溜烟地从副连长鹿的面前穿过，然后在靠窗的办公桌前，大模大样地坐下，半天才突然回过头来，朝鹿大笑起来。

鹿一边走过去摆好姿势准备抬脚踢她，一边也露出洁白的牙齿咯咯笑个不停。柚子与我和熊猫好像天生很熟似的，在我们面前一点不避讳什么。

在以后长长的日子里，我习惯于柚子每天晚上夹着那本红绒布封面的日记本，从我的床前走过，倘若哪一天她没出现，那一定是出了问题。

可以这样说，过了九点之后，我们的屋子就格外地安静，鹿，熊猫，慢慢地还有我，差不多每到这个时刻，都在沉默中怀揣一种期待和渴望。奇怪的是，只要柚子走进我们的屋子，就会带来一股奇特的浓浓的馨香。那是一种什么香味呢？那香味是从哪里散发出来的？我一直没有想明白。那时候还没有人用香水，用香皂洗澡都已经是很奢侈的一件事，而柚子带来的馨香清新而浓郁，满屋暗香，绝非香皂所能比拟。

柚子每天像例行公事似的，要将当天的日记，或长或短的内心记录拿来给鹿过目。这看起来有点像上下级在交流海边磨炼的活思想，我没和熊猫沟通过，但我觉得从第一天起，熊猫的想法肯定和我差不多，都明白这件事情的实质，虽然那时候的我们，在感情生活方面几乎都是一张白纸。

所以，当副连长鹿和女排长柚子的头凑得很近，两张脸在微弱的灯火下布满红晕，谈话声由高渐低，最后变成了呢喃时，熊猫与我都知趣地缩进了蚊帐。倒是柚子不时回头看看我们，好像很诧异我们这个角落那么安静，跑过来放肆地撩开我们的蚊帐，朝里窥望一下，与我们搭讪几句。

这第一天的境况，决定了以后的岁月中，我与女排长柚子见面时，从不敢与那双眼帘长长的兔子般的眼睛对视。每次见到那双充满灵气的眼睛，我的眼神总是仓皇逃走。

夜宿海边的第一个晚上，隔着一条卫河，五连方向传来一片女高音合唱的歌声。五连叫作创业连，那时还没有楼房，城里来的女学生住进四面透风的芦苇草棚，没电没水，海风呼呼地在草屋外逡巡，夹带远处的狼嚎狗吠，一路的劳累困顿，难以入眠的恐惧感，还有那乡愁一并袭上心头，于是，一群高音喇叭开足音量，放声歌唱。

歌声在空旷阴森的荒原上久久回荡。壮观，悲怆，凄凉，后来慢慢地，歌声演变成了清晰的哭声。

我就是在穿越旷野的哭声中渐渐睡去的。

3

风猛烈拍击着食堂四壁的窗扉。四月的阳光透射进来，仍然驱散不了乍暖还寒的潮湿阴冷。新职工们显然意识到了海边气候的反常，他们也同老职工们一样，或套上绒线毛衣，或披了棉大衣，瑟缩着双肩，一溜排开坐在前面的小板凳上。

从破败的窗扉望出去，我看到一条小河横亘在阳光下，粼粼的波纹反射出海边早晨冷冷的光芒。河岸倾斜的褐色泥土上，生长着一丛丛紫褐色的盐蒿子草。几棵芦苇的茎秆探头探脑地伸出水面，泛绿的芦叶轻轻拂动，仿佛在传递从海上而来的春天消息。

连长鹰身披绿色军大衣，静静伫立在前面。他的目光望着窗外，这时的小河河面上游过来一群黄绒绒的雏鸭，一叶扁舟紧随其后，缓缓驶进连长鹰的视野。手持一根竹竿的养鸭姑娘枇杷将小船撑向岸边，箭步跳下，款款朝这儿走来。连长收回目光，瞥了一眼坐得满满的会场，嘴里蠕动了一下，举起双手朝下摆了摆。

刚才还发出嗡嗡声响的会场，顷刻间寂静下来。几个从后门进来的迟到的职工，蹑手蹑脚收紧脚步，悄悄放下板凳落座。枇杷从后侧闪进来,也许感觉到了会场肃穆的气氛,吐了吐舌头,从墙角拣来几块砖头,垫在泥地里当作凳子坐下。

连长鹰咳嗽了一下,寂静的四周听得见空气的流动声。他徐徐启口说话,很难想象,连长身材壮硕魁伟,声音却尖细如笛。他首先代表连部欢迎十多名新职工加入到农场建设的队伍中来,接着他简明扼要地对即将开始的春季挖渠战役做了动员。他说改良海滩盐碱地,行之有效的途径有几条,这里流行的做法是挖渠引水,用淡水冲走泥土表层的盐碱成分。鹰的这番话,显然是说给我们这些新职工听的。

随着话音的渐渐提高,我多次偷觑那张海风雕刻出来的脸。那张脸黝黑威严,它所具有的震慑力,很大程度来自鹰脸庞左边的那只假眼。这个秘密一经发现,我再也不敢去直视那只起装饰作用、凝然不动镶嵌于眼眶之中的假眼。鹰的嗓音穿来穿去,我开始怀疑起自己的耳朵来了。闭上眼睛,你分明听到了一个女人的尖细声音,在会场的梁间回绕。女人嗓音再加那只假眼,不知怎地,一种不寒而栗的恐怖感倏地攫住了我。我强烈感觉到,连长鹰,曾经有过惊心动魄的经历。

会议开得很短。散会之后，老职工一涌而出，纷纷返回寝室拿工具。新职工跟着副连长鹿来到保管室。

几分钟后，村子通往原野的一条大道上，卸去军大衣的鹰，手支一把大锹站立在那儿，阳光把魁伟的身影拉长，投射在阴冷的土地里。

鹰的周围陆续出现了一些手持大锹的老职工。其中，一个又高又黑、头发鬈曲的男职工和另一个又小又矮、长相古怪的男职工，一左一右，像两名保镖分侍鹰的身边，为其护驾。那个高的叫犀牛，矮个叫猴子。

后来，我从老职工嘴里知道，犀牛和猴子都是打起架来凶猛无比、遐迩闻名的角色，他们心甘情愿臣服于鹰，并不仅仅因为劳改农场管教出身的鹰，拥有无数流传甚广且颇富传奇色彩的轶闻，也不仅仅是慑于鹰可以一分钟之内，用麻绳将人麻利捆绑在椅子上的神奇功夫。海边自有海边的法则。要让犀牛和猴子这些赫赫有名的人物折服，作为连队最高的统治者，不但需要胆魄和手段，而且还要有让手中那把大锹飞起来的真功夫。

犀牛和猴子，都是鹰亲自带出来的名锹手。隆冬季节，据说在十几米深的河床底，将那些淤泥迅速装筐，而又要稳稳站立于缓缓涌动的淤泥之上，只有犀牛和猴子能够做到。他们在鹰的指点下，是能坚持到最后的拿得起的锹手。同样是服从，犀牛和猴子对连长鹰，含有敬畏的意味；对副连长鹿，更多是碍于面子。这在以后发生的事情里，我一次次体味到其中耐人寻味的差别。

领好工具的新职工，从保管室方向聚拢过来。在鹿的带领下，新职工排成方队，跟随在老职工的后面，朝荒原深处进发了。男职工拿着锹，女职工拖着钉钯，铁器摩擦地面的咣咣声一路响去。老职工的队伍散漫成长长的一列，在望不到尽头的公路上蜿蜒蠕动。

海边初春的阳光温煦惨淡。簇拥公路两侧的茂盛杂草沐浴在阳光里，随风轻轻摆动，叮咚作响的水渠掩映草丛之中。无边无际的田野上，海海漫漫的盐蒿子以及杂草荆棘宛如地毯般铺卷过去，延伸到快要与天际交接处，兀地隆起一条气势磅礴的防风林带，这条苍茫的林带由西向东巍峨雄峙，林带上空有袅袅的紫烟升腾弥漫，几只灰白色的海鸟在远处起起落落，上下盘旋，点缀着阳光变幻烟气迷蒙的海边景观。

队伍走了近几里地，鹰带着他的"哼哈两将"，拐进公路一侧的田野。刚开春不久后的土地湿漉漉的，松柔而富有弹性，踩过的杂沓脚印里冒出滋滋的水泡。我的裤腿和那双球鞋已被沾满露水的野生植物打湿，几里路走下来，浑身汗津津的，呼吸已有些急促。

队伍深入到原野腹地，在一条被草木覆盖的干涸小沟前停住了，然后一字排开。副连长鹿跑前跑后，和其他几个排干部拉起样绳，用卷尺丈量沟渠长度。很快，鹿分配好了任务：老职工每人八米，新职工每人七米，用一天时间，将这条小沟改造成宽阔的水渠。

鹰站在排头，紧随其后的是犀牛和猴子，其他几个重量级的锹手很默契地依次站好。这样的座次好像早就排定。在我印象中，以后只要鹰到场，大凡都是这样的阵容。

鹰的话音刚落，呼噜一下，锹手们几乎是同时将锃亮的大锹深深扎进泥土，锹刃斩断草根的唰唰声响成一片，飞扬的土块沉闷落地的声音，好似一支乐队浑厚的低音部。不一会儿，锹手们纷纷脱卸衣服，结实的躯体环绕一团团蒸腾的热气。

新职工受到老职工那种迅猛气势的感染，也跃跃欲试，舞动大锹干了起来。开始时，新职工们似乎并不逊色，凭借年轻，他们的动作节奏也差不多能跟上。

我的前方是鹿，与鹿并排的是熊猫，他们俩是新老职工的分界线。任务一明确，熊猫二话不说，也挥舞大锹，像老职工那样将土方甩得很远。他的动作显得有些笨拙，甩出去的土块不像老职工那样方方正正的一块，而常常是碎土迸溅，惹得与他搭档的女职工跳开去，逃得远远的哇哇乱叫。

在海边有不成文的规定：两名锹手的地块接壤，速度快的锹手首先开完第一锹，第二锹他拥有往后退缩的权力。每一锹大概半尺来长，往后退缩一段，五六锹开到渠底时，速度快的锹手完成的土方要大大少于速度慢的锹手。

女职工都喜欢与有经验的快锹手搭档，快锹手自然速度超人，干完活拖着大锹扬长而去，与其搭档的女职工也可以提早收工，像只欣喜的小鸟蹦蹦跳跳尾随而去。另外，快锹手使用力量均匀，自始至终保持一种节奏，并且每一锹的土块不远不近，都稳稳地落在离水渠五六米远的地方，女职工只要站在原地，很省力地用钉钯将土块敲碎，平整出一条高出地面的土路来。

这就是在鹿分配任务的时候，女职工们都悄悄移动脚步，不愿跟在新锹手后面的原因。有几个专横的女职工，干脆直接跟在犀牛和猴子的屁股后面团团转。精明的女职工，即使是给鹿这样的老职工作搭档也并不情愿。她们知道副连长舞文弄墨是行家里手，而干起活来就不敢恭维了。在海边，严酷的事实是，一个名锹手有许多女职工愿意跟在他后面，愿意做他的搭档，愿意奉献她们吃不完的饭票，愿意为其洗被子洗衣服；一个干活拿不起来的锹手身后是空荡荡的，身后空荡荡的锹手在海边是脸上无光的。要想在海边站住脚跟，就必须努力把自己修炼成一名好锹手。熊猫兴许正是明晓这一点，才把土块甩得远远的，不管搭档的女职工如何叫嚷，都无法阻止他向一名好锹手挺进。

我则不行，从一开始便注定成不了名锹手。我的体质从小便弱。进中学后，篮球运动使得我的身体状况有所改观，但我依然适应不了大运动量的剧烈活动。通常情况下，我都是站在离篮板不远处，等着同伴传球给我。稍不注意疲劳过度，中耳炎、扁桃体炎便一齐向我袭来。我一时冲动毅然决定来海边，并没有做好吃苦的思想准备，我没想到那么快就直接让我们新职工参加艰苦的劳动。我甚至对连长鹰的发言如此简短都感到惊讶，本以为要开一个长长的会，起码办一个星期的学习班，带领我们到处转悠转悠，参观一下，然后再慢慢适应海边的生活。

周围的人都埋头干了起来，在这种情形下，我不得不挥起大锹，投入了紧张的劳动。起先我不甘示弱，也将土块甩得远远的，速度也不慢，只觉得白晃晃的锹面在眼前转动。开完第一锹，我已大汗淋漓，频率明显下降，双臂醉麻，似乎再也提不起来，腰部弯曲酷似一只大虾，渐渐地，我的土块再也无法甩得像先前那么远了。大口喘气的我，后来只能把一锹锹沉重的、体积如同炸药包的土方提到渠边。

给我做搭档的是枇杷。枇杷很少下田干活，今天因为女职工人手不够，临时被抓差下了田地。面对渠边渐渐隆高的土堆，眉清目秀面容姣好的枇杷苦着脸，显得一筹莫展。她已使出了浑身解数，但我的土块甩得实在太近，她实在无法阻止土堆在渠边渐渐增高。后来她干脆横下心来，不顾不管，听凭事态发展。

与枇杷并排的是鹿的搭档柚子。女排长柚子平素也是常常病假的虚弱身体，看到愁眉苦脸一筹莫展的枇杷，主动跑过来，帮她一起清除那座土丘似的小山包。这边的小山包刚刚矮下去，前面鹿那边的土方又堆了起来。柚子和枇杷赶紧又跑过去，救火似的猛干一阵。几个回合下来，俩人累得胸脯一起一伏，只剩下张嘴喘气的份儿。

午饭是由手扶拖拉机送来的。吃了午饭，稍事歇息，老职工们开始了最后冲刺。两点左右，犀牛和猴子紧追鹰的后面，已挖到了渠底。半小时后，不用征得任何人同意，犀牛与猴子拿起衣服往肩上一甩，在田野上扬长而去。尾随其后的两名女职工，也神气地朝其他人眨眨眼睛，一蹦一跳地像两只归巢的小雀。

老职工的渐渐离去，给体力不支的新职工的心理增加了无形的压力。这也许就是鹰严酷的一面，他觉得真正的快锹手诞生于激烈的竞争之中。他仅仅给予新职工少于老职工一米的优待，而事实上这一米的优待，并未给初试锋芒的新手带来什么便宜。刚刚走出校门离开大城市的这些学生，和老职工的差距远远不止预设的指标。

老职工差不多要走完了，我才刚刚开到第三锹。后来新职工也陆陆续续往回撤了，人要开始垮，一定是因为丧失了信念。用尽了最后一点力气的我，只觉得天旋地转，腿脚一软，身体顺势倒在了阶梯形状的土坡上……柚子和枇杷见情况不妙，跑过来从我手中夺下大锹，将我扶到田野草丛中躺好。

我醒来时，已是夕阳西下的傍晚时分。我四肢乏力，脑袋铅一样沉重。双耳嗡嗡鸣响，眼睑难以睁开。我听到鹿哇哇叫嚷，让柚子过去清除渐渐隆起的土堆，而这时的柚子正挥动大锹，替我在挖余下的土方。

田野上冷冷清清。几只海鸟在远处的霞光中扑棱翅膀。我颓唐地躺在草丛里，心情黯淡，觉得自己很丢脸。

4

我伫立在卫河边上，内心正经历着痛苦的挣扎。

皎洁的月光洒向静静的水面，宛如一张铺展着的银色之网。坡岸上一株株树苗默默挺立，细密疏朗的树影，模糊了我投射水波之中的孑然身影。寂寥的夜空星河流泻，蓝宝石般的天穹呈拱形一直伸向遥远的大海。

歌声从远处的旷野上传来。悠扬的女声合唱穿越幽深的荒原之夜，带给我无边的忧伤和惆怅。每逢断电的时候，歌声总会响起，而且一呼百应，高亢整齐的女声从楼房窗户，从茅草棚的门扉里飞出，似乎在向远方呐喊，提请外部世界不要忘了生活在海边的这一群人。而在我听起来，这种呼喊式的歌唱只会让人心境更加苍凉。

断电是家常便饭。断电后的荒原到处是微弱明灭的烛火，像是蒙蒙眬眬的睡眼。西边一团灯火的地方，据说是县城的发电厂，但永远供电不足，海边只能常常陷入无边无际的暗夜之中。海边没有电，姑娘们就用歌声为自己壮胆。

通常断电后，柚子就像会精灵似的挟着一本日记本，潜入我们的房间。我与熊猫已经习惯于在这种时候加以回避。熊猫找了个好去处——医务室。医务室有一位常常顾影自怜的女医生，断电时也希望有人来，伴她度过这寂寞难熬的暗黑时光。熊猫泡医务室没人会计较，比女医生小得多的熊猫从不有求于她。来海边这么些日子，他从没请过病假，若逢身体不适，也仅仅是从女医生那儿拿些药吞下去，早早睡下，第二天村口挂着的那只废铁齿轮一敲响，穿着军装的熊猫又第一个出现在村口的大路上。

要说熊猫的回避中，带有知趣识相、与人方便的意味，我的回避则还蕴含另外一层含义。在我借故离开房间之际，这层说不清道不明的含义，总会从我心底隐隐浮起，我似乎怕见柚子。

从第一次出工我晕倒在荒原上，柚子和枇杷将我搀扶上拖拉机回村后，我就再也不敢直视柚子那双鬼灵鬼灵的兔子眼睛。那天我躺在手扶拖拉机上，神志刚刚清醒，就闻到了一股馥郁的馨香。随着手扶拖拉机的颠簸，我被浓浓的馨香所包围。我微眯眼睛，暗中贪婪地深深吸吮那股诱人的气味。要命的是，不久后我发现，自己开始像嗜毒者一样迷恋……柚子身上的气息。

我卧床一星期。期间，柚子好几次突然像阵风似的飘进来，那股好闻的馨香也随之飘进。她会走近我的床铺，猛地撩开垂挂着的蚊帐，伸进一张调皮的鬼脸，或询问几句，或扔给我一包牛肉干之类的零食。其实那次回村后，柚子也病了好几天。太阳升高了，出工钟声响过之后的村子格外宁谧，卧床的我一听到二楼水泥地板上踢踏的脚步声，心就会骤然收紧。我仔细聆听辨析头顶上的脚步声逐渐走下楼梯的声音，我说不清是希望还是惧怕那脚步声的临近。柚子的每次出现都会出些花样，她一会儿俯在窗台上学猫叫，一会儿从门缝里探出半个脑袋扔点什物在我的蚊帐上，一会儿将下楼的脚步声踏得震天响，但半天不露人脸，当我以为她不会再出现时，她又突然一脚踢开门闯了进来，喊一声"不许动"，然后嘻嘻哈哈笑个不停。

柚子和鹿的关系已明摆在那儿，鹰作为连队最高统治者，曾经亲自制定了一些诸如不准谈恋爱、不准抽烟之类的严明纪律，但即便是鹰，要是无意间拐进我们的房间，恰逢柚子和鹿头凑得很近地窃窃私语，他也会神色尴尬、若无其事地退出去。

鹰所制定的那些纪律，有一条是规定晚上十点以后，不准男职工上二楼的女宿舍。鹰不知道，他的法令实际上把女宿舍变成了一块更加诱惑人的禁地。一些男职工乘人不注意，滋溜一下便轻手轻脚潜上了二楼。后来，鹰为了整饬连队风气，实施极端手段，他每天派出治保队队员，分别隐藏于东西两面楼梯道口下，每隔半小时，治保队就会上楼在走道里巡逻一次，治保队还专门设置了当值的巡逻口令，口令由鹰亲自拟定，且每天都会换，每晚九点整，治保队长准时来到连部，由鹰面授当晚他即兴想出的口令。青春期的情欲犹如旷野上的火，哪里是随便可以扑灭的。男职工想出的最简单的应付办法，就是晚饭后早早地上了二楼女宿舍，十点后全部躲进了女职工的蚊帐。那些女职工也故意把洗好的衣服密集地晾在窗前，挡住不时会出现的治保队队员逡巡的目光。

我也去过一次二楼女宿舍。我是在鹿的怂恿下，犹犹疑疑踏上通往女职工宿舍的楼梯。

那天晚上我找不到蝙蝠。鹿说你要找蝙蝠啊，一边就将我推至门外的场地上，鹿指着二楼走廊一扇紧闭的门，让我大声喊蝙蝠。我愣在那儿不知其所以然。

喊啊喊啊，鹿竭力煽动我。我的喊声一起，鹿很快跳回到黑暗处隐蔽起来。

二楼那扇门打开了，灯光随即透射出来，柚子笑嘻嘻地走到栏杆边上，俯身对我说蝙蝠不在她们房间。说完，她并未返身回屋，忽闪着眼睛，朝下搜寻了片刻，然后她说你要不信可以上来找一下。这时我看见躲在黑暗里的鹿朝我比画着手势，像是极力鼓励我上楼去找似的，我愈发糊涂了。鹿为什么一定要我上楼去找蝙蝠，后来的事情发展又为什么是这样，我直到很久以后才慢慢明白过来。

那天晚上我提心吊胆步上楼梯，朝神秘的禁地攀援时，内心充满了紧张和畏惧。快要到达楼顶之际，一个男职工从后面敏捷地超过了我，他与我并肩的刹那间，眨了眨眼睛朝我诡秘地一笑，突然冒出一句：口令？！我下意识地回答：芦苇！我随即反问：口令？！对方回答：芦苇！芦苇！

口令，是鹿刚才告诉我的。

然后我听到了嘿嘿的笑声，我这才认出，那是身材高大的犀牛。他很显然是在吓唬我，他吓唬我的时候，轻易套出了今晚的口令。犀牛的神情里有一种通往禁地的路上居然也碰得到我的诧异。我的目光追踪他的背影而去。当我来到楼顶时，一望到底的走廊上，已无犀牛的踪影。

我慢慢地小心翼翼地走过去，一间间女职工宿舍的纷杂景观从我眼前掠过。几乎每间宿舍里都有男职工的声音，从而洋溢着男女欢聚的融融气氛。在铁一般的纪律下，在严酷的管束下，以往无数个宁谧月夜，当我龟缩在人际关系拘谨的连部，我无法想象，通向二楼女宿舍的楼梯上，老鼠般流窜过杂沓紊乱的脚步声，我无法感受到女宿舍蚊帐内、煤油炉旁男欢女爱的动人情景。此刻我才知道，我所经历的海边生活是狭隘的，偏颇的，死气沉沉的。

我在一扇门前驻足轻叩。窗帷掀起一角，闪过一张脸庞，我尚未看清那张脸庞，房门忽然打开，开门的女职工快速向我招手，邀我进去。我刚刚跨进身子，女职工又迅即将房门紧紧关闭。这情形我只有在反映地下工作的电影里看到过。

我看到了蝙蝠，果然不出鹿的意料。蝙蝠坐在屋子的中央，他的前面放着一只煤油炉，包括柚子在内的五六个女职工围着他，不停地给他斟酒、倒茶、递毛巾，那谦恭的态度犹如伺候皇上的众侍女。蝙蝠一边用勺舀着煤油炉上煮着的锅内菜肴，塞进嘴里大口咀嚼，一边慢慢悠悠继续将他讲到一半的故事往下说。

我被一个女职工拉到一张小凳上坐下，在那个撩人的晚上，我和女职工们一起，聆听眉飞色舞的蝙蝠讲述一个扣人心弦曲折回旋的故事。很久以后，我在大学图书馆里读完了《基督山恩仇记》，远眺窗外一片绿草坪，才知道这本书里的故事，就是当年在物质极度匮乏、两三个月还要凭票吃一次肉的海边，蝙蝠用来换取那些女职工私藏罐头的本钱。那些罐头是远方家中邮来改善伙食的，姑娘们平时自己都舍不得吃，全拿来孝敬蝙蝠了。而那酒，则是她们用节省下来的一点零花钱，凑份子在场部小卖部买的。

我坐在昏黄的灯光下，忐忑不安的眼神渐渐被蒸腾的水汽化解，我忘记了门外巡逻的脚步声，忘记了踏入禁地的使命，忘记了鹿还在楼下等着我的回音。凝视蝙蝠飞快蠕动的嘴唇和那极富个性的下巴颏儿，还有那魅力无穷的自负的鼻子，我感到困惑不解的是鹿、柚子和蝙蝠以及这些女职工之间错综复杂的谜一样的关系。柚子刚才为什么要骗我和鹿？鹿为什么又那么准确无误地断定了蝙蝠的行踪？蝙蝠与鹿的关系平日似乎非同一般，但看他在柚子宿舍里如归的随意姿态就知道，他是这里的常客。那些女职工好像在掩护蝙蝠这件事情上步调一致，配合默契，她们明明知道鹿和柚子之间的暧昧关系，又为什么要这样做……

我内心焦虑地伫立在卫河边上，周身沐浴着星光月辉。

我仰望天空。我知道，只有这样，我才不会旧病复发。

高亢悠扬的女声合唱已换过好几支歌了，而旷野上依然是没有光明的漆黑一片，看来一时半会儿海边是不会来电的。歌与歌之间的间隙，卫河边被搅得烦躁不宁的青蛙也突兀地聒噪几声，像是不满，又像是呼应。每次听到旷野上响起的女声合唱，总带给我忧伤的情绪。此时此刻，我想念母亲，想念大姐，甚至还想念二姨妈，我想到她背着我，一步步登上外白渡桥，嘴里还哼着我从小就熟悉的儿歌：笃笃笃，买糖粥，三斤胡桃四斤壳，张家老伯伯呀，吃侬的肉还侬的壳……

抵达海边的第一天，我才理解"思念"这个词的含义。但那时的思念是没有对象的，尽管也带着浓浓的忧伤。那时只是因为想到：我拼命要逃离家庭来到海边，而来到海边的第一天，随着悠扬的歌声响起，我的第一反应又是逃离！我的一生要在海边度过吗？我要与无边无际的荒原终身为伴吗？这里就是我人生最后的停泊地吗？我在梦中一次次大声地喊叫：不——不——

明天一大早，熊猫要跟着鹿去防风林种树，这是海边的规矩，或者说是一种仪式一种象征，在海边，这叫种扎根树。当然，不是随便什么人都有资格去种扎根树的。种下一棵扎根树，意味着你将一辈子不离开海边，你就生是海边人，死是海边鬼。而只有种过扎根树的人，才有可能当排长、副连长，甚至是连长，才可以比别人多拿三元钱的工资。也许在几十年后的中国没人会相信，当时的海边，三元钱可是一笔可观的财富啊。

在鹿和熊猫的眼里，明天参加这个仪式的自然还有我。后来才知道，那天，熊猫甚至还把属于我的树苗也替我准备好了。

吱呀一声，复归安宁的四野传来房门打开的声音，我侧转身，看到了正对卫河的一排矮平房中间有扇门摇曳不止，这时，我看见连长鹰从门洞里冲出，他的嘴里骂骂咧咧，身后带出一片呵斥声。

那间屋子是连队的治保室。我知道，那里关着一个逃犯。

白天中午时分，正在打盹的我，被一片嘈杂声吵醒。然后我看到鹰从隔壁房间冲出，他的身后，跟着一大群连排干部和治保队员。

鹰很快登上了二楼女生走廊，他用一架老式笨重的望远镜眺望几十里外的公路，搜索一个逃跑的男职工。那个男职工已是第三次逃离海边了。近来，其他连队也不时发生同类事情。海边交通不便,邻近的小镇本身都很穷,加上老百姓经常受到海边职工的骚扰,关系日趋紧张,他们开始拒绝向海边供应肉类副食品。快两个月了,连队食堂黑板上写着的白菜和茄子的字样还没擦掉过。每天的菜谱,要么是油水不足淡而无味的白菜,要么是肚子里一包籽的茄子(这被大家戏称为"芝麻茄子"),让这些干着强劳力重活的年轻人倒尽了胃口。大伙儿开始拿出库存的家里寄来的香肠肉松,荤腥吃完了,就吃大头菜酱瓜,吃完自己的便去吃别人的,先是文明地要,发展到后来干脆就是抢了。

男职工中,像犀牛、猴子这样饭量大、食欲旺盛、最先吃完库存食物的人,一到吃饭时间,端着饭碗四处扫荡,吓得一些平时惧怕他们的人,通过转移,通过电影里对付日本鬼子坚壁清野的方法来对付他们的突然袭击。有的人出于不得已,深更半夜躲在蚊帐里偷偷咀嚼食物,发出的声响惊扰了别人的酣梦,或是梦中人也被食物弥散的香气馋醒了,于是,便听到有人大叫,老鼠,老鼠!分不清是梦中人在叫,还是咀嚼者的搪塞。男职工宿舍唯一免遭侵袭的一块净土就是连部。连部后来也缩小到仅剩鹰的那间屋子,我们的屋子也不安全。倘若闻到我们屋子里炖在煤油炉上肉肠冒出的诱人香气，犀牛和猴子会笑嘻嘻迅即赶来，掀开锅盖，把将熟未熟的食物捞个精光。犀牛和猴子一点都不怕鹿，鹿见他们过来掠夺我和熊猫的食物，又骂又打，撸下犀牛头上的一顶军帽扔向门外，可犀牛缩着脖子，涎着脸，大口嚼着食物，一边还大声说，好吃！好吃！

男宿舍扫荡一空之后，就轮到女宿舍遭殃了。吃饭时分，常可听到从二楼传出的一阵阵撕心裂肺的尖叫声。犀牛和猴子面带抢劫成功的狞笑，从女宿舍逃逸而出时，嘴里常塞得鼓鼓囊囊，脸色涨得紫红，透不过气来，但发出的含混不清的号叫声里，却充盈了一种快乐满足的成分。女职工从房间里冲出，紧追其后，辱骂声尖厉刻薄不绝于耳。

有一天，身材矮小的猴子潜入一间女宿舍，将一个女职工蒸在煤油炉上的两条香肠顺走了。这个女职工平日里打扮得"山青水绿"，没人敢惹她，倒不是因为女职工本人具有三头六臂，而是谁都知道，女职工的男友是工程连的一霸，工程连在海边打架是出了名的野蛮凶狠，令人闻风丧胆。

被饥饿折磨得瞎碰瞎撞的猴子草率地顺走那两条香肠的时候，不知道他无意间挑起了一场海边历史上前所未有的残酷战争。那个受了委屈的女职工哭哭啼啼，跑到工程连她男友那儿告了猴子一状，她男友二话不说，操起一把泥刀紧攥手中，冲到门前一座砖块垒成的山丘上登高一呼，工程连的人非常抱团，一大帮素来爱惹是生非的男职工，纷纷手持泥刀聚拢过来。

几十名手持泥刀理着光头的小伙子，气势汹汹朝四连过来的时候，犀牛刚刚分享完猴子进贡给他的一根香肠，他正抹着嘴唇，美美地回味香肠入口那甜腻腻的滋味。这时有人惊慌失措地跑来，告诉他工程连的人要来踏平四连的消息。

皮肤黝黑、头发鬈曲的犀牛显得异常冷静，铁板的脸上毫无表情，作为海边一霸的犀牛听说有人要来踏平四连，慢慢起身，把军帽往侧面一拉，拿起一块破碎的镜子开始整理额前的头发。容易冲动的猴子熬不住了，一听说这个消息，操起一把大锹就往外冲。

犀牛走出屋子时不是拿了一把大锹，而是从门背后抱起一捆大锹，他魁伟的身躯沉稳向村外走去的时候，另外两名都是打架好手的男职工自告奋勇地跟了上来。犀牛来到村口，他的身后已跟随了长长的一支队伍。犀牛的面前，一场遭遇战已经打响。个子矮小却勇猛无比的猴子，挥舞大锹亡命徒一般与十几个人展开了格斗。犀牛见状，将十几把大锹一把把扎进村口的泥地里，然后唤回了正在兴头上的猴子，犀牛对工程连的那一大帮人平静地说：你们谁想进村，就先问问这些大锹同意不同意。有不怕死的就过来吧。

工程连的人依仗人多势众，有几个人迟疑片刻，迈开步子逼近过来，犀牛等他们走近至七八米远的地方，突然单手操起一把大锹，像古希腊勇士投掷长矛般地让大锹在空中明晃晃飞了出去，那大锹在空中高速滑翔，阳光下锹面熠熠闪光，工程连的人见状赶紧朝两边躲闪，只听得嗖一声，那把大锹直直地飞落下来，木质锹柄落地后微微晃了几下，锃亮闪光两尺长的锹身全部深扎进泥土。锹柄竖插在大路中央，像一个巨大的惊叹号。

工程连的人愣了半晌，很久才有人跑上前想拔起那把大锹，谁知那把大锹像生了根似的纹丝不动。这真有些匪夷所思，我一直没有弄明白，那些工程连的人个个也都是力大无穷，扛起一包水泥或挑起两筐砖来疾走如飞，怎么就拔不起犀牛手中飞出去的大锹呢？

工程连领头的那人不乐意了，他不能在女朋友前丢了面子，这以后还怎么在海边混啊。他高举泥刀怒吼一声朝犀牛冲过来，其余人也呐喊着向前突进。海边的许多人在这个太阳当空的燠闷午后，目睹了一场人数对比悬殊却格外精彩的械斗。在村口开阔地的上空，阳光下，银光闪闪的大锹像密集的导弹穿梭飞翔。这场空前绝后的激烈殴斗，使工程连的小伙子们丢尽了面子。他们使惯了短家伙，面对大锹飞舞的技艺缺少操练，虽说人员众多，最终不但未能踏进村子半步，还在混战中伤亡惨重血流满地。除了一人的脚趾头是被犀牛的大锹不幸斩下之外，其余的皆是他们自己互相误伤的。四连方面，受伤的就是猴子一员大将，他的脑壳上被砍了一道大口子。这道口子经包扎后，不足以妨碍他在这天晚上当众羞辱那个肇事的女职工。他在指着她的鼻子用恶语秽言教训她的同时，还掀倒了她的一只储存衣物的樟木箱，将她床上的蚊帐剪成丝丝缕缕。出了一口恶气之后，他的恣意妄为导致了对他极为不利的后果：鹰叫了几个治保干部将犟头犟脑的猴子关了一个晚上的禁闭。在此之前，鹰手下的人谁都无法制服个子矮小的猴子，只有当鹰亲自出马，一双迥异的眼睛严厉地瞪视他，这时的猴子才古怪地笑了笑，低下了头，说：你要绑……就绑好了。这样鹰不费力气用麻绳三下五除二，将猴子绑在一张靠背椅子上。

第二天一早，鹰派出连里的拖拉机，命人押送被麻绳捆绑着的猴子去强劳连。所谓的强劳连，就是模仿劳改农场的做法，把一些不法分子、捣蛋分子集中起来强制劳动，一支庞大的管教队伍对这些送进来的强劳对象管束甚严，稍有不轨则科以重罚。猴子被理了光头在强劳连待了一个星期，鹰派人将他接了回去。鹰的明智做法显然对平息事端起了良好作用，但真正一锤定音解决问题的，还应当归功于犀牛。他在某个黄昏时分，带领几个死党，隔着暮气瓀瓀的运河，与工程连那帮人进行了一次秘密而有效的谈判。

一起罕见的争端悄悄地平息下来。但导致事端发生的诱因并未彻底铲除。每天有人从海边逃跑。海边通往内陆的公路只有一条，逃跑者必须横穿过戒备森严的劳改农场，抵达位于两条河流交叉汇合处的长途汽车站，才能踏上自由之路。而阻截捉拿逃跑者也很简单，只要封锁通向内陆的唯一交通咽喉——河流交叉口，逃跑者便只能在海边的芦苇丛里游荡躲藏，最终饥渴难当，还得乖乖返回连队。

令人奇怪的是，具有传奇般经历的鹰，蜗居在连部那间象征权力的房间内，却能够洞悉连队所发生的一切。这只能说明他对连队的控制和管理是非常有效的,他总能及时获悉逃跑者的信息。

当他携带望远镜迅速登上二楼凭栏瞭望时,那个逃跑的男职工尚未涉过劳改农场一条杂草丛生的河流。具有逃跑经验的那个男职工没有像以往那样从公路上仓皇狂奔,他选择了沟渠纵横的原野田埂作为逃亡之路,希望那些葳蕤的野生植物在到达交叉口之前能够遮掩住他的行踪。不幸的是,他的对手是一只真眼一只假眼的鹰。一只眼的鹰像猎手般反应机敏,一旦获知有人逃跑的消息,立即往长途汽车站打了电话,让他们停止发车,自己挎着那架笨重的老式望远镜,登上了二楼女宿舍的走道,他的身后紧跟着几个治保干部。

公路上杳无一人,路旁两侧的田野里茂盛的青草随风起伏,鹰的嘴角浮现一丝冷冷的微笑。他先命令鹿驾驶手扶拖拉机立即出发,在公路上游弋堵截,然后他又让一个治保干部率领十几名精干的男职工,跨过与劳改农场交界的那条大河,从田野里包围搜寻过去。布置停当,他扫了一眼女宿舍门口众多的观望者,转身下楼回到了连部。

晚饭开饭前,鹿驾驶着手扶拖拉机嘭嘭嘭驶进村子,那个逃跑者被押在车斗上捉拿回来。

先不理他！鹿让治保干部将逃跑者关进矮平房的治保室，派人看管起来。

晚饭后，鹰在众人簇拥下走进了治保室。面对垂头丧气的逃跑者，鹰拿起了一根很粗很长的麻绳。在场的其他人屏气敛息，大家都知道，鹰只有在极度生气的情况下，才会亲自出马去惩罚他的属下。与那次对猴子象征性的捆绑不同，这次鹰是要动真格的了。鹰动真格时，将人捆绑在一张木椅上前后要不了一分钟的时间，麻绳经逃跑者的胸前一套，三下两下，就结结实实把人像蟹一样捆扎起来。很粗的麻绳深深勒进了逃跑者的皮肉，三分钟后，逃跑者的额前已渐渐沁出汗珠，接着很快满头大汗，嘴唇痛苦地颤抖起来。被鹰捆绑过的人，都牢牢记着那种三日不去的深入骨髓的疼痛感和麻木感。鹰见情形差不多了，肉体和精神一齐瘫软如泥的逃跑者微启嘴唇，只有进气没有出气，于是他挥挥手，示意旁人松绑，自己大步走出门去，余下的审讯工作就交给治保干部去办了。

身后的那扇门开启又关闭，烛光和争执声稍纵即逝，四野又归复平静。也许是唱累了，远远偶尔传来一两声领唱，已无人呼应，孤单的女声犹如暴风雨过后的几道微弱闪电，再也形不成紧锣密鼓的气氛。我伫立在卫河边上。

一个手电筒渐渐向我摇晃过来。走近后才看清，是枇杷。

这么晚了，你怎么还站在这儿？枇杷一副惊诧的神情。

你不是也没睡吗？我说。

你已经在这里站了好久了，我一个小时前去鸭棚的时候就看到你了。枇杷说。

枇杷长得很标致，说话声音格外悦耳。她的长相让人觉得，她就应该划着一叶小舟漂在河里，前面凫着慢慢移动的鸭群，这是多么惬意多么自然多么公正的一幅画面。她似乎天生就和田地里那些重活没有什么联系。谁也没去细想，为何养鸭的美差要落到枇杷的头上。但我想过。起先我以为这一切既然都是鹰的安排，枇杷在鹰眼中的形象也和大家一样，后来发生的事情才让人知道，其中有一样的地方，也有不一样的地方。

晚上你还要去照看鸭子，一个人不害怕吗？我说。

来海边的这些日子，和枇杷一聊起来我会一反常态，胆大，而且话也特别多，说话的欲望特别强烈。

有什么好害怕的？别忘了你姐姐是老职工，小弟弟，海边晚上水汽大，你还是早点去睡吧。明天一大早还要上防风林哩。枇杷说。

枇杷其实仅比我大一岁，她也就比我早到海边一年，但自从我们认识后，她一直在我面前倚老卖老。

你怎么也知道这件事？我很奇怪。

别忘了我是连里的业余播音员。枇杷说。

那……你在海边种过树吗？我问。

种树？枇杷很迷茫。

就是我们明天要种的树。我提示她。

你说的是扎根树？哈，怎么会轮到我呢，别忘了我是什么人你是什么人哩。枇杷的声音很响，在夜空里飞行。

那我是什么人，你是什么人？我好奇地问。

你不一样，你是重点培养对象，你们这拨人还没来之前，大家就知道你和熊猫了。你们种了树以后就可以提干，入党，还能比别人多拿三块钱的工资呢。三块钱哪，可以买很多零食，可以买几十包洗衣粉，你想多幸福啊。枇杷滔滔不绝地说。

那这些条件都给你，你会去种扎根树吗？我问。

哎呀……这种事，怎么会轮得到我呢？枇杷说。

这些条件都给你，你会种吗？我不依不饶盯住她那双在黑暗中无比美丽的眼睛。

……不！她说得很坚决。

为什么？

我不想把根扎在这里。我要回家……我爸妈身体不好，哥哥结婚了和我们分开住。我从没想过要长期待在海边。

哦，你是孝顺女儿。

也不完全是。我从来没想过这个问题，也没人要我想。我不明白我为什么要一辈子留在这个枯燥乏味、永远看不到希望的地方。

哦，谢谢……谢谢你。我喃喃地说。

5

也许有了那天晚上的谈话，我以为，我和枇杷之间发生了一些微妙的变化。

在内心沉重如铅的关键时刻，我的周围没有人可以对话。本来熊猫是可以对话的，但这件事情却无法和他商量。枇杷的直率，使我备受煎熬的内心平静下来，在人生需做重大抉择的当口，枇杷的话给了我答案，使我下了决心。从那以后，我的心目中，枇杷就平添了一种亲近感，有了一种亲人的感觉。每次见面，她都一口一个弟弟，叫得我满脸通红。

在海边，无论年龄，男职工都会把和自己来往密切的女职工叫作"姐姐"。认了姐弟之后，姐姐就会时时想着弟弟，有好吃的给弟弟留着，缝缝补补的活儿，自然都是姐姐包了。所以，在海边，有姐姐的和没姐姐的男职工一眼就能看出来，穿的、床上盖的，干净整洁的那是有姐姐的，反之，那一定是单干户。当然，姐姐对弟弟的照顾还远远不止生活上的，弟弟都是强劳力，身体里除了肌肉，还有青春期旺盛的情欲，当晚上弟弟躲进姐姐的蚊帐，抚摸到姐姐丰满的胴体，听着隔壁蚊帐里急促的喘息声时，到了那份上，什么样的事情都是会发生的。那时候，鹰规定我们一年只能在春节期间回城探亲一次，但很多女职工会找出各种理由软磨硬泡批出假条，一年中要回去两次。很久之后，我才知道，当时很多女职工是回城去堕胎的。海边的姐弟关系，用现在香港媒体常用的一个流行词来说，就是"拍拖"。现在想来，这种关系还是很时尚很科学的，之所以要以姐弟相称，就是因为大家谁也不知道将来，谁也看不到前途。我没有做过调查，海边的"拍拖"过的人们，事隔多年之后有多少成为夫妻的，但可以肯定的是，大多数的姐弟都是海边的过客，也是情场的过客。

这就是枇杷叫我弟弟让我脸红的缘由。

枇杷帮我洗过衣被，那也是因为鹿的怂恿。他说枇杷你一口一个弟弟，那就应该付诸行动呀，弟弟的被子那么脏，你也不帮着洗洗？枇杷抹不开面子，说洗就洗，有什么大不了的。说着便走到我的床边，拆开了被子裹挟而去。

我不怀疑，鹿是真心希望我与枇杷建立所谓的姐弟关系的。这在以后我要讲述的故事中可以得到证明。

除此之外，我还和熊猫一起去过枇杷的宿舍。枇杷住在连部边上的广播室，她一开始是单住，后来城里来了一个带队女干部和她同住。于今想来，枇杷叫我弟弟是合情合理的，在她眼里，我确实像一张白纸。可悲的是，我是从小患有心理疾病的人，幼年我去医院做扁桃体切除手术的时候，那五官科大夫和母亲谈过我的心理问题，他说我是一个过度敏感过度自我过度封闭的孩子，也是敏感到有些偏执的孩子，可惜他的话没有引起母亲足够的重视。令人惊奇的是在那个年代，那位五官科的专家，居然也是一位心理学方面的高手。要知道，二十世纪六十年代，即便在西方，心理学也还是一门年轻的学科。

用现在的话来说，年轻时代的我不会换位思考，当然也就无法解读枇杷的心思。如果我当时的心理疾病没有那么严重，如果我稍稍成熟一些谙事一些，我想，也许能阻止事态朝着悲剧的方向发展。

那天晚上，我从卫河边踏着露水打湿的草地回到房间时，柚子还没有走。柚子轻轻吟诵着鹿写成不久的两句一段的诗歌，鹿已写了几百首这样带有马雅可夫斯基风格的诗歌。鹿的诗明朗激越，宛如泉水汩汩流淌，滋润着柚子年轻而多情的心田。

柚子见我疲疲沓沓踅进来，像是刚刚意识到时间不早了，把手中的诗集一合还给鹿，随后一蹦一跳地向外走去。途经我的背后，她用日记本敲打了一下我的肩膀：嘿！如同身患夜游症的我，遭受这突如其来的一击，猛醒过来，回头一望，柚子的身影已飘飘忽忽隐没于夜色中了，留下的一缕馨香经久不散。

柚子走后，鹿很快躺下睡着了，并发出幸福而均匀的鼾声。我睡不着。眼皮滞涩，思绪却异常活跃繁乱。留在屋子里的那股馨香还是那么浓郁，那么清晰。我是如此迷恋柚子身上的气味，我知道我的老毛病又犯了，我挣扎着和自己的内心作斗争，只要柚子一来我们宿舍，我总会找到机会偷偷溜走，几天没闻到那股馥郁的香味，我又会拼命地想，想得很苦，像一只没头苍蝇东突西撞，我会用大锹把棉花树连根斩断，我会跑到连里司务长用来采购物品的驴车前，趁没人时，用树枝猛烈抽打驴屁股，可怜那驴被我抽打得乱叫乱踢，那一刻，我觉得自己的内心很阴暗很变态。我为什么要去虐待那匹驴呢？道理很简单：我曾搭乘过驴车，毛驴一路小跑过去时，周身散发出一股难闻的骚臭味。我用处罚骚臭味的办法来排解对那股馨香的思渴。

很奇怪，那股香气苦苦折磨我的时候，脑子里会跳出枇杷妩媚的脸庞，论漂亮，柚子没法和枇杷比，还有，我非常清楚地知道柚子是属于鹿的，即便没有鹿，也还有蝙蝠，哪有我什么事？我想，倘若走在大街上，柚子属于那种回头率很低的女孩，而枇杷的情况则完全不同了，我敢担保，走过十个人一定会有九个回头，没回头的那个一定是白痴，枇杷的美几乎是无可挑剔的，那我为什么还被那股馨香折磨得死去活来呢？

月色透过窗棂射进来，映在垂挂的蚊帐上。轻轻摇晃的床使得月色也如同水中的倒影恍恍惚惚。不知何故，漫长而寂静的这天夜里，那张床不仅仅因为我才晃动。上铺的那个人似乎也一宿没睡，翻来覆去，和我一起将这张床变成了驶进浪谷随风起伏的一叶小舟。

天色微明，鹿第一个起床。他起床后过来撩起我和熊猫的蚊帐，把我们也叫醒了。临近黎明方才迷糊过去的我，在床上辗转反侧，困倦不堪。上铺的熊猫一骨碌翻身下床，穿衣套鞋，很快拿了一把大锹走了出去。

我是在鹿的第二次催促下才起床的。我拖拖拉拉迟迟疑疑，起身后看到楼房前面晨雾迷蒙的空地上，晃动着几个影影绰绰的人影。我在床沿耽搁了一会儿，然后下床走过去，从门背后拿了一把大锹站到了门口。这时，我又听到鹿在叫唤我的名字：骆驼呢，骆驼在哪儿？

我想，鹿也是一个敏感的人，这天他好像有某种预感似的不停关注我的行踪。

鹿集合好队伍，简单地说了几问，便带领大家朝村外走去。按照惯例，种过扎根树的连排干部都要出席今天的植树仪式，队伍稀疏地拉成长长一条。队伍中没有柚子，她是唯一一个没有种过扎根树的排干部。这是鹿为她力争来的特权，但也为以后柚子的背叛埋下了伏笔。

队伍走到村口拐弯的时候，我落在了末尾，这时我想解手，还欲望强烈。我犹疑片刻，转身朝孤零零蹲伏在原野上的那间茅屋走去。

我走进那间茅屋，就再也没有出来。我在里面待了整整一个小时。

这一切都不是我预先设计的，我事前没想得那么周到。但那一刻的抽身而去，却是我本能的反应，它符合我内心的抉择。

我猜测，鹿带领队伍走到防风林的坡下时，天色应该已经大亮。身材颀长的鹿回头一望，马上就会发觉有什么地方不对劲。他大概会停下脚步，挨个将队伍里的人员清点一遍。他的目光一定如电如炬，逐个搜寻过去。

最后，他差不多应该走到熊猫跟前，我能想象出他脸色异常难看、镜片后面闪烁着严厉目光的那副神情。

怎么回事？！鹿发火的时候常常这样问道。

熊猫的目光瞥向一棵晨风中的小草。

骆驼对你说过什么吗？你有什么事情没有向我汇报吗？

……

为什么？为什么你的搭档是一个可耻的逃兵？！

……

……

几年后时过境迁，我向熊猫求证那天早晨我逃离队伍后的情形，得到的结果居然和我的猜测一模一样。

我祈愿鹿的在天之灵能够宽恕我,我辜负了他对我过高的期望,我在那个早晨给他丢了脸出了丑。

一九七七年中国大陆恢复高考制度,在第一批离开海边的人群中,有一个名叫鲸鱼的人。因同在一所大学里,又有几个相同的朋友,他后来与我交往密切,毕业后几十年的时间里,他的事业愈做愈大,最终变成了亿万富翁。但就是这个鲸鱼,是他所在连队第一个种下扎根树的新职工。从那以后,短短的一年时间,他就完成了人生的三级跳:入了党,从副排长、排长、副连长,一直升到连长兼支部书记。当时的海边,他的名声遐迩皆闻,谁都知道这个海边最年轻最能干的知青干部。

在树荫遮天的大学校园的甬道上,我曾询问过鲸鱼当年种扎根树时的内心感受,我问他那时候想没想过一辈子留在海边,内心深处有没有矛盾过,有没有犹豫过,后来恢复高考制度,又是如何平衡自己内心的?我怎么也猜想不到鲸鱼的回答,让我猜一百遍都猜不到。

鲸鱼沉吟片刻,许久,他的眼神从镜片后奇怪地打量着我,他用一种怪模怪样的语气说:你能不能不要问这么幼稚的问题,你心智成熟一点好不好呵?

我傻了。那一刻,我觉得自己真是一个弱智。

6

雨点淅淅沥沥打在塑料布遮盖的简易顶上。几十张双人床拼凑在一起搭成的临时住所像是败军之营，在远离楼房的一片空旷地上散漫地分布着。油布和塑料布依靠竹竿的支撑，经风一吹，鼓鼓的，犹如野地里盛开的硕大无比的蘑菇。

连里所有的人都撤离了楼房，箱柜也转移到临时住所，偶尔，会有女职工不顾一切地跑回楼房去拿遗留的什物。

一个星期以来，地震和海啸将临的消息不断传来。恐怖的气氛紧紧攫住每个人的心。那种等待灾难降临的不祥之感和无奈情绪到处弥散，令人窒息，令人发疯。男女职工们纠集龟缩在临时宿营地，打牌喝酒，发出一阵阵号啕怪叫声，听后叫人毛骨悚然。

长长的海岸线在战栗。绵延的防风林在颤抖。此时此刻的海边，酷似一座炼狱。暴怒的大自然随时可能举起惩罚之鞭。所有厕身其间的生灵们的争斗，都不过是徒劳的小伎俩。

叭！皮带抽打腿脚的尖啸声骤然飞来。

迷迷糊糊的我不由得一惊，缓缓睁开眼睛。一根很宽的棕黄色皮带高悬在我视线的上方,我闭上眼睛,叭!又一声皮带抽在皮肉上的刺耳声音。

长时间的停顿。我微睁眼睑。

皮带高悬然而久久未落。视线艰难地下移,扭作一团的猴子,捂着收缩起来的腿脚在床沿翻滚,面容古怪得让人很难辨别他表情里的含义。皮带无力地垂落下来。视线旁移,沿着一条长长的臂弯向上攀援,鬈曲头发覆盖着的犀牛黑亮的额角进入画面,视线顺着鼻梁下滑,停留在蠕动的嘴唇上。犀牛棱角分明的脸庞侧影退出画面后,皮带又高高上升,上升,升到视线抵达不了的地方。这时,猴子从床上一跃而起,发出虎啸般的吼声,朝画面的右侧扑去,叭!皮带坚决地落了下来,猴子来不及闪身躲避,后背又遭受了重重的一记鞭打。

来,你再来呀,犀牛冷酷无情的面容重新占据视线的核心部分。你来呀,犀牛甩了一下皮带,咬牙切齿地说。

不玩了,我不玩了。猴子伏在床上呜咽道。

坐好!犀牛说,你坐不坐好?!

猴子起身坐好,脸上竟然渐渐绽开笑容。

你老实不老实?犀牛边说边在猴子的腿脚上又抽了一下,这一下并未真正击痛,倒是铁制床架发出了清脆的回音。

好了好了，猴子的眉头皱了起来，不悦的脸上尖突的嘴咕咕哝哝。

噢！打你不得，你又要生气，你生气好了。犀牛板着脸，皮带左右开弓，噼噼叭叭火星迸溅。

猴子的脸上迅疾又绽开古怪丑陋的笑容，仿佛一朵色彩淫逸的郁金香，迎向脸色铁板的犀牛，是谄媚，又像是挑逗。

古怪的媚笑使事情的性质变了，如果朝一个愿打一个愿挨的方向发展，就大大削弱了原先场面的紧张性和观赏性。我对皮带肤浅庸俗的上上落落失去了兴趣，闭上困顿酸涩的眼睛，昏沉沉睡去。

熊猫进来的时候天色已渐渐晦暝。他低头弯腰，钻进塑料门楣垂挂的宿营地，脊背和双肩被雨水淋得很湿。尽管他轻手轻脚，我还是在床架的摇晃中苏醒过来。

从连部开完紧急会议回来的熊猫，在这天开晚饭之前，悄悄透露给我一个消息：半夜全连可能要上防风林抢险。

从熊猫嘴里知道，现在的情况已经非常危急，暴怒的海水漫过了两道堤坝，防风林是阻止海水继续朝内陆渗透的最后一道屏障。防风林不能垮，鹰在连部会议上斩钉截铁地说，防风林一垮，海边的所有连队所有人就没有一个可以幸存的。熊猫拿着饭碗走出宿营地时,告诫我吃了晚饭早点睡觉,并准备好雨披和工具。

熊猫种了扎根树之后,成了连部机关领导层的当然成员。他虽说还没被任命什么职务,但大大小小的会议他都要参加,大大小小的事情他都比别人早知道。

那次从防风林回来,熊猫对我的态度似乎什么都没改变,他还是一如既往地和我一起合伙吃饭,我们俩的饭菜票也依旧放在一起轮流由一个人保管。我们之间没有任何交流,但我很清楚,维系我们之间关系的纽带松掉了,有什么东西在悄悄地流失。

至于鹿呢,他也只是有一天突然掀开我的蚊帐,怔怔地看了一眼卧床不起蒙头大睡的我,嘴里支吾了一阵,欲说还休地走开了。

我一直等待着让我搬出这间屋子的指令,我已做好了充分的心理准备。想到以后要被塞进七八个人合住的肮脏不堪的某间男宿舍,想到要和好朋友熊猫分开,曾经是携手并肩的同路人,从此将要离开各住不同的宿舍,我的心里不由得黯然无比。一星期,两星期,岁月流逝得缓慢而又湍急,一些日子过去了,并没有人要我搬出这间屋子,一切都好像什么也没发生过似的。原先寡言少语的熊猫和我在一起，话反而多了，鹿也时不时找机会走来与我搭讪几句，开开玩笑。我起先很有些为此而感动，觉得自己没被他们抛弃，他们没有歧视我，没有因为我的逃跑行为而远离我。我不知道在没让我搬出去这件事情上是谁起了作用，但我心里面却是很感激熊猫、鹿，甚至是鹰的。

渐渐地，敏感的我还是察觉到了一些细微的变化。比如，鹰再也不轻易跨入我们这间屋子，碰到什么事，他总是用尖嗓子召唤他的两名属下，每每此时，熊猫和鹿总是立即应召而去；再比如，以前鹿谈论连里的工作从不回避我，而现在鹿和熊猫很少在我面前谈论正儿八经的事，他们似乎都在外面谈完了才进入这间屋子。有好几次，我看到鹿和熊猫面对面站在卫河岸边，神情严肃地谈着什么，他们回避我使我觉得他们谈论的话题似乎与我有关，所以当他们谈完了回到屋子里来，显得异常轻松地和我攀谈几句时，我自然而然觉得他们的行径是多么地虚假和伪善。当我察觉到这些犹如暗流般潜伏在河底的变化之后，内心豁然明朗起来：熊猫的多言和鹿的爱开玩笑其实不过是一种怜悯自己的高姿态。他们只是像可怜一个落魄者，可怜一只迷途的羔羊那样来可怜我，没话找话地给我的四周编织起一道错觉的网。将这一切想通之后，我感到十分耻辱，更加郁郁寡欢，常常在熊猫和鹿去隔壁房间或开会或闲聊的时候，躲进蚊帐看书，记笔记。

如果不是有一天柚子突然闯进屋来，如果不是胆大妄为的她一把抢走我的笔记本，也许陷入苦恼之中的我，不会很快改变这种郁郁寡欢的状态。

柚子夺走我的笔记本，在屋子里大声地朗读起来：

> 我没去防风林，我是一个逃兵。逃兵就是罪人吧？我为什么要当逃兵？但我为什么要去防风林？我不想把根扎在海边，海边不是我想要长久驻留的地方。海边没有我所期待的一切。我期待什么呢？我渴望飞。我要飞，飞，飞。

我恼怒万分，急速穿好衣服跳下床，柚子已将我的内心独白非常舞台化地念完了。我一把夺回笔记本，脸色通红通红。我是真的生气了。

柚子见事情有些糟糕，赶紧走过来，态度诚恳地说她也是一名逃兵，她也没有种过扎根树。我惊讶地缓缓抬起头，从柚子灵秀的脸蛋上看不到一丝一毫开玩笑的迹象。我与她美丽的眼睛凝然对视的刹那间，我的心一热，迅速移走了视线，但那可怕要命的馨香又开始来困扰我了。

那鹿可是种过扎根树的呀。我莽撞地脱口而出，好像要力图甩掉那香味。

他种过扎根树跟我有什么关系？柚子忽闪着黑眼睛说，一道浅红浮上了她的脸腮。

柚子的反诘给我留下了深刻的印象。它让我模糊的双眼拨开云层，窥探到迷雾笼罩的隙缝。不过，我对她的话依然似懂非懂。碍于羞怯心理和当时的情形，我没有再继续追问下去，我让谜一样的疑问在脑海里转动了几下，留存于心中。

这一天柚子的闯入不仅仅是对我所栖身的这间屋子而言。柚子的闯入是深入的，全面的。它扭转了局势，安抚了一颗悸动的心。有女排长柚子作为参照对象，我沉重的心理负担开始变轻，继而有种如释重负的轻松感。

熊猫透露的风声在这天夜里得到了应验。子夜时分，一声哨子紧急吹响。接着，当当当的钟声穿越雨幕中的旷野久久回荡，启动引擎的拖拉机犹如万马齐鸣，轰鸣声震耳欲聋。

披着雨披的鹰和鹿大声吆喝着，挨个叫起被窝里熟睡的男女职工。他们不容商量的口吻预示着情况的紧急性和严重性。

我被推醒后，懵里懵懂听到哗哗的雨声和急促杂沓的脚步声。幸好有熊猫的提醒在先，我忙乱中还是找到了雨披和工具。走出宿营地，在拖拉机头打出的两束强光前，已站满了手持大锹和箩筐扁担的人们，瓢泼大雨在两束横射的光柱中纷落如注。

鹿清点人数，发觉少了犀牛和柚子。经询问，柚子已发烧数日，而犀牛称病不起，没人再敢去叫他。鹿低声和鹰说了几句，鹰的眼光在雨水模糊中变得冷酷无情，他尖叫一声，让鹿去把那两个真假病号全部叫起。

几分钟后，在这个天昏地黑大雨滂沱的深夜，装病的犀牛和烧得晕晕乎乎的柚子，一齐被人架上了拥挤的拖拉机。

灯束四处摇曳晃动，当当的钟声还在原野上回响。风狂雨骤，泥泞的道路坑坑洼洼，拖拉机载着满满的一车人颠簸前行。凄厉的风劈面而来，刮在人身上发出呜呜的尖啸声。

我瑟缩着脑袋，挤在人堆里，身体随车晃动。我眼睛眯缝着，借助一束手电光，看到病病歪歪被人搀扶着的柚子。随着昏冥的脑袋渐渐清醒，我开始意识到这群人要到什么地方去，要去干什么。熊猫曾经对我说过，海边发生地震是最可怕的。据资料记载，一百多年前，这一带发生过八级地震，海啸紧随在后，漫天的海水浩浩荡荡吞没了纵深几百里地的内陆。

希望是仪器测错了，熊猫目光幽幽地说。在那一瞬间，给我的感觉好像是一场赌博，赌注就是海边几万人的生命。

那为什么不能撤走呢？我问。

来不及了。再说防风林需要有人看护，我们一走，后面的老百姓势必引起骚动，没人会去管防风林。熊猫这样说的时候俨然是一个主留派。

仪器假如没有测错的话。我们不是在等死吗？我追问道。

你不要想得太多，熊猫皱起了眉头，有没有地震，多少级，离这儿远不远，都还是个未知数，通知仅说这一带近日可能发生地震，仅仅是一种可能。

熊猫在说这些话的时候显得很没有信心，所以我的神情有些烦躁。

我沉默了。我不想再与熊猫急辩下去。我从熊猫所表现出的不自信当中看到：主宰海边几万人生命的是一股神秘巨大的、超越整个海边指挥系统之上的自然力量，面对这股不可抗拒的力量，连部、场部乃至更高的权力机构都无可奈何，都不过是听任命运安排的一抔黄土。既然如此，我又何苦要去刺激表面镇静、内心紊乱的熊猫呢？

拖拉机在两束射得很远的强光照耀下艰难跋涉前行。从四周汇集过来的微弱灯光明灭闪烁，在风雨肆虐的黑洞般的荒原上苟延残喘。看来海边的几万人现在都出动了。这种架势表明防风林危在旦夕，海水恐怕是涨上来了。我不知从哪本书上看到的，地震之前往往伴随狂风暴雨，不要说几万人，就是几十万、几百万、几千万人，也统统是瞎折腾瞎忙乎，大海只要打一个喷嚏，无论多少人，意气再奋发，无一可以逃脱葬身海底的惨烈下场。拖拉机穿过暴风雨的茫茫黑夜，像载着一车昏昏沉沉的醉汉，穿过长长的隧道，朝死亡之海驶去。真是一场侥幸碰运气的赌博，我望着东倒西歪的许多头颅，浑身感到冰凉。难道就这么完了？我莫名其妙选择通往的海边之路其实是一条死亡之路？什么都还没有开始就要草草结束了？我还没有尽情呼吸过清新的空气、馥郁的花香，我还没有胃口大开尽情品尝过美味佳肴山珍海味，我没还有寻找到一片供我自由飞翔的天空，实现我人生的蔚蓝的梦想，我甚至还没有……爱过，还没有占有过异性的胴体，还没有畅饮过爱的美酒，并为此而深深沉醉……就这么完了？生命就这样单调无聊？这样的安排岂不是太不公平了？在我还没有触摸爱之前，先让我触摸……死。二姨妈的死，让我看到了遥远的地方稍纵即逝的一道阴森森的白光。但那离我很远，离我的生命躯壳以及灵魂都很遥远。现在则不同了，死就伺伏逡巡在前方，它阴险地等候我前去，它要掠走我的生命其实很容易，很简单，以后太阳升升落落，人类生生死死都与我无关了。我还会以某种物质形态出现在世上吗？我还会来人间走一遭吗？

拖拉机笨重地驶过一座桥面，机身下坡让我的心不断下沉。拖拉机再往前爬行一段路，就到了防风林。霎时间，狂风漫卷树林的呼啸声一阵阵如雷贯耳。备受风雨鞭笞的绵延无边的林带东倒西歪，宛如败军之阵，堤岸上的刺槐树或枝条折断，或根须暴露，昔日巍峨的气氛消失得无影无踪。一大片一大片的堤坝泥土被冲走，海水要漫过这最后一道屏障，后果将不堪设想。几万大军的任务就是要用泥土和草包堵住那些缺口，加固危险地段，增高堤坝高度。

我随着人流涌上防风林，目光急切地恐惧地寻找漫过来的大海，然而黑压压的前方什么也看不见，只有风声雨声从四处铺天盖地地席卷过来。

暴风雨停止咆哮是东方渐白的黎明时分。长长的堤岸上，蠕动的疲惫不堪的人流渐渐明晰起来，从天地的那一头蜿蜒过来，又伸展散落到天地的另一头。奋战了几个小时的海边人，浑身被泥水浇过似的面目不清，很多人都光着脚，在泥泞的防风林上啪唧啪唧艰难移动。曙色漫过来以后，我第一次看到了大海。那时候的我已腿脚发软，全身无力地仰天斜躺在堤坡上。黄黄的海水急剧后退，已退到了天边，在那儿缓缓喘息游动，像是纵欲过度后的平静如初。

水天一色。辽阔无比的海面被曙光涂了一层亮色，熠熠闪耀，明净光滑得像绸缎，像美人的肌肤。人是一次次劫难后遗留于天地间的幸存物。我这样想。

警报在这天中午解除了。六级地震发生于昨晚距海边几百公里外的一个县城。没有人员死亡。

第二章　狼

1

马队从南北两个方向成钳形朝海边飞速包围过来。尘土在杂沓的马蹄声中扬扬洒洒。偶尔还有一两声枪声传来，使得寂静的海滩上惊起几只灰褐色的海鸟，聒噪着发出翅羽拍击长空的清脆而不安的声响。

一群身穿军衣、理着光头的劳改犯手持各种工具，龟缩在一间临近运河边的矮平房内。他们一个个神情紧张，屏气敛息，静听马队奔驰的蹄声由远而近。

走，上古堡去！一个领头的劳改犯一脚踹开木制的房门，把手一挥，墙角被推出一个五花大绑的劳教干部。他十八九岁模样，嘴里被塞了团回丝，怒瞪着双眼，在几个劳改犯的推搡下，步履踉跄地朝外走去。

马队穿越茅草地斜刺里插向运河，茂草的海洋掩没了奋勇向前的马身，只留出腰背拱曲的士兵在草丛之上浮游。马队爬上高坡的时候，士兵们看到，隔着运河，一溜劳改犯仓皇跑向一座高耸云天的碉堡。一名士兵举起了冲锋枪，被一个当官的阻止了。因为他从望远镜里看到了那个年轻的被劫持的劳教干部。

劳改犯在碉堡的门洞里鱼贯而入，随后关闭了铁皮包裹的木门，用几块巨石镇在门后。一小时后，两列马队迂回过来，将荒原上的这座孤零零的建筑物团团包围起来。大汗淋漓的军马长途跋涉后犹如奔驰过猛的列车，一时难以刹车，它们围绕着古堡继续散漫地小跑，或打着粗重的响鼻，或仰头高抬前腿，发出几声嘶鸣。

士兵们开始喊话。

劳改犯们蹲伏在碉堡的顶楼，从墙孔里窥视耀武扬威的马队来回疾驶。不一会儿，在带头闹事的那个劳改犯的指使下，劳改犯们对士兵们的喊话给予了回答：他们将五花大绑的劳教干部顺着一杆旗杆像面旗帜似的高高吊起，两个劳改犯手拉一根粗麻绳，随着士兵们劝降的喊话节奏让劳教干部在旗杆上滑落上升，滑落上升。年轻人颈脖被勒得愈来愈紧，嘴里又被回丝塞住，呼吸极为困难，脸色憋得猪肝一样紫红。

双方对峙着。一小时，两小时。一天，两天。

悬挂在旗杆上的年轻人垂下了脑袋，像一棵蔫了的向日葵。劳改犯们也一个个意志颓废，圆睁双眼，向下望着碉堡四周安营扎寨的士兵们咀嚼饼干和猪肉罐头。

这天晚上，劳改犯们于午夜时分悄悄打开了木门。他们借助依稀的月色，朝散布四周的帐篷偷偷匍匐过去。

他们撂倒一个持枪的哨兵后才发觉事情不妙，那个哨兵原来是用茅草扎成的。劳改犯们刚闯入士兵们的帐篷，几十支手电筒一齐从草丛里射过来，他们明白中了计，急速后退已来不及了，通往碉堡的小径被一排持枪的士兵堵截了。除了领头的和另外几个为数不多的劳改犯，所有的暴动闹事者一并被拿下。

半小时后，这些劳改犯们狼吞虎咽地咀嚼士兵们施舍给他们的食物，暂时忘却了以后难以逃脱的惩罚，对眼前一时的满足眉开眼笑。

第二天凌晨，碉堡顶端传来一阵咆哮声。那个领头闹事的劳改犯像头困兽般来回逡巡，他一手提着一根皮带，一手端着一把从劳教干部那儿缴获过来的手枪。他用皮带抽醒两个迷迷糊糊的劳改犯，然后命令他们放下那个年轻人。

碉堡四周被吵醒的士兵和昨夜做了俘虏的劳改犯们纷纷钻出帐篷,抬头仰望那个雄狮般发怒号叫的人,不知他要干什么。

那个年轻人被推至碉堡垛墙前,饥渴和折磨已使他瘫软如泥,不过他还是强打起精神,回过头来朝身后那个家伙狠狠瞪了一眼。

不许回头!领头闹事的劳改犯大吼一声,抬起腿往年轻人的屁股上踢了一脚。然后,他用手枪顶着年轻人的脑壳,朝下面大喊大叫。他要士兵们派人送水送吃的,他要部队撤离海边,若不答应他的条件,他将立即把那个劳教干部从碉堡顶楼推下来。暴怒的、疯狂的劳改犯的头儿一边号叫一边还用手枪托敲砸年轻人的脑袋。年轻人痛苦得紧闭双眼,发出呜呜的呻吟声。

部队没有及时做出反应,碉堡顶端的那个狂人开始用皮带抽打年轻人。帐篷内,部队当官的正紧张地商量着对策,叫骂声不断从碉堡上传来。

备受凌辱的年轻人似乎并未屈服于强暴,他在皮带落下后疼痛难熬的间隙,依然回头去怒瞪身后的人。他的目光虽说已不如以前那样炯炯有神,那样慑人心魄,但还是保持了几分威严。他的不屈更加激怒了那个亡命之徒。

不许回头！不许回过头来！你再回头老子挖掉你的眼睛！皮带在吆喝辱骂声中雨点般落在年轻人的身上。年轻人的衣衫被抽得绽开，肩胛上露出一道道血印。但雨点般的鞭打一停下，他还是倔强地转过头，目光狠毒地瞪视那个人。

部队几个当官的商量好对策，从帐篷内走出，这时，他们听到碉堡顶端传来一声撕心裂肺的惨叫。

他们赶紧抬起头，看到那个狂人一只手摁住年轻人的颈脖，另一只手伸长两只指头，像一双巨大的蟹钳扎进年轻人的眼眶，手指轻轻一勾，水汪汪的眼球便弹了出来，血像喷泉似的从年轻人的眼眶里倾注而出。年轻人的身子摇晃了一下，卧倒在垛墙上，两个劳改犯欲上前去扶持，又恐惧得不敢挪动双腿。

帐篷门口围观的劳改犯和士兵们纷纷低下了头，不忍目睹那一幕惨状。

部队当官的迅即命人送水送食物去碉堡。水和食物是由两名劳改犯拿着的。碉堡大门打开的一刹那，埋伏在草丛中的士兵一跃而起，箭镞一般射向门口，用枪顶住开门人的咽喉。随后，两名劳改犯在士兵的威逼下慢慢向碉堡顶楼爬去。

那个咆哮的狂人发觉楼梯口有人上来时已经晚了,两名劳改犯的身后伸出了一支黑乎乎的枪管,里面的子弹一发不漏地全部射进了他的身体。

事后验尸时军医数了数,那被毙的领头闹事的劳改犯身上,留下了数十个枪洞。

那个被剜了眼珠的青年管教人员就是鹰。因为在这次平暴行动中的杰出表现,他受到了特别嘉奖。

那次暴乱距今大约二十年。

2

被海边人叫作古堡的那座孤零零矗立在荒原上的碉堡,据说是当年日本人从海上漂过来,爬上陆地后建造的。日本人为什么要在这块人迹罕至的地方造一座碉堡,一位研究二次大战史的专家摇摇头,面对我的提问,表示无可奉告。

这漫漫滩涂几百里,芦苇茅草一望无际,即使站在炮楼的顶端,也只见海风浩荡,草浪滚滚,野兔出没其中,海鸟翻飞其上。从军事意义上考虑，倘若作为瞭望迎候海上船只的耳目，它又似乎离海边太远了。事实上，翻开历史书，日本人除在一九三八年夏天有一个中队编制的士兵从附近海面登陆外，以后数年间便再也没有利用过这片绵延百里的滩涂。要有地图的话一望而知，这是一个死角。日本人当年匆匆而过，却要在这无人区费尽艰辛，不知从何处运来砖块水泥，建造一座没有实用价值的碉堡，莫非想为大日本帝国树起一块丰碑，以便于从飞机上鸟瞰沿着海岸线长长绵延的这片滩涂时可以满足一时的虚荣，或者是那支登陆部队的长官倏地心血来潮，想为他日后领取勋章留下一个佐证？排除这些想入非非的猜想，只有一个解释是说得过去的，那就是当年日本人在大举进攻中国大陆的时候，曾考虑过把这一块死角作为俘虏营或天然监狱，在这儿挖些万人坑的话，活埋成千上万的抗日将士，恐怕是天不晓地不觉的秘密了。

有意思的是，二十年后，当二次大战的硝烟在人们的记忆中渐渐变得遥远之际，这片拥有漫漫滩涂的死角，真的悄悄地建起了一个犯人基地。而荷枪实弹的看押犯人的士兵就站在高高的碉堡顶楼，用望远镜严密监视那些芦苇丛中慢慢悠悠捆扎茅草的重刑犯。

不知道在海边建立服刑地这个点子是否受到了当年日本人的启发，事实证明它是合理的和有预见性的。自服刑地建立后的几十年间，劳改犯在这块荒凉的土地上，发动过大大小小的骚乱和暴动，但没有一次不以他们的惨败而告终。最严重最危急的一次暴乱发生后的结局，就是芦苇荡里横尸几十具。而这儿所发生的一切，都被呼号的海风掩没卷走了。犯人们渐渐懂得了权衡利弊，他们开始学乖变老实，忍受岁月的流逝和繁重的体罚。从善的道路给他们带来人生的希望，在他们渐渐变得驯顺且步入晚景之时，政府允许他们成家立业，繁衍子孙。嫁给这批人为妻的，多数也是从良的妇女和附近穷得没一件衣服遮体的农家姑娘。当这批人再也不可能成为不安定因素之后，部队撤走了。那座碉堡经年历月地废弃不用，日晒雨淋渐渐颓圮，堞墙砖块纷纷掉落，木门倒塌杂草丛生，一座曾经高耸入云骄傲无比的建筑物失去了昔日的威风，如条丧家之犬，被遗弃在天地之间。狂风呼啸的雨天，碉堡呜咽着，那巨大的声响在旷野上飘来荡去，宛如一个孤魂，阴森可怖。

古堡常常闹鬼，我到海边后听司务长这么说过。司务长是一个胆小谨慎、人缘颇好的老知青，他对我这么说的时候神情很虔诚。司务长的胸前总挂着一枚小小的从不示人的十字架,他对我说过他是一个教徒,因为有一次洗澡时,我不小心看到了那枚十字架。

司务长告诉我,那天他一个人驾驶手扶拖拉机从外采购蔬菜回来,抵达海边已是阴雨绵绵的黄昏时分。临近运河桥面的时候,雷电大作,雨势突然迅猛起来。浑身淋得精湿的司务长在拖拉机慢慢驶上桥面的时候,凭借拖拉机的灯光,看到前面站着一个女人。于是他大声嚷嚷让她靠边,女人置若罔闻,仍旧站在桥中央。司务长赶紧急刹车,抹了抹雨水涔涔的脸,发觉那女人不见了。那时他以为自己眼花看错了,不料拖拉机下坡后那女人又突然出现在前面,这时已无法刹车,心底善良的司务长急中生智,一手紧握拖拉机把手,另一只手伸出去推那女人,孰料司务长用足力气伸出手去,只摸到软软的一团衣服,衣服里面空空如也,他使劲抓也无法抓到那个女人,女人就像稻草人似的在地上生了根一动不动,他只能眼巴巴地听凭拖拉机从那女人身上碾压过去。女人滚向轮下之前,司务长清晰地听到了她俯在他耳边说的一句话:去救救孩子……

拖拉机徐徐停下,司务长返身上坡,只见坡上除了一摊淋漓的鲜血之外什么也没有。司务长正处于重重迷惑之中的时候,从古堡方向传来婴儿的啼哭声。他急速跑向古堡。他在古堡内上上下下找寻了半天,婴儿的啼哭声似乎就在他四周盘旋,但他怎么也找不到婴儿。他在走出古堡的时候,被什么东西滑了一下跌倒在地,他伸手一摸,是黏乎乎的什么东西。走到拖拉机前,借助车灯司务长伸手一看,才知道手上沾满了鲜血。他恐惧之极,跳上拖拉机加大油门朝连队疾驶而去,一路上他不时回头,觑望身后黑魆魆的大路和那座阴森森的古堡……

司务长的故事并未真正引起我的注意。我不怀疑司务长为人的诚实,我只是觉得人处某种特定环境,譬如风雨交加的夜晚,是会因为害怕或孤独而产生幻觉的。后来枇杷悄悄告诉我的一件事,使我的态度变得犹疑起来。

我后来才知道,那段时间枇杷一直心神不宁,常常失眠。在她内心孤立无援的时候,作为她的"弟弟"——我却毫无感觉,于是她只能鼓起勇气来找我。

枇杷自从和我姐弟相称后,对我一直是备加关怀。她常常拿走我的被单蚊帐,去河边洗濯干净,晒干后又悄悄地送回来。由于劳动强度大,消耗大量体能,加上光吃素菜没有油水,到海边半年,我每餐居然能吃一斤饭,以至于定粮常常不够,枇杷原本饭量小,她又不下田,最多是摇着一只船将鸭群赶往运河深处放养，于是，她经常把多余的饭菜票塞给我。枇杷比我大，她所给予我的照顾，在我看来，更多意义上是一种姐姐对弟弟的情感。海边不乏姐弟相称的冒牌，那其实是临时凑合的情人关系。而枇杷和我心里都明白，我们不是拍拖，尽管很多人眼中也流露出对我们之间关系某种心照不宣的态度。直到最后，枇杷和我的关系都非常地纯洁，充其量只能算作是一种较为默契的友谊。枇杷天生标致，她酷爱表演和朗诵。海边有一次举办赛诗会，我为她写了一首题为《大锹歌》的诗，这是枇杷跑来要我帮她写的。我非常清楚写这样的诗歌鹿最擅长，但我无法拒绝枇杷。枇杷背诵这首诗的时候，把我叫去就某些句子提出了修改建议。我听从她的建议逐句进行了修改。后来她又邀我留下来，成了她朗诵的业余导演。我们合作得很好，友谊就这样不断地加固。为了酬谢和回报枇杷对我的照顾，我也常把家里寄来的巧克力或香肠之类的东西送去给枇杷。那么，如果没有发生后来的事，我和枇杷的关系会不会朝情人方向发展呢？我得承认，私下里我无数次想到过枇杷。奇怪的是，每次脑海里一出现枇杷的形象，一股股浓郁的清香就会袭来，它们环绕着我的全身，环绕着我的灵魂，像迷魂药一般搅得我颠三倒四，魂不守舍。那时候的我，内心身处一种癫狂状态，但在熊猫和鹿面前，我还只能装得很平静。我把自己伪装得很好。在当时的这种状态下，我怎么会去洞察到枇杷的反常，怎么会知道枇杷一直在寻找我呢？

嘟，嘟，嘟，枇杷终于在晚上十点敲响了我们宿舍的门。

是鹿跑去开的门。我和熊猫都躺在床上没动，可能是觉得这么晚了，没人会来找我们。鹿在门外低声嘀咕了一阵，返身进来，撩开我的蚊帐，大声说：你姐姐来找你了！

我匆忙穿上衣裤，跟随枇杷来到卫河边。月色撩人，河水粼粼。我记得，种扎根树的前夜，我和枇杷也曾在这里相遇过。一晃两年过去了。枇杷神色忧悒，她告诉我近来她常常失眠，常常在睡梦中听到婴儿的哭声，还常常觉得深夜有人在她门外徘徊。我问她怎么会这样的？她说自从上次遇到一件怪事后就变成这样了。

在枇杷的记忆里，那天，她是在暮色降临的傍晚驾船途经古堡的。黄昏中的运河雾气袅袅，铅灰色的河面流动着潋滟黯淡的波纹。羽毛未丰的鸭群昂头凫水前行，枇杷手持一根竹竿将小船缓缓驱动，两岸斜坡上迎风摇晃的芦苇纷纷朝后退去。就在这时候,枇杷听到了岸上传来一阵阵婴儿的凄绝悲啼。枇杷迅即驾船靠岸,登上斜坡,枇杷的眼睛分别有四百度和五百度的近视,环顾暮色苍茫的旷野,她无法看清目标。机敏的枇杷只得循声寻去,她沿着弯弯曲曲的土路走了许久,不经意已来到古堡跟前。

太阳早已坠落,地平线辽远的地方呈现微弱的天光,暮色笼罩下的古堡灰不溜秋,瑟缩着蹲伏在那儿,像个古怪的巫婆。

枇杷踩过茅草地进入古堡时,感到一股阴气扑面而来,她那时候曾经回头望了望天色黯淡的旷野,她的脚步迟疑地徘徊不前。奇怪的是,哭得死去活来的婴儿仿佛听到逐渐走近的脚步声,他(她)竟然放低嗓门,让啼哭听起来像一种轻轻的呼唤。我不知道枇杷这天傍晚时分走进古堡的经历,与她以后的不幸有什么内在的联系,我只是常常会有这样的念头:倘使那天枇杷感到害怕了,胆怯了,她退出了古堡,或者她不去理会那婴儿的啼哭声,她是否会成功地避开那朝她大步走来的劫运呢?

在那一刻,婴儿低低的哭声,呼唤般的呜咽将她深深地迷住了。薄暮中的婴儿啼哭声带着悲凉和惆怅,感染了酷爱朗诵的枇杷一颗多愁善感的温柔心,使她忘掉了只身一人的害怕，她在一阵阵迷人的召唤之下，借助从古堡顶楼斜射下来的一缕微光，沿着盘旋的石级攀援而上。离开顶楼还有一层的地方，枇杷停住了脚步，然后她贴着圆壁砖墙拐进深处。古堡四周的瞭望孔隐隐约约透进些微亮光，帮助眼睛近视的枇杷渐渐适应了幽暗的环境，她看清一堆干草铺上蠕动着一件军大衣，啼哭声就是从军大衣下面发出的。那会儿她什么都没考虑就走了过去，俯下身子抱起类似襁褓的军大衣。她抱着军大衣走向外面，古堡顶楼的亮光照射下来，她忽然有了一种冲动，她想看看这个被她拯救的婴儿面容，这个极具母性化的想法让她激动不已。

她奋勇登上余下不多的几步台阶，来到了顶楼。顿时，一股凉风沁袭她肌肤，拂动她挂落前额的刘海，晦暝的暮色从四处一齐涌来，宁静无边的旷野烟炊浮动。

她轻轻用一只手掀开军大衣的一角，她看到了一张异常古怪的脸：满脸黑色毛发，嘴巴前突，尖耳竖起，张开的嘴里伸缩着一条鲜红的舌头……那是一头阴险的狼。看到她，它又发出一声婴儿的啼哭。

枇杷尖叫起来，此时，天空弥漫一种惨烈的白色。

3

鹰站在大路旁边。随风拂动的绿草掩没了他的裤腿。他身后的几十米处,是那座阴森森的古堡。

西天的晚霞壮丽绚烂,辽阔的、云彩纷呈的蔚蓝天空下,原野无边无际地延伸。一种花草的熏香弥漫在海边的黄昏里,徐徐的晚风,将水渠中青蛙的聒噪声传得很远。空气温和而湿润。

鹰一动不动地凝立着。三三两两的人群从他前面走过,他们翻过不远处的架于运河之上的水泥桥,消失了影踪。当他们的背影再度出现于大路上,已变成一个个小黑点。无数的小黑点聚集汇拢,涌向南面的一幢建筑物。那是场部,今晚那儿竖起了一块银幕要放电影。

四连一大帮男男女女走过来了。

他们肯定感觉到了一股冷峻威严的目光注视,于是,手拉手的男女职工倏地分开,一反先前的亲昵态度,将彼此间的距离拉得很长;喷云吐雾的男职工,反应极快地拔下叼在嘴边的香烟,像个老农似的往脚底心踩灭了烟头。谁都知道,鹰不允许任何人在他的专制王国里抽烟,但这里已走出四连的地界,所以流动的人群里,其他连队的职工则故意显得很轻松，他们肆无忌惮地抽着烟，我行我素，偶尔转过头，吐出一圈圈淡蓝色的烟雾，似乎是在嘲讽四连职工那么惧怕鹰的怯懦行为。

晚霞被云层覆盖，天色渐渐坠入昏暝的时候，有人看见鹰走向了那座阴惨惨的古堡，他的宽阔背影，被浓重的夜色团团包裹起来。

那些迟到的电影观众事后提供的证词，显然为这一天晚上电影散场后所发生的事情，蒙上了一层迷离的玄秘色彩，正如暗浮的潮湿空气使这个夜晚变得反复无常一样。

需要补充的是，平素蜗居在连部的鹰，除了公务，一般很少出门看电影，或办其他私事，他也几乎从不喝酒。这天傍晚随暮色到处流淌的那股浓浓的花草熏香，犹如钓饵似的引诱他步出房门。鹰朝西南方向抬眼望去时，色泽不同的眼珠在一种忧郁的氤氲里闪闪烁烁，他闻到自己身上散发出的一股股浓浓的醉意。在一刹那的时间里，他忽然果决地移动脚步，摇摇晃晃朝黄昏中的原野走去。

这天晚上海边狂风大作。凄厉嘶吼的风使得门窗互相碰撞敲击，整整一夜不断发出令人心悸的声响。海边的老职工都说，他们还未遇到过春风刮得如此猛烈的天气，而且光刮风不下雨。他们说这天气有点妖有点邪。

4

鹿在星期天的上午，突然敲响了挂在村口的废铁齿轮。

当，当，当，急促而洪亮的钟声东奔西突，使得一些沐浴在懒洋洋的阳光之中的海边人蓦地一惊，用恐慌不安的眼睛望着村口方向，一种不祥的气氛笼罩着大家的心。

几分钟后，鹿扔掉那根敲钟的铁棒，走到楼房前的空地上，大声催促人们去食堂开会。人们三三两两朝食堂那幢矮平房走去，这时大家看到：村口停泊着一辆北京吉普。海边人都知道，只有场部的头头，才会坐北京吉普，而场部的头头通常是很少下连队的。

果然，人们从食堂那扇朝南的木门鱼贯而入后，很快看到了披着军大衣来回踱步的场长。场长是一位五十开外的中年人，饱经海风的老围垦历史使得他肤色黧黑，满头华发，看上去像个老头。他也戴了一副黄色赛璐珞眼镜，镜架中央连接处用橡皮膏扎牢。橡皮膏在海边非常走俏，因为它有许多妙用：蚊帐或者衣服破了，就用一块橡皮膏从里往外粘上，但像场长这样将摔断的镜架也用橡皮膏包扎起来，不能不说是一大发明。晒黑的鼻梁上一小截白色膏布格外醒目，乍一看，像是京剧中诙谐的丑角。

此时此刻的场长却是紧绷着脸，倒剪双手，来回走动的身影被阳光投射在墙角上游弋不停。几个场部领导板着脸肃立门口，俨然像是几尊气势汹汹的金刚。

这一天最后进入会场的是鹿和枇杷。枇杷在鹿的陪同下走进来时头发凌乱神情哀戚，两只平素妩媚动人的眼睛又红又肿。

我心里一阵吃惊，不由得暗暗叫苦。

嘈杂的窃窃私语声也许分散了人们的注意力，使得很多人忽略了这一幕情景。然而坐在靠近窗口的一个角落里的我，却将这一切全看在眼里。我曾在抵达海边后的最初几日，也是处于这个角度，观望身材窈窕的枇杷从一叶扁舟上跳下，而后姗姗走来。同样的春日，同样的场景，枇杷的出现当然逃不过我的眼眸，她的神情让我暗暗忧虑，我感到事情有些不妙。直觉告诉我，枇杷所遭遇到的不测恰恰与我诚挚善良的愿望相反。我不希望厄运降临到她的头上，但我又做过些什么呢？除了被那股勾魂的香气熏得神魂颠倒自顾不暇之外，我还能做什么？

我只能用忧戚的目光，静静地注视枇杷瘦削的肩胛、沉默的背影以及因为脑袋低下导致形状拱曲的颈脖。

场长开始讲话了。场长的讲话出人意料地简短。他用夹带浓重地方口音的普通话宣布场部连夜开会讨论后做出的决定：解除四连连长鹰的职务，在场部没有派人来四连之前，由副连长鹿暂时代理行使连长职权。

就在人们睁大眼睛、准备听到场长对场部做出如此重大决定的解释和说明时，满头苍发的场长忽地打住了话头，然后迈着坚实的步子走出了会场。侍候在门口的场部头头们，迎上来簇拥他登上北京吉普扬长而去。

我随人流涌出食堂大门的时候，看到一辆丰收拖拉机停在通往村口的大道上。从连部方向走过来脸色灰暗神情萎靡的鹰，他的手里提着一只满满的网兜。一个眉清目秀皮肤白皙的中年妇女身穿白大褂，腋下挟着一床被子尾随其后。

四连的男女职工放慢了脚步，默默站立于拖拉机的两侧，看着背光走来的鹰垂着脑袋，一声不吭地爬上丰收拖拉机的翻斗，他登上车斗之后又将那位中年妇女搀扶上去。大家用眼光无声地探寻前连长黯淡的面容，而鹰却并不理会这些，他始终低着头，昔日炯炯有神的眼中似乎看不到任何人，直至拖拉机缓缓启动驶出村子，鹰的眼光也没和谁接触对视过，他像一个患有严重健忘症的病人，对不再可能返回四连这桩事实丝毫没有惋惜之情，对他的旧日部下们也没有告别前的离愁别绪，他的那只真眼也仿如假眼一般木然凝聚，在眼眶内一动不动，他像个梦游人一般连头都不回地离去，绿色军大衣紧挨着白大褂，随着拖拉机的颠簸起伏，在发黑的阳光下渐渐远去。

鹰的离去和枇杷的沉默，使那个狂风大作的夜晚所发生的事，犹如云遮雾罩一般扑朔迷离。随着岁月的流逝和推移，人们只是根据支离破碎的传闻，渐渐拼接组合起那个夜晚里的故事。

据说那天晚上电影散场后，站在银幕背面看电影的枇杷，忽然被人拽住了。

当她还没看清那个男人的面容时，她感到一只手已经捂住了她的嘴唇。枇杷在那一刻稍稍感到有些意外，她有深度近视，但她凭直觉知道身后的那个男人是谁，很长时间以来，他经常在她的宿舍门外徘徊，应该说，她对身后的男人不仅充满了敬畏，还有感激之情。他和她非亲非故，却给她安排了一个美差。她愿意把他的忽然出现看作是一种生活的巧合，我们不是在任何地点、任何时刻都有可能邂逅某个熟人或者朋友吗？兴许天性单纯的枇杷根本来不及细想，野外黑压压的，单凭一只眼，那个人怎么可能凭借依稀月色，凭借电影银幕里的一点亮光，寻找到想要寻找的目标。

我们想象枇杷跟随男人离开场部广场时，四周皆是急匆匆赶回各自连队的人流。男人紧紧架住了她，他的胳膊格外健壮。枇杷这时闻到了一股浓烈的酒味。人流渐渐远去，枇杷和男人落在了后面。那时候，枇杷是否对他们的步履迟缓产生过疑虑？枇杷是否对他们渐渐远离人群、面对寂寥幽黑的旷野曾经感到过恐惧？

对于这些疑问，枇杷不说，人们是无法用想象来填补的。凭我和枇杷的交往对她的了解，我大概可以确定的是，当枇杷和男人一起走到了古堡跟前，枇杷肯定会提出异议的。如果在此之前，枇杷还相信男人找出的什么理由，那么来到朦胧月色下狰狞的古堡，我敢断定枇杷不会像随波逐流的一尾芦叶，听凭命运将她抛之浪谷峰底。她一定抗拒过，挣脱过，她会说时辰不早了，她会说起风了该早点回连队。我想她肯定这样对男人说过，肯定，不会错的。因为只有我知道枇杷不会漠视他们走近古堡的举动，因为只有我知道枇杷在古堡里遇到过狼，她害怕去古堡。

男人是怎样将枇杷引进古堡的？他拽她、抱她，抑或使用蛮力将她强行拖进古堡？我无法制止人们这样去猜想，但我更愿让浪漫的思绪无边无际地蔓延，我更愿这个故事这个夜晚蒙上一层玫瑰色的梦幻色彩，我更认同这样的场景：古堡一旦出现于星月迷蒙下的旷野上，男人就喝醉了酒一般地喃喃絮语，在一种迷人熏香的侵袭中，男人传奇般的历史宛如芦花一样在枇杷迷离的眼前徐徐开放，满滩遍野的芦花飞飞扬扬，古堡在那一刻像是被点亮的宫殿通体透明，熠熠闪光，枇杷被迷人的熏香和飞舞的芦花驱动着，飘飘忽忽进入了仙境般的古堡。枇杷进入古堡时只觉得风从她耳边呼呼掠过，她是不是也有喝醉的感觉呢？

风是信使，风在那个夜晚像是知道枇杷有难。

阴惨惨的月色下，阵阵呼啸的旷野之风，让电影散场后重返办公室的场长心里很不踏实，坐立不安。他凭窗远眺，点燃一支香烟。早些时候，他给负责防汛抗汛的副场长打了个电话，他是不放心防风林。半小时后，几辆北京吉普停在场部大楼门口。去巡视防风林的车队驶离场部几里地光景，耳朵灵敏的场长，从扑击有机玻璃车窗的呼呼狂风中嗅到了什么异样的声音，他很快指挥司机朝相反方向驶去。

车队掉头，尾随而来。

大约几分钟以后，车队在古堡前停下了。场部一拨人涌进古堡，硕大的手电棒刺眼的光满天乱舞。一柱耀眼的电光下，场部头头们看到一具白色裸体一步步朝墙角退缩。

几支手电一齐追踪过去，发现墙角龟缩着另外一个人。那人的脚旁，一件军大衣扭作一团趴在地上。

抬起头来！场长突然呵斥道。

墙角边的男人死活不抬头。

妈拉个巴子！场长愤怒之极，他走上前去，揪住那个男人稀疏的头发猛然一拽，于是，数支大电棒强光的照射中，人们看到了一只凝然不动的狗眼……

场长肯定不会料到事情的结局竟会是这样。他一甩袖子，健步走出了古堡。

在场的人谁也不会料到事情的结局竟会是这样。

过了很长时间，人们都没有从这件事情中缓过来。奇怪的是，虽说谁都感到很意外，但四连的男女职工，甚至包括那些曾经被鹰捆绑过的人都沉默了，谁也不会主动去提这件事，大家噤若寒蝉。即使是枇杷，一直到她离开，我也没能从她那儿听到诅咒那个伤害她的人的只言片语。

枇杷很快调离了四连，第二年就离开了海边。

事情发生后，我曾去找过枇杷。她把自己关在屋子里，谁也不见，任我怎么敲门她死活不搭理我。站在枇杷宿舍的门外，我一直想，枇杷的闭门不见，除了羞耻，是否还包含了怨怼？是否还有恨铁不成钢的成分？假如我那时在情感方面不是那么低能，稍稍成熟一点，主动向枇杷挑明我对她的倾慕，她是否会接纳我呢？不管接纳与否，我的勇敢和大胆也许能制止悲剧的发生，也许能挽救枇杷，甚至是挽救鹰。因为如果那天晚上我和枇杷能够像真正的情人一样站在一起看电影，鹰就很难把她从我身边拽走。可枇杷怎么会知道，那些日子我正被那股馨香折磨得死去活来，我既痛苦又癫狂。柚子倘若来过我们宿舍一次，闻一闻那香气，我就会稍稍地平静几天。几天不见柚子，未能闻到那股香气，我就像热锅上的蚂蚁。我的这些烦恼无法与枇杷诉说，枇杷那些日子的苦衷也无法对我倾诉，我们真是活在两个世界，活在各自的心狱里啊。

鹰离开海边后人们很少提到他。谁无意间提到他，旁边的人也绝不会搭腔。人们对待鹰的这种奇异态度，无形中使得鹰变成了一团不散的迷雾，变成了一个象征。我当然不会相信人们那么快就忘掉过去，忘掉那个制定了一系列戒律的独裁者，忘掉那个曾经统治一方土地的传奇式铁腕人物。

事情过去快一个月左右，我从蝙蝠嘴里听到了另外一个版本的故事，蝙蝠对一月前发生的那件强奸案做了一个颇为费解和权威的注释，他的话令我惊诧不已。倘若他所说的都是真实的情况，那真是匪夷所思。

蝙蝠提到前任连长的行为时，用非常惋惜的口吻意味深长地说，他说他是何苦呢，他明明知道自己不行还那样干，毁了自己的政治前途。

我当时没听明白蝙蝠的话，我说什么叫作"不行"，"不行"是什么意思？蝙蝠解释说鹰无法干那事，别看他将人家姑娘的衣服剥了个精光。

我当时显然表示出对他这种说法的怀疑，蝙蝠随即告诉我，事情败露后，那个专程赶来海边接走丈夫的女大夫，曾跑到场长办公室对老头发誓，说她丈夫绝不可能与别人发生两性关系，尽管场部领导可以在道德作风方面谴责她丈夫的行为，她保证事情的性质不会像人们想象得那么严重。她说她作为一个妻子，比任何人都了解丈夫的缺陷。

女大夫甚怕面前的场长不明白她的意思，所以她用重音提到了男人的暗疾，她问场长懂不懂什么叫性无能，场长在咄咄逼人的目光下不由得微微颔首。女大夫满意地一笑，她说她之所以能够长期忍受夫妻分居的生活，同意她丈夫滞留海边工作，就是因为他们从来没有过真正意义上的夫妻生活。她说鹰是国家的功臣，她也是国家的功臣。

女大夫说完后，将一张医院出具的证明往场长面前一放，然后很潇洒地走出了场长办公室。

5

秋天到来的时候，连队食堂变成了肃穆的灵堂。一段时间里，连续传来这个国家高层领导人去世的消息，于是，连队的追悼会不断。

连队整日开赴野外打草割芦苇，储备过冬燃料。休息间隙，一些女职工出没荒郊野地，采撷季节遗留下来的野菊花、星星草，加上芦花和墨绿枝叶开始泛红的盐蒿子草，编成一只只简陋的花圈。宽敞的会堂，光是搁放这些土花圈，毕竟显出了几分寒酸，代理连长鹿决定派人去县城购置几只像样的花圈。

女排长柚子是首先被确定下来的当然人选。

去县城路途遥远，买了花圈柚子一个人不好拿，鹿决定再找个人给柚子作伴。他来到医务室一问，恰巧这天全连没一个请病假的。他从医务室走回连部的时候,我正好愁眉苦脸地往村口走去,于是,鹿走过来一把拽住了我。

这件事看似平淡、偶然,却意义深远。

鹿在那个空气舒朗的清晨拽住了我,他说:你是不是要去医务室?算了你不要去了,放你一天假,和柚子一起上趟县城。

代理连长鹿在那一瞬间如此果决选中我与柚子同行,究竟出于什么样的考虑呢?

也许他觉得当初是他把我接到四连来的,并且很长一段时间同住一间屋子,对我比较了解;也许他站在柚子的角度,认为文弱的、平素与柚子相处得不错的我,是结伴同行的最佳人选,倘若让一个毫无关系、与柚子无话可说的人去,柚子也不会快乐。当然,也许事情没那么复杂,那会儿鹿正急于找人,根本无暇考虑那么多,他仅仅是凭直觉灵机一动,至少在他眼里,我是一个不会坏他好事的角色。

我是在毫无思想准备的情况下,被鹿一把拽住的。那天我肚子难受,从床下翻出一张旧报纸,心急火燎地往村口的那间茅屋赶去。离出工的钟声敲响还有半个小时,我有足够的时间来解决问题。没想到突然斜刺里闪过一个人来把我拽住，这一把拽住的是什么呢？你似乎可以把它理解为是一种生活的流向，就像漫下山坡的溪水，这儿堵住了，它就往别处流。

临行前，鹿是千叮万嘱，他说花圈一定要挑好的买，说不准什么时候场部就会派人前来检查，这可是非同一般的政治态度问题。一会儿他又拍拍我的肩膀，似乎要我格外小心，别辜负他对我的信任。但我不知怎么的，从鹿的这份亲昵中，还感觉出他话里蕴含的另外一层意思：他把柚子托付给了我。

晴空万里无云，温热的秋阳铺洒寂寥的原野。一条通天大路笔直延伸出去，我和柚子沿着大路快步走去。柚子穿得干干净净，戴一副袖套，肩上挎着一只绿书包。相比之下，我的衣服皱巴巴，裤腿上还沾了星星点点的泥渍和盐蒿子草的浆汁抹过的墨绿色印迹。

县城离海边路途遥远，海边人平时难得有机会去，况且去县城还需连部批条。一星期劳动下来，星期天海边人往往是蒙头大睡。柚子比我早到海边一年，她还去过一次县城，而我则是初次出远门，随着村子的渐渐远去，我闻到了边上弥漫柚子周身的一股股香味，我的心情也和天气一般明朗起来。

我侧过头瞥一眼柚子,谁知这时柚子也正漾着笑容望着我,短短的剪发随风朝后飘拂,露出圆圆的、被阳光照得透明的脸庞。我仓促收回目光的时候,脸上无来由地感到一阵火辣辣的灼热。

我们到达县城时,已快临近中午。找到花圈店,没想到店里生意兴隆,几十个妇女围坐在店堂后面的一片空地上,飞快地制作着花圈。柚子和我商量了一下,决定先预订好有成品样子的几种花圈,下午来拿。柚子预付了钱款,接过预定单后,我们走出花圈店,来到了街上。

县城很小,较为热闹的区域主要集中在一条街上。我跟在柚子后面,把一条街从头到尾逛一圈,不过用了半个小时左右的时间,而这时的我已感到饥肠辘辘。

柚子在一家店铺前驻足买了几袋零食,回过身来拆开一袋给我,看到我愁眉苦脸没精打采的样子,机灵的柚子立刻拽住我的手臂,将我引领进一家饭店。柚子就是这样一个聪明的女孩。

日后很长一段时间里,我久久不能忘怀柚子在县城请我吃的这顿午餐。那饭菜的余香似乎一直残留在我的唇边舌尖,回味无穷。记忆中那天也就是要了一盘鱼香肉丝,外加一大碗油豆腐粉丝汤,等到饭菜上桌,旷久未闻荤腥且已饿昏的我是狼吞虎咽，发出吧唧吧唧的咀嚼声。直到我慌乱中将汤汁溅到柚子的脸上，诱发一声轻轻的"啊哟"，我才意识到自己的狼狈和不雅。

我满含歉意地看着柚子掏出一块手绢，擦去脸颊上悬挂的水珠，腼腆地朝她笑笑。笑完了，我又埋头吃饭。谁知一会儿柚子又咯咯地笑了起来，而且一笑就没完没了，还拿着手绢捂住嘴，好像甚怕从口内喷出点什么来。我僵持在那儿，显得浑身的不自在。

柚子很长时间也没缓过气来，等她稍稍平静下来，我凑过去低声问：笑什么？

不问还好，这一问柚子忍不住又笑了起来，大有欲罢不能之势。好容易柚子才控制住自己，我便再也不敢问她笑什么了。

一大碗饭菜下肚，我觉得舒坦多了，心里也踏实多了，似乎陡然间全身滋生出使不光的劲。我心里暗忖，这会儿不用说是几只花圈，即便要我把柚子背回连队也不在话下。

吃完饭走出饭店，活泛过来的我两手摩挲着，跟在柚子后面晃到街上。尚未到去花圈店的时间，俩人便又说又笑地从街的这头逛到那头，又从那头踅回来逛到这头。几个来回下来,我们在一瓜摊前停下了。

柚子拿起一只绿条纹的菜瓜问摊主:这瓜多少钱一斤?

摊主伸出两个指头。

什么?两毛钱一斤?柚子惊讶地摇摇头。我上次买的瓜多少钱一斤?柚子回过头来问我。

我一时没反应过来,我记不起什么时候和柚子一起买过瓜,但我突然发现柚子一个劲儿地朝我眨眼睛,赶紧应声道:对,对,上次那瓜比这大得多,才一毛钱一斤,你怎么可以卖得那么贵!

摊主嘴里嘟嘟哝哝,大意是不可能买到一毛钱一斤的瓜。摊主边说边侧过头,与旁边摊位的人用土话咕哝了一阵,脸上浮现出鄙夷的神色。

我见状拉起柚子便走。

没走出几步,后面传来摊主咿哩哇啦的吆喝声。我们回过头,只见摊主一个劲儿地朝我们招手。我们走回去,摊主用生硬的普通话问:多少钱?

我伸出一个手指,道:一毛钱。

多少钱?摊主又重复了一遍。

我依旧答道:一毛钱。

摊主无奈地将手中的秤盘往前一推，表示成交的意思，嘴里还用土话嘀嘀咕咕。

我们买了菜瓜，一切二，刨皮掏瓤，大快朵颐。

你倒是挺会买东西的，离开瓜摊后，柚子笑嘻嘻地对我说。

还不是为了配合你，我说。其实我心里是明白的，没有柚子在，我哪会买东西？柚子刺激了我的灵感。

看上去木乎乎的，想不到反应倒挺快的。柚子突然冒出一句。

你说什么？！我没想到柚子会这样说，菜瓜堵在嘴里，眼睛瞪着她。

柚子赶紧溜开，手上捏着一截瓜。她边逃边笑，跑得实在没力气了，站住，俯下身子大喘气，见我追上了，她赶紧举着手投降说：笑死了……笑死了，我的意思是说……我们不愧为一对天生的搭档，以后出门我们就做搭档，你看好不好？

好……我支支吾吾地说。

不知为什么，柚子提到"以后"这两个字的时候，我的心里像被虫子蜇了一下，而后，又有一种暖洋洋的感觉涌上来。

这种暖洋洋的感觉持续了整整一个下午。

太阳西沉的傍晚时分，我们从县城返回海边。走上第一座石桥，看见原野上远远的有稀疏的人影缓缓移动。暮归的牛群沿河边蹒跚而来，夕阳在涟滟的河面上流转，天边涌动一股股淡蓝色的炊烟。愈是靠近连队，我愈觉得有什么东西正被海风轻轻吹落，无声地飘逝。我看了看依旧兴致勃勃大步流星的柚子，故意放慢脚步，柚子毫无意识，脚步还是迈得那么快，我不得不大声叫了一声：哎！

柚子回过头来，两只兔眼瞪着我。

我悄悄改变了主意，原先的话咽了下去，装得若无其事地说：能不能问你一件事？

问吧，柚子不解地眨着眼睛。

中午吃饭时你为什么那样笑？我的话一出口，柚子憋不住又咯咯咯笑了起来。颇感困惑的我被柚子的笑声传染了，心里觉得轻松了一些。

你真想知道啊？过一会儿柚子问道。

我诚恳地点点头。

你吃饭的模样太像我弟弟，我弟弟从小就那样，一上饭桌便不顾别人了，风卷残云似的。我妈妈老说他前世是梁山上的人，这话什么意思你懂吗？

强盗呗。我立即说。

对,强盗。有一次妈妈又这样说弟弟的时候,弟弟突然抬起头,冒出一句:人家现在在发育嘛,惹得我们大笑。中午吃饭时,我愈看愈觉得,你也像是未过发育期的青少年。

柚子说完后又咯咯笑了起来,一路跑去,洒下清脆悦耳的笑声在旷野里回荡。

我先是一愣,而后猛省过来,朝柚子追了上去。

6

四连代理连长鹿是在一天夜晚突然接到场部调令,只身驾驶一辆手扶拖拉机,单枪匹马前往荒原深处的十二连担任连长。

鹿匆匆忙忙地起身出发,甚至都来不及打点行装,他披上军大衣,健步跳上那辆停靠在连部门口的拖拉机,一推离合器,拖拉机便驶出了月色沐浴的村子。第二天早晨,当原来负责治保工作的副连长熊猫,接替鹿站在那面废铁齿轮下面,当当当敲响出工的钟声,四连的男男女女们方才知道鹿的悄然离去。

几天后,刚刚升任副连长的熊猫又被任命为三连连长。熊猫调往三连的条件比较优惠,他可以从四连任意挑选十位职工,作为连队基本班子一同前往三连。自然,女排长柚子以及我、蝙蝠、犀牛等人皆入选熊猫的基本班子。按照人们普遍的看法,熊猫选中的人,几乎无一例外都是鹿原先的嫡系,这种情形给人的印象,好像是熊猫秉承了鹿的什么旨意,但熊猫并不在乎别人的风言风语,他一大早就率领十员部下,雄赳赳开进了三连。

三连位于四连的北面。与四连隔河相望的三连原先是机耕连,当熊猫一行徒步朝三连村口开拨进来的时候,机耕连庞大的拖拉机群正轰隆隆撤走,履带倾轧过的斑斑泥土路上,到处是一摊摊亮晶晶的油污。

熊猫一到三连,选择好连部房间后,将十员人马分别安置在后勤部门的各个要职上,按照各人的意愿,蝙蝠管理老虎灶,柚子担任会计,我进入保管室,犀牛变成手扶拖拉机司机。分配停当,熊猫走到了连部前面的空地上,眺望远处的大路,等待从别处调来的大队人马。理着平顶头、皮肤被海边的太阳晒得又黑又亮的熊猫,从什么时候起也开始像海边所有的头头们那样披着一件军大衣,戴一副黄色赛璐珞的眼镜。除了身材上的差别，熊猫仿佛就是鹿的复制品，他说话的语气手势，也酷似鹿。透露出英武之气的熊猫矗立在卫河之畔，用一种真正海边人才具有的锐利和机敏的目光，远眺广袤无垠的大地。至此，场部对四连所做出的重要人事变动的计划已全部付诸实行。

现在，我们的目光，要稍稍离开一会儿那个充满自信、踌躇满志伫立于天地之中的熊猫，我们的目光甚至要从整个海边收回，去关注一下沿着绵长海岸线，朝内陆辐射过去的辽阔无比的共和国疆域上所发生的变故。

几乎与场部对四连的整饬同步，共和国的决策层也由于最高领导人的辞世而发生了更替。一些新政策将逐步出台，临近首都的一些地方，老百姓已嗅到了一股清新的空气，人们预感到长期的沉闷局面将被打破。

人们等待着，共和国等待着，因为不知道将面临什么样的巨变，等待的心怦怦乱跳。

海边因交通不便而异常闭塞，海边人对共和国土地上悄悄发生的变异显得极为麻木。我们完全不知道外界人心浮动、翘首以待的形势，我们仍然像以前那样节奏缓慢地出工收工，日出而作日落而息，过着一种沉闷乏味的生活。

刚刚成为一方之主的熊猫，伫立天空下，大路上走来了他的部下，三三两两，浩浩荡荡。大路因为不通消息，身处海边的熊猫，此刻的气宇轩昂就有了理由。然而，熊猫绝不会想到，他准备大干一番的念头，在一夜之间将变得荒唐可笑毫无意义，一条新闻的播出像一场地震，动摇了他给自己设计的人生之路，又像一阵飓风，卷走了他在短期内迅速升迁所带来的欣喜和自信。

这天晚上十点，新闻联播节目时间，海边的广播站突然打开了高音喇叭，中央人民广播电台播音员高亢而嘹亮的声音穿越茫茫夜色，在空旷的原野上此起彼伏不断回响。共和国决定恢复高考制度的消息不胫而走，海边人纷纷冲出屋子，来到田野，来到卫河边，来到繁星点点的瓦蓝色夜穹下，远望灯火通明的场部大楼，默默聆听广播里的声音，连大气都不敢出一口，甚怕因此而遗漏了重要的只言片语。

我是躺在床上被闯进屋子的蝙蝠一把拽起来的。这个喧嚣的夜晚，三连最兴奋的人无疑是蝙蝠。

你知道发生什么了吗？你居然还躺在床上？喜气洋洋的蝙蝠，边说边毫不客气地掀走了我身上的被子。

蝙蝠见我起床穿鞋，又兴冲冲走出保管室，跑去敲会计室的门。蝙蝠的大皮鞋走路时发出巨大的声响。

我走出屋子,朝旷野走去,这个国家已经发生的变故我还一无所知。后来我听明白了新闻的全部内容,我觉得喉咙里有一种奇怪的咕咕的声响,我愣愣地站着。

很久以来,我一直在等待着的难道就是这个消息?自从来到海边,我一直逃避着什么,从内心一直拒绝思考与未来有关的问题,难道也是因为预感到某一天会出现真正的转机?

每一个青年都拥有报考大学的权利……我一字一句辨听着广播里的声音。考大学,大学生,这些字眼本身是多么遥远,多么陌生。还是童年时代,我就从大姐嘴里常常听到这些词。后来大姐为了抚养幼小病弱的我而未能实现考大学的夙愿,每每提及此事,她都会有一种不堪回首的遗憾与感叹。小街的邻里中,有个与大姐同岁的男青年,他以非常勉强的分数成为最后一届大学生中的一员,这件事让大姐暗地里艳羡不已。她告诉我,那个男青年在考大学前夕,经常拿着习题跑来问大姐,她说他基础很差,她说命运就是这样地不公平,她那么想考大学没能赶上,而那个男青年却轻易地成了小街上唯一的一个大学生。曾经闪耀在大姐命途上空的理想之星经年历月,已经陨落沉没,于今在人们将它久久遗忘的时候,倏忽间又冉冉升起。此刻的大姐在做什么？想什么？她一定也收到了来自北京的电波，她是怎样一种心情？

我抬起头仰望浩瀚的夜空。

大姐在写信。几天后我收到来自都市的一封信，那个晚上大姐在给我写信。大姐不仅鼓励我去考大学，她自己也跃跃欲试准备一搏。

站在星空下的我，似乎已经猜到了大姐将会对我说些什么，我在那个晚上曾经沿着卫河跑出村子，然后又疯狂地跑向沐浴在皎洁月色下的原野。我一个人跑了很久很久，跑得精疲力竭骨头像全散了架，后来，我双膝跪地，仰天大叫一声：我要考大学——话音悠扬地飘荡出去，我的身体倒在沾满露水的泥土地里，脸上淌着如注的热泪……

后来知道，那天晚上，三连连长熊猫早早地闭门熄灯，上床睡觉了。蝙蝠兴奋地砸开一扇扇宿舍房门的时候，也曾光临过连部办公室。处于晕眩状态的蝙蝠那会儿忘乎所以，他以为每个人都会像他那样，有一种时来运转的欣喜和狂热，他闯进连部时，熊猫正靠倚门背支棱着耳朵低头沉思，蝙蝠往熊猫肩膀上重重地拍击了一下，使得熊猫猛地一觳觫，仿如大梦初醒，用一种迷迷瞪瞪的眼神打量蝙蝠。

直至蝙蝠的背影消失了很久，熊猫依然还是那副魂不守舍的神态。新闻联播节目刚结束，熊猫便悄悄地关上连部的房门，将田野里卫河边咿哩哇啦的议论声呐喊声拒之门外。

他脱掉军衣军裤翻身上床，放下蚊帐后，背靠床栏，这样一坐就是几个小时。

月光投射窗户，四周已归于静寂。熊猫的脑袋里混乱一片，怎么也理不出个头绪。面对突如其来的变化，他必须对以往的价值观做一种全新的审视和认识，单凭有限的时空，这个晚上熊猫不可能对形势的剧变整理出比较清晰的思路，紧紧缠住他不放的仅仅是这样一个问题：难道想在海边奋斗一辈子的念头错了？难道日晒雨淋磨炼意志渴望成为一个真正出色的海边人的理想竟是一出荒诞不经的闹剧？他的眼前依次出现场长、鹰、鹿等人一张张黝黑的有棱有角的脸庞，但刹那间这些脸庞又变得模糊起来，虚妄起来，仿佛迅速地遁向一个无限深的黑洞……

熊猫不知是什么时候迷糊过去的，他被一阵急促的敲门声惊醒时，窗棂已透进微明的天光。他披上军大衣跑去打开门，只见门外站着场部派出所的所长，一辆吉普车停在门前的空地上。

场长派我来通知你,你们连立即派出几班人,上防风林巡逻值班。记住:不允许任何人毁坏一草一木,尤其不准动扎根树!

派出所所长对熊猫吩咐完,便走向了吉普车。眼睑滞涩的熊猫好一会儿才缓过神,他不敢怠慢,返身进屋穿戴整齐,迅速召集起七八个人,开着手扶拖拉机朝防风林疾驶而去。

熊猫带人爬上防风林,天色已大亮,一股清新的草木气息扑面而来。守护防风林的一个老头,脚步蹒跚朝熊猫他们颠跑过来。他嘴里唠唠叨叨诉说着,他说是他向场部报告紧急情况的,他边说边把熊猫一行带往防风林南面地段,熊猫跟在老头后面,很快看到了一幅残破衰败的图景:沿坡一片长成半人高的幼树被人连根拔起,东倒西歪,有些树枝被人折断后,远远地扔向荒野。

熊猫朝野地里走了几步,回过头来扫了一眼巍峨蜿蜒的防风林,站在这个角度,他内心涌起一股熟悉的感觉,种扎根树的那天,他也曾经站在这里伫立了许久,长长的气势壮阔的防风林,在那晨雾缭绕曙光初露的清晨,给他留下了深刻的印象。

一切都源之于昨晚的新闻广播,种下这些树的主人反悔了,他们拔掉海边这些无辜的幼树,是想把种过扎根树的历史一笔勾销,为他们的离开埋下伏笔。

7

那天夜里,我听到了大海汹涌翻卷的浪涛声。

我似乎站在堤岸上,隆隆迫近的惊涛声在海风的裹挟下将我团团围住,我像一只准备去搏击风浪的大鹏鼓起双翼,有一种腾空而起的向往。

那天夜里,海边人的心潮就像大海一样澎湃起伏。激越的女声合唱持续到深夜,听上去不再有那种袭人心肺的苍凉感。可以说,那是个狂欢之夜,不眠之夜,值得永远纪念之夜。

假如岁月没给我的记忆留下那个时代的印迹,假如我没能在海边生活过,我是想象不出海边人那个夜晚久旱逢雨的心情。

在海边,"放行"这个词人人熟知。放行就是打开了通道,放行就是有了活路。

有一次二号病蔓延的时候,海边整整被封锁了五个月。库存的蔬菜全吃完了,一些女职工家里捎来的酱菜也吃完了,最后,粮食也消耗殆尽,海边人只能像饿昏的老鼠纷纷出洞,去芦苇塘挖芦根填肚。因为所有的河水都禁止饮用,打深井水的井泵一出问题,口干舌燥的海边人就去采盐蒿子解渴。盐蒿子水分充足,但那绿色的汁液是又咸又苦又涩,很多人吃了盐蒿子后上吐下泻,头痛发烧。到了禁令解除,各个路口通知可以放行的那天,一些面黄肌瘦、眼光都呈墨绿色的女青年面面相觑,忽然间她们互相拥抱,失声痛哭。

也许在那天晚上以前的日子里,这个幅员辽阔的国家在很多方面都悄悄发生了变化,然而,对海边的几万城市青年来说,最具冲击力的莫过于恢复高考这件事。虽说能够直接参加高考的毕竟是少数人,但它无形中告诉每一个人:海边开始放行了。海边是可以通向外界的,它不是一块被人遗忘的死角,它不是一方与世隔绝的飞地。再也不用为看不到离开海边的希望而发愁、苦闷、消沉和颓废。

海边人后来对考大学有一个颇为形象的说法,叫作鲤鱼跳龙门。

既然通过鲤鱼跳龙门的方法可以跳出海边,那么,通过其他途径离开海边的日子也为期不远了。

我重重地舒出了一口气。我似乎一直在等待着这一天。

自从踏上海边这块土地,我便开始迷惘和彷徨。是自己选择的生活道路,到达目的地后又因为不是自己想要的,或者与自己想要的生活相距甚远,从而开始沮丧、绝望,这是一种什么样的滋味?

我长久地品尝着自酿的苦酒。

这片荒瘠得撒一把稻谷下去、来年连种子都收不回来的盐碱地,难道可以把它想象成我人生漂流的最后停泊地?海边唯一理想的人生之路就是像熊猫那样种下扎根树,然后披上军大衣,再配一副黄色的赛璐珞眼镜,我已经看到了这条路延伸出去的结局,它不属于我,它不是我生命深处所渴求的。不是。

事后才意识到,我在那个夜晚一反常态地跑向大海,浑身像团火似的熊熊燃烧,久久难以熄灭,除了因为和所有的海边人一样,预感到放行的季节业已来临之外,我还有一种如释重负的轻松感。我似乎一下甩掉了那多少年来缠住我、在我后面紧追不放的魔影,在通向大学殿堂的路上,是不问家庭出身的,我可以像一个真正的人那样抬头行走。

我第一次感到我是人。一个和所有平常人一样平等的人。

我可以放声大胆地、自觉自愿地说我要或者不要。我再也不用因为感到天生不如人而事事处处必须做得比别人偏激过头，仿佛由此可以抹掉先天性的胎记斑痕，我再也不用在内心愿望与外界压力的两极游移晃荡。农民的儿子高玉宝要读书，反革命狗崽子的我也要读书，我们都是一样的人。

哦嘀嘀——

我听到了大海的回音。

第三章　跳龙门

1

我发完工具，看着或持锹或肩筐的男男女女，走向初春阳光普照的原野。

轻轻掩上门，返身入屋，空荡荡的保管室，此刻只剩下我一个人，经过出工前半个小时的忙碌，嘈杂声喧哗声渐渐远离，四周变得格外地宁静。

我在桌子前坐下。所谓的桌子，就是地上铺几根木条，上面垒两只箱子。我从枕头底下，拿出大姐寄来的高考复习资料开始看起来。

隔三岔五的，大姐会不停地从城里寄资料过来。这些资料对我来说，真是无比地珍贵。大姐是老三届的高中生，她们那时候学到的是比较扎实的知识；而我们这代人小学、中学一路走来，说是高中毕业，肚里有几滴墨水，那只有天晓得。中学时期学了两年英语，最后考试考二十六个字母，班上几十人全部答对的不超过五个人。

刚看了几分钟资料，只听见门"砰"的一声被踢开了，柚子像一阵风似的旋进来。

柚子一边径直朝里走，一边嘿嘿地笑个不停。空旷的保管室里，顿时散发一股奇异的香味。

什么事这么高兴？我虽说心里咯噔了一下，但我早已习惯柚子这种突然闯入的方式。

你知道吧？现在城里开始流行跳舞了。不是场部宣传队跳的那种舞，而是一男一女搭肩搂腰，慢悠悠地晃啊晃。柚子眉飞色舞地比画着。

真的？我睁大双眼。这段时间，从城里回来的人，不停带来新鲜而稀奇的消息。

那还会骗你！四连的一个女职工刚回来。柚子一认真，两只兔子眼睛便飞扬起来。

那……以后我们这里……也会跳吧？我眯着眼睛说。

肯定会的，柚子的短发甩起来，她一激动，说话的嗓音又细又尖。不过……谁会跟你跳呢？

嗯……是没人跟我跳，那你跟谁跳？哦，我猜猜，你大概跟鹿跳吧？我故意逗她。

你看你，又来了，不是说好不提他的嘛。柚子脸色沉下来，她觉得我违反了我们之间的约定。

跟你开个玩笑，怎么认真起来了呢？好吧好吧，不提鹿总行了吧。哎，要是海边也流行跳舞那会怎么样？我问道。

那怎么可能？我们这儿谁跳还不把谁绑起来？柚子的兔眼瞪得又圆又大。

我想总有那么一天的。我说。

要是能跳跳舞，业余生活安排得丰富一些，海边还是有它可爱的地方。柚子说。

我想啊，这一天已为期不远。我的神情完全像个预言家。

正陷入遐想之中，柚子突然从身后举起一本书，在我的脑袋上重重地拍击了一下。

遭到突然袭击的我愣了愣，猛地跃起，饿虎扑食般朝柚子扑去。柚子灵巧地闪躲一旁，晃过我之后，迅疾钻进了保管室后面的工具架。

我返身追入工具架，柚子又从另一侧逃到了外面。我追到外面，柚子重新躲进了工具架。就这样，一个追，一个逃，俩人在保管室内玩起了捉迷藏的游戏。透过工具架的空隙，我可以看到她，她也可以看到我。只要有一方不愿被逮住，这场游戏就能无休无止地进行下去。

后来，柚子终究被逮住了。游戏的结果让人怀疑它的真实性。

柚子被我逮住之后，退至墙旮旯，瑟缩起双肩将脑袋深埋起来，弯下腰发出一种古怪的声音。一股股清香环绕柚子的周身。我被这种声音迷惑住了，被柚子身上的香气熏得飘飘然，面对眼前的俘虏，我一时不知如何是好，显得手足无措。

柚子见这一招果然奏效，忽然跳起来，推开虎视眈眈的我，冲过封锁线，来到写字桌前一屁股坐下。写字桌临窗，窗外是春天的原野，原野上有人影晃动。柚子坐在这个角度，也就是坐在随时可能出现的猎奇目光里，我空怀一腔热血也奈何她不得，她料定我不敢冒这么大的风险。

哎，这道题怎么做？柚子从口袋里掏出一张纸，指着上面的一道数学题问我，她的眼角露出狡黠的微笑。

我本来就不知道如何处置猎物，见此情形，也顺水推舟，在床沿上坐下，侧过脑袋去看那道习题。看了一会儿，我忽然想起什么，奇怪地问道：咦，你怎么也看起高考复习题来了？

让你做道题你做就是了，问那么多干吗？柚子边说边捏我的胳膊。被柚子捏过的地方，半天都退不去隐隐地生痛。

冬去春来的时候，在蝙蝠的煽动下，我报名参加了高考。三连报名的共有五六个人，最终揭榜，只有一个人显示了超强的实力。

这个人就是蝙蝠。

蝙蝠考的是美术学院的油画系，他扎实的素描速写功底和优异的文化考试成绩，使他跻身第一批为数不多离开海边的大学生行列。在头一批考上大学的知青中间，有三分之一的人是曾经种过扎根树的连排干部。他们违背了以往的信誓旦旦，及时调整自己，反应敏捷地登上时代的列车，换一种方式续延风光的历史。海边人无可奈何地注视着他们，目送着他们，随着满载那些幸运儿的拖拉机渐渐远去，海边人曾经确立的价值观念彻底崩溃了……

我是在大姐和蝙蝠的鼓动下，抱着一种摸底的想法走进考场的。我拿到考卷半小时后，又走出了考场，说老实话，几乎所有的试题都让我感到陌生。

这次尝试摸底，除了体验考场经验之外，还有一个好处，就是我亮牌向人宣告：不久的将来，我也要走的。事后才意识到蝙蝠的过人之处，蝙蝠曾私下对我说：报名吧，除了损失几块钱的报名费，你什么都不会损失。

蝙蝠的预言果然应验了，事后我从人们注视的目光中，明显感觉到了与以往不同的东西。尽管这次我失败了，尽管我没能成功地跳龙门，但我已经是一条明晃晃响当当的鲤鱼了。

经过第一次的考试，海边又增加了不少复习功课的人。然而，柚子也开始偷偷复习，这件事还是让我吃惊不小。记得当初蝙蝠也曾劝说她加入赴考的行列，柚子支支吾吾，结果还是没有勇气跨出那一步。蝙蝠和我一干人跳上拖拉机，赶赴场部考场的那天，柚子站在三连会计室的门口，用一种复杂的眼光目送我们。

柚子拿给我的数学习题非常浅显，我刚给她解说完，门外响起了一阵手扶拖拉机的轰鸣声。柚子迅疾抽身离去，但似乎已来不及了，脚步声告诉她：那个人已朝保管室走来了。

柚子返身回来，动作神速地将手中的那张纸塞进我的枕头底下。她刚来得及做完这个动作，门已被推开，鹿一阵风似的走了进来。

鹿被调往十二连后，常常在中午抽出空隙时间，驾驶手扶拖拉机从荒原深处来看望柚子。开始时，他还遮人眼目地先去连部熊猫那儿坐一会儿，闲聊一阵，然后再假模假式、像是不经意走进了会计室，后来也许他觉得这种过渡已毫无必要，或者他想好了就是要让舆论来管束住柚子，每次当他长途跋涉驾车驶进三连村子，都直接将手扶拖拉机停在会计室的门口，直奔目标而去。渐渐地，三连的职工已像熟悉出工的钟声那样，熟悉中午时分由远而近的手扶拖拉机的嘭嘭声。

柚子显然没想到，阳光明媚的上午也会出现手扶拖拉机的轰鸣声。但我觉得不可思议的是，村子里常会响起手扶拖拉机的声音，有三连自己的，也有其他连队的，但柚子每次都能以灵敏的听觉和精确的判断力，指认出属于鹿的那一辆。对柚子这种类似特异功能的听力，我已不是第一次领教了。

那天柚子要去场部银行领钱，她跑来邀我一同前往。我犹犹豫豫，一是甚怕在我跑开的这段时间里，有人来保管室修理工具什么的；另外，我也不想浪费时间。

柚子不耐烦了，挥挥手中的一只绿书包说：你怕什么，我这是公事，去银行领全连的工资，你不陪我去，要是被人抢了怎么办?

我不得不跟着她走过田野走向公路。半个多小时后,我们来到古堡附近的桥上。

这里离场部已经不远了,我显得心神不定的,而柚子则是又说又笑。到了桥上,柚子站住不走了,她指着桥下对我说:快看快看,那是什么?

我顺着她手指的方向朝桥下望去,只见河水淙淙流淌,一朵朵芦花顺流而下。望了半天,我始终没看出什么名堂来,迷惑地问她:你看到什么了呀?

谁知柚子扑哧一声笑了出来:你没看见啊?那儿不是有一个还没过发育期的傻瓜蛋吗?

我恍悟过来,佯装很愤怒的样子一步步朝柚子逼近。

柚子转身跑下桥,她的短发在跑动中飞扬。柚子离古堡愈来愈近,我忽然想起枇杷所讲的故事,急中生智,大叫一声:古堡里有狼!

我的叫喊像是具有某种魔力,柚子一哆嗦,中了箭似的在前面凝然不动了。

我走过去,只见柚子满脸惊慌,阴云密布,眼眶里有晶莹的泪花闪动。我没料到会这样,手足无措地傻站着。

柚子缓缓低下头,一动不动。我带着歉意左劝右劝,手不知什么时候搭上了柚子的肩膀。柚子可能是被吓坏了，她不仅没有反抗，反而"哼"了一声，将肩膀顺势靠向了我的前胸，馥郁的馨香即刻通过我的鼻腔进入我的肺，我的心，我的胃，馨香在我的血液里涌动翻滚，我就像儿时切割扁桃体全麻一样，晕晕乎乎，腾云驾雾，我环抱着柚子，嘴不由得凑上她微启的唇，仿佛要更多更深地呼吸那令人迷幻的香气。湿漉漉的唇一旦对接，我即刻痉挛起来，嗓子冒烟，全身酥麻，而最不争气的事情出现了：这时的我特别想要尿尿。

这就是我的初吻。我不知道别人的初吻是什么样的感受，我的初吻猥琐尴尬，难于启齿。

就在这时候，柚子好像听到了什么，全身一激灵，她先是愣了愣，抬起头，侧耳辨认一番，然后坚决地推开我，用手背擦拭了一下眼角，离开古堡，疾步朝桥上走去。

柚子的听力真让人吃惊，她走出很远，我才听到若隐若现的拖拉机的嘭嘭声。

被柚子推了个趔趄的我缓过神，慢慢回望，只见大路上，一辆手扶拖拉机风驰电掣般的从防风林为背景的画面中横飞过来。拖拉机手身穿军装，高高站在机头的踏板上，他的背拱曲得像一张绷紧的弓，衣服像帆一样被风鼓满,他驾驭拖拉机犹如一名真正的骑手驾驭烈马,奔驰在蓝天白云下面,飞扬的尘土,伴着柴油机冒出的一道道黑色烟缕袅袅升腾,遮蔽了晴朗的天空。

我脚步踌躇地走到桥下路口,手扶拖拉机也赶到了。满脸通红、镜片闪闪发光的鹿一个急刹车,拖拉机剧烈抖动着,鹿跳下车,飞快地跑向站在桥上的柚子,跑动中他大声责问:你、你、你们到哪里去?

那会儿,我不知道自己该干什么,是走上前去呢,还是站在原地不动为好。

我们去场部银行。柚子的脸上面无表情,过一会儿,她笑了笑,但我觉得那笑很勉强。

你们去银行干什么?鹿不依不饶地逼问。

取钱。后天不是发工资的日子吗?柚子的语气中带着讥诮的意味。

你、你、你的脚头太散,你主要的问题就是脚头太散,东跑西跑的,你要为熊猫考虑考虑,不对吗?鹿一激动,说话有些结巴。

怪不怪啊,我这是工作!柚子收敛了笑容,转身朝桥下走去,边走边嘟哝道,我是你什么人啊,这么管头管脚的!

柚子这么说,连我听了也觉得有些过分。

你要为熊猫考虑考虑嘛，你们要为熊猫考虑考虑嘛。鹿走到我面前，拍拍我的肩膀，像是要争取我的支持。

鹿的手拍在我肩膀上，我浑身地不自在，看到嘟嘟哝哝的鹿用目光盯视着自己，不由自主地低下了头。

后来，鹿忽然转身离开我，跳上拖拉机，一松离合器，调头急速从来的路上疾驶回去，飞舞的尘烟很快遮住我的视线。

我没搞明白，怎么就那么巧，我和柚子偶然一次结伴出行，鹿就驱车从荒原深处追来了？莫非他有第六感，莫非他像一个猎人一样嗅闻到我们的足印？我同样不明白的是，柚子的灵敏听力是如何训练出来的。好险啊，要不是她奇异的听觉，我亲吻柚子的那一幕就会被鹿捕捉到了，我的初吻就会暴露无遗了。

所以，当柚子迅即将那张纸塞进我的枕头底下，我知道，那肯定错不了：鹿来了。

我的脑子是一片空白。我已记不清，鹿是怎么走进保管室的，鹿和柚子又是如何走出保管室的。唯一给我留下印象的是，鹿曾站在写字桌前，站在我的身边，好像是随意翻翻摊在桌上的复习资料，然后对我说：你、你也想鲤鱼跳龙门啊？

2

会计室离保管室仅十米之遥。

中午，柚子站在会计室门口，两手插裤袋里，远眺一望无垠的原野。我拿着碗去食堂打饭，路过柚子的身边，悄悄地从她背后走过去，不知道该不该与柚子打招呼。

不料我已走出好几米，刚才还在作沉思状的柚子追上来，狠狠踢了我一脚。我转过身，柚子闪躲进了会计室。

我从食堂回来，朝会计室里面瞥了一眼，柚子叫住了我：哎，今天晚上他们说有电影。

就你一个人？我走进会计室，奇怪地问。

他早走了。柚子说，他中午要开会。哎，我想问你一件事，你可不许笑话我。

岂敢。请问吧。我坐下了。

你说我的水平……能行吗？柚子问。

什么意思？我忽闪着眼睛，没明白她在说什么。

柚子以为我在装傻。

跟你这种人没什么好说的！柚子忽然脸色涨红，抢白了一句。

哎，哎，你没告诉我，我怎么明白你要问什么。我急了。

明白就明白,不明白就不明白。

柚子不再搭理我,我甚怕自讨没趣,端着饭碗走了。我回到保管室,才想明白柚子要和我谈什么话题,我觉得自己确实很愚钝。

这一天的天气格外地好,明媚的阳光一直延续到傍晚,才依依不舍地离去。海风舒缓地吹过原野,空气中弥漫着浓郁的春意。

吃了晚饭,三连的男女职工三三两两朝村外走去,穿过公路再走一里地便是六连,那儿已挂起一块白银幕,今晚六连放电影。

夜霭降临了,鼎沸的人声渐渐远去,村子里寂静无比,远处的卫河传来一阵阵蛙鸣声。

你不去看电影啊?柚子站在会计室门口,冲着保管室敞开的门大声问。

我要看书!我在保管室内大声回答。隔着蚊帐,隔着工具架,柚子的身影影影绰绰的,她的一只脚在踢着地上的碎石子。

你呢?你干吗不去?我反问道。

放什么电影你知道吗?柚子说。

不知道。你知道吗?我问。

我只知道你是一个大笨蛋！柚子大声说。

咦，你怎么又骂人了？我站起来，朝门口走去。

我知道还问你啊。影影绰绰的身影消失了。

天说黑就黑下来了。我拧开了台灯。开不开灯其实都差不多，我很清楚地意识到，自己什么都没看进去。但我还是想把灯打开，黄澄澄的光晕，使人联想到大海上明灭的航标灯。柚子只要一走出会计室，就能看到灯光。复习大纲竖立在我的前面，我一目十行地上下扫视。我能听见自己扑通扑通的心跳，脑袋里似有无数萤火虫嗡嗡飞舞。

梆的一声，我听见保管室的门被人踢了一脚，我转过头，看到了影影绰绰的身影。

哎，你真不想去看电影吗？柚子问。

我正犹豫着怎么回答，柚子又说：还是去吧，也许很好看哩。

我只觉得心跳加快，胸中犹如擂鼓一般。

要不，去看看，不好看就回来？柚子探寻地说。

好吧！我再也按捺不住，从凳子上一跃而起，拿起外套朝门口走去。

经过试探和犹疑，终于在某一瞬间，我和柚子下了决心，走上通向六连的道路。海边初春的夜晚寒气逼人，热烘烘的脸经海风一吹，打摆子似的颤抖不已，我的牙齿上下碰撞，怎么都控制不住。

星星密布的夜空浩如长河，璀璨的灯火在遥远的四野闪烁，路边的沟渠流水淙淙，草丛中虫蛙鸣啾，像是琴键上的爬音一直响到很远的地方。微风袭来，电影里对白的声音在风中断断续续，隐约可闻。我和柚子被漫无边际的温馨夜霭团团围住，自然而然地靠得很近，我们的脚步迟疑缓慢，似乎谁也不急于要赶去六连。

柚子，你冷吗？我感到自己的声音飘出去，像长长的呼哨，我搜寻黑暗中的目光，我觉得，那目光也在黑暗中寻找我。

柚子，你行的，只要你努力，你一定行的！我们一起去考大学。我喃喃地说。

柚子没有说话，她只是往我这边更靠近了一些，现在，我们俩几乎重叠成一个人了。我被一种巨大的温暖烤灼得浑身发烫，我没想到在温柔夜色的掩护下自己会如此大胆，开始时的惧怯跑得无影无踪，我已分不清现实和梦境的界线。

我们赶到六连，电影已放映了很长时间。站在黑压压的人群里，我们的肩膀依旧紧紧依偎。放的是一部朝鲜影片，我只听见放映机吱吱的转动声，对银幕上所发生的故事一无所知。

电影快进入尾声，柚子凑过来，轻轻嘀咕了一句：电影不好看！我想了想，扶住柚子的臂膀挤出了人群。

往回走的路上，我把外套的一半披在柚子的肩上，我拥住柚子身体的一瞬间，嘴唇触到了柚子的脸腮，我触电般地缩回来，但一股香甜无比的感觉已滞留唇边。我的身体像醉汉似的摇晃起来，我听到柚子嘿嘿窃笑的声音，柚子的笑声鼓励了我。走到离三连村口不远的一座桥下，我久久凝视她在黑暗中的脸部侧影，突然，我凑过去，果断地将嘴唇压在她的嘴唇上……柚子的身体迅速软下来，我觉得自己在用整个生命托住下沉的她。我不愿意放弃那湿漉漉的满含青草香味的醉吻，于是，我们一起慢慢倒向草丛，我们在草丛中翻滚，狂吻，天地万物刹那间都凝固了……

我们面对面坐在草丛中。你还没发育好哩。柚子指了指我的鼻子笑着说。

我猛地跳起来，张开双臂一把抱起她，原地旋了个圈。满天的星斗因此摇动起来，夜色温柔的旷野，经久不息地回荡着她咯咯的笑声……

这天晚上，我躺在床上难以入眠。我像发烧病人似的浑身滚烫。我细细品味着嘴唇上残留的熏草气息，一种从未有过的甜蜜在我心里慢慢漾开。我渐渐进入梦乡，嘴里还呢喃着，像金鱼似的咂巴不已，仿佛在驶向梦境的路上，还沿途向人诉说如痴如醉的感受……

这个甜蜜的夜晚仅仅过去几天，我接到了大姐的来信。大姐要我请假回城，她已在一所中学的高考复习班里替我报了名，争取到了一个名额，大姐让我务必火速回城。

离开海边的前一天晚上，我正忙于收拾书籍和行装，一阵风把门吹开了，我闻到了一股馨香。我走到门口，奇怪，外面并没有人。我慢慢关好门，刚一转身，看到工具架后面晦暝的北窗前，站着一个人。

我惊讶不已。我几乎完全不知道这个人是何时进入保管室的。那个人面窗而立，仿佛在远眺窗外的夜景，透过窗棂的微弱光线，勾勒出纹丝不动的婀娜剪影，一种极富感染力的气氛，笼罩着那个神秘而柔美的身影。

我走过去，轻轻拢住了她的腰部，随后，我用一只手抚弄她的颈部和发根，我感到她在抽搐，我将脸贴过去，她闪开了。

等着我,一个月后我会回到海边的。我信誓旦旦地说。

3

城市刚刚下过一场春雨,空气清新而凉爽。街道两旁的梧桐树冒出无数绿色枝芽,湿漉漉地在微风中轻轻摇晃,喇叭声驱赶着疾走的人流,高楼大厦被狭窄的天空分隔。我感到城市变了,变小了,变窄了。唯有五颜六色的服饰到处流淌,漂浮在城市的拐角处,像岁月一样稍纵即逝。

小街出现在我面前,它潮湿而局促,像条自惭形秽的小溪,朝我蜿蜒而来。时间流转,景物变得依稀难辨。家中小院那棵茂盛的无花果树,从记忆的屏幕上渐渐显现出来,它的位置一经确认,所有的街景也就不再恍若梦中了。

我站在家门口,稍稍伫立片刻,母亲的身影从门洞里倏忽闪现,她的目光忽略了不期而至的意外。摇晃的身影在我轻轻的叫唤声中倏地凝固,我发觉,母亲在时间的设计下忽然变得苍老无比。刹那间,我的胸中淌过一股热流,母亲欣喜的目光一闪而过,之后,用一种淡淡的微笑,接纳我这个归来的游子。母亲从不表示过分的热情,这使得原本可能尴尬窘迫的场面平淡而自然。

在我逗留家中的一个月里,母亲轻手轻脚地走进走出,忙这忙那。她甚怕惊扰了我伏案读书所需要的静谧。我知道,母亲很久以来就不喜欢做家务,不知从什么时候起,她忽然默认了生活赋予的一切,似乎不再口出怨言。她像对待贵客一样照料我的起居饮食,常常询问我想吃什么喜欢吃什么,她可以去张罗。母亲对待我的态度,无形中让我们的关系亲近而疏远,变得微妙起来。

每天晚上,我去一所中学上复习辅导课。这是大姐给我安排的。课堂里人满为患,我背着书包提早一个小时去学校,才能占到一个座位。我记得,上中学时不背书包是一种时髦,通常腋下夹几本书便去学校了。而今我长高了,长大了,又老老实实地背起了书包,并且要在有限的教室中,占据一个属于我的座位。我在攒动的人头里,看到一些岁数与大姐一般大的成年人,他们皱纹加额,华发早生,每次上课期间,从头到尾一直站在教室的后面聆听,快速地记录要点。我有时一走神,会觉得所有听课的人都像是一块块海绵，从教师的嘴里滴水不漏地吸取营养。

上了一段时间的课，我才发觉自己是多么地贫瘠和空虚，也发觉了在海边一个人复习功课的盲目性。在知识的海洋中，到处是我感到陌生的空白点。上完辅导课回来，我总留存着很多疑点、困惑向大姐请教。大姐不愧为中学时代的高材生，无论是理科还是文科方面的问题，她几乎很少有感到为难的时候。几个月前，她仓促上阵，参加了第一次高考，她的成绩已超过录取分数线，最后终因体检不及格而落选。她的身体无大碍，只因为是剖腹产而被刷下来。她不死心，想好要继续考下去，她希冀着有哪一天，人们会看在她成绩超出分数线很多的份上为其开绿灯。大姐好像换了个人似的生机勃勃，她竭力鼓励我突破重重难关，去达到那辉煌的顶点。

大姐的话极富煽动性，可她不在的时候，母亲还是流露出不完全相同的情绪。她一方面担忧紧张的苦读会损坏我的身体，另一方面她觉得即使考上大学，今后也未必一定留在城里。母亲在我人生的关键时刻，再一次表现出了犹疑和消极的态度，而我，也再一次地违逆了她的意愿。

离开海边不到十天时间，我收到了柚子写来的一封信。

柚子的信写得缠绵悱恻，我躲在小阁楼上读得热泪盈眶。那密密麻麻的三页信纸，露出炽烈而甜蜜的情意，当我知道柚子因为思念而正被焦躁烦恼苦苦折磨之时，心都快要碎了。整个下午，眼看着阳光一点点从窗台上移走，我浑身火烧火燎，恨不得即刻买了船票返回海边。

柚子在信的末尾勉励我刻苦读书，她说她在等待一个满载而归的消息，我为柚子的懂事明理而感动。

在以后的日子里，我常常忍不住一次次偷偷捧读柚子的来信。每次读信时，心都会怦怦乱跳。我用饥渴而贪婪的目光，搜索那些情意绵绵的语句，仿佛要把那些情话吞下去似的，我的苦读生活由此而充实，拥有了无穷无尽的力量。

回城后没几天，我在小街上邂逅了樱桃。那时她大概刚刚下班回家，长长的湿漉漉的头发披挂下来，从路灯昏黄的光晕下款款走来。

回来啦？她朝我嫣然一笑，露出一排洁白的牙齿。

樱桃已完全是个成熟的女孩，颀长丰盈的身材散发着女人味十足的气息，流连顾盼的眼睛有一种勾人的魅力。我不明白，樱桃的父母都长得不怎么样，为何那对从小伤害过我家的夫妻，有这么一个迷人的女儿。曾经有那么一瞬间，我的心像被虫子抓挠似的痒痒的。凭直觉我能知道，只要发出邀请，樱桃是会随我去任何地方的。然而我克制住了自己，我的心里已有了柚子。

樱桃热切的目光，在我的拖延迟疑下，渐渐趋于黯淡，她确定不会再有任何下文之后，像个真正默契的朋友，朝我颔颔首，娉娉婷婷地离去。

我眼望着她扭动胯部的优美姿影，慢慢消失于黑魆魆的弄堂内。

我走进小院，二姐正在写信。那些日子，二姐每天要给政府有关部门写大量的上访信。她对考大学并无兴趣，她关心的是如何争取自己的权益，弥补过去的损失。她从熟人朋友那儿，不断打听别人怎样获得平反的过程，别人的成功经验总能给予她不少启迪，使得她在那些上访信中所提的各种要求，逐步趋于完整全面。

应该说，与二姐所经历的磨难和痛苦相比，她所提的那些要求不算过分。但这些要求即使全部得到满足，她所失去的青春岁月能追回来吗？她在不堪回首的年月中所受到的伤害能够得到补偿吗？

我轻轻走过她的身旁，登上小阁楼，又沉浸到一大堆复习资料中去了。

日子一点点推移，返回海边临考的日期愈来愈近。我顺利地完成了复习迎考的准备工作，在一个天气晴朗的下午，我背着书包，提着旅行袋，登上了一艘北去的客轮。

4

海风呼呼吹拂我的脸庞。手扶拖拉机一路颠簸过去，无垠的原野景色在阳光下一览无余。郁郁葱葱的防风林从天边伸过来，一辆驮满茅草的牛车，沿防风林的坡道斜刺里蠕动而下，让人担心牛车随时会倾覆。五月的田野望不到人影，只有一大片一大片的盐碱地，在懒洋洋的阳光里泛着白光。

手扶拖拉机过桥爬坡的时候，我提着行李急不可耐跳下来，拖拉机开始慢慢下桥，我超过突突冒烟的机头，朝村子一路小跑过去。路上杳无人影，几缕炊烟在风中袅袅升腾，村里静悄悄的，远处的河塘传来鸭群悦耳的嘎嘎声。

我疾步走向三连那幢矮平房，心扑通扑通地狂跳不已。我第一眼就看到了会计室，会计室的门紧闭着。接着，我又扫了一眼连部熊猫的宿舍，门也紧闭着。

我走到保管室门口,打开门放好行李,额上已沁出涔涔汗珠。我拿出毛巾端了脸盆走向卫河,在擦洗间我不断回望会计室的门,那扇门依旧紧闭着。没有丝毫动静。很奇怪,柚子应该知道今天是我归来的日子,回海边的日期一经确定,我就在第一时间写信告诉了她。整个村子都静悄悄的,似乎像一个无人居住的废弃的村庄。

我回到了保管室,保管室空荡荡的。熊猫还是很仗义的,他明知道我回城去是干吗的,在我离开海边的这些日子,他只是安排人接替我的工作,但却没有让人住进保管室。保管室还给我留着,这给我一丝温暖的感觉。

从阳光里走到屋内,感到凉爽宁谧。但不知为什么,我害怕这种宁谧,心里显得有些忐忑不安。我心灰意冷地跑去关上保管室的门,这时困乏一阵阵袭来,我想起自己在船上几乎没有睡觉,在床上躺下不久,便呼呼地睡去。

我醒来时天色已暗,村子里传来嘈杂的人声。我翻身起床,觉得自己已睡得太久太久,走过去打开门,几个经过保管室门口的职工与我寒暄了几句,言谈间我抽暇往会计室方向瞥了一眼,会计室的门依然还是让我失望地关闭着。

后来我拿起碗筷去打饭,一路上一改以往的脾性,逢人便高声地打招呼,唯恐别人没看见我似的,我似乎要让全连每一个人都知道：我骆驼回来了！从食堂返回去，远远地看到会计室，我感到血脉偾张，满脸通红，途经会计室门口，我实在管不住自己，伸出一条腿在紧闭的门上踢了一脚，踢完后我心中怦怦乱跳，迅疾走到保管室门口，回眸一望：会计室的门依旧紧紧闭着，但就是刚才那么一瞬间，我清清楚楚地闻到了一股熟悉的香气，那是柚子身上才有的气味，说明她在，她在屋子里。

傍晚收工时，保管室里来往的人川流不息，男男女女，问这问那，我心不在焉地逐个应付。熊猫是最后一个到的，他在门口使劲蹭了蹭沾满泥土的鞋底，才走进保管室，我们坐下聊了半天。我把一大袋包裹交给了熊猫。这是熊猫父母托我捎给他的。后来熊猫在谈到连里的情况时，像是不经意地提到了柚子，这使心中焦躁不安的我感到些许的宽慰。柚子好好的，没出什么事，我被自己编织的幻觉迷惑住了。我要控制好自己的情绪，不要也不能犯病，应该镇定从容，一切都不用着急，我有足够多的时间来等待。也许等待愈久，和柚子单独相会的场面也就愈为温馨甜蜜。

我是在第二天下午才见到柚子的。

当我发现会计室那扇紧闭的门终于开启时，我的心抑制不住一阵狂跳。当那扇紧闭的门真的打开了时,我好像又缺乏走向它的勇气。

我在保管室里走来走去,盼望柚子能像以前那样一阵风似的飘来,那股诱人的香味也伴随而至。后来,我觉得等待就和刑罚一样难熬,看来要柚子主动走来似乎已不可能,我开始寻找引起柚子注意的良策,急中生智,我的目光忽然停留在工具架上——于是,那一把把普通的大锹钉耙,在我眼中陡然间变成了古代宫廷的乐器,我扑过去,缓缓伸出手指,轻轻地,轻轻地从左到右触摸着一把把工具,然后让它们互相碰撞,敲打出悦耳的声音:叮当、叮当、叮叮当当……工具们互相敲打的声音由徐至疾,由弱转强,清脆悦耳的敲击声先是在空旷的保管室内回响,然后从敞开的大门夺路而出,四处奔突。我开始来回游走,犹如一位呼风唤雨法力无边的大乐师,面对悬挂的无数洪钟大吕,奋力变幻出神奇无比的一组组音符,然后将它们驱赶出屋,变成一个个小精灵,在荒原野地上奔奔跳跳,让整个海边都响彻我所制造的美妙音乐,让整个海边都变成奇幻世界……

那时候的我进入了忘我境界。我又变成了游魂,像毕业前夕那样,梦游般走上讲台,手持一张白纸,激昂地读着上面并不存在的文字。

呼唤没有回音。柚子似乎仍然不知道我在等她。

癫狂的乐师放弃了极富想象力的敲打，音乐裹挟着我急急地夺门而去，我像游魂从会计室门口一颠一颠地飘过。我看到了柚子，柚子也看到了我，她正在和两个女职工聊天，朝我笑了笑。从她的笑容里，我觉得她早就获悉我回来的消息。我觉得她的笑很不充分，令人很不满足很不放心，但那会儿因为有旁人在场，我没有停下一颠一颠的碎步，仍然是义无反顾地飘游过去。

我的疯疯癫癫的状态，到了晚上才有了转机。

这天晚上晚饭后，四连的司务长来邀我去场部听课。一个城里来的数学老师，在场部讲授数学课获得广泛好评，四连司务长知道我回来的消息，想从我这儿得到一些最新的复习资料，所以天色刚暗下来，他就早早出现在保管室的窗外。

去场部的路上，四连司务长显得很兴奋，五月的田野，弥漫了沁人心脾的花草气息，结伴同行的司务长确实有兴奋的理由。因为兴奋，他完全忽略了我的抑郁寡欢。司务长的话题东拉西扯，漫无边际，他好像急于要把我离开海边这一个月里所发生的变化，一股脑儿端给我。话题怎样扯到那个对我来说（他浑然不知）是极为敏感的问题上去的，我已经记不清了。我只记得，司务长提到柚子的名字时，自己心里咯噔一下，于是，一种不祥的预感紧紧攫住了我。我看到司务长嗅了嗅鼻子，显出一副十分不屑与鄙夷的神情。

女人看不透，司务长说，世界上最不可理喻的就是女人。谁不知道柚子是鹿的女朋友？嘿，怪了，就你不在的时候，没几天工夫，她居然和犀牛搞上了。就算现在扎根派不吃香了，跟什么人好不行，非得和犀牛好？这叫鹿的面子往哪儿放？

司务长又是感慨又是叹气，像是不平和怨忿，又像是这件事触动了他的某块心病。原本鹰当连长时，司务长在四连就一普通职工，并非是嫡系，场部整顿四连前夕，他找到鹿，希望帮忙找个洋差，最后他留在四连当司务长都是熊猫安排的，但他很清楚自己的走运离不开鹿。

这天晚上，我坐在场部教室里迷迷瞪瞪的，那个口若悬河的数学教师讲了些什么，我一概没听见。下课后司务长推了我一把，我才如梦初醒，起身离开教室。三连这一带今晚又逢断电，远远望去，村子里漆黑一片，星星点点的油灯像鬼火般闪烁。和四连司务长分手后，我疾步如飞，回到连队，直奔会计室而去。

我猛然撞开会计室虚掩的门，屋内正在聊天的柚子和另外两个女职工，都被我的莽撞举动吓了一跳。我带进来的一股劲风，使桌上两支竖着的蜡烛摇曳不止。

哦，你回来了？柚子明知故问，像是故意讲给那两个女职工听的。她的脸上挂着笑，但笑得很勉强。我见过这样的笑容，那次我陪她一起去场部的路上被鹿追上的时候，她也这样笑过，所不同的是，这次轮到我——而不是鹿不知所措了。

我特别想和柚子个别谈谈，但我感到，柚子非但没有支走那两个女职工的意向，而且她还拼命找话题留住她们，显然她们已成了她的挡箭牌。

你刚才说到哪儿了，快说下去呀。柚子对其中一个女职工说。

我……我想说的话，已经哽咽着涌到喉咙口了，但我还是强把它咽了下去。我唯恐自己失态说出什么不妥的话来，赶紧拔腿走出了会计室。

连续几天，我没有好好吃，也没有好好睡，我不知道发生了什么。我掏出柚子写给我的那封信，一遍遍地看，一遍遍地读。读到缠绵处，心如刀绞。每次读完信，坐在窗前支颐发愣半天。我几次三番想闯过去找柚子谈谈，但我冷静时一想，觉得什么都不用谈了。我已明明白白地体察到一个事实：柚子根本不愿意和我单独在一起。为什么会是这样，为什么？我在保管室内困兽般走来走去，无法相信我感觉到的事实。一天，两天，我克制住自己，有时候，我还会奢望某一时刻，柚子会像以往那样，一脚踢开保管室的门，走进来对我说你错怪我了……

随着时间的推移，我觉得什么东西在一点点地逝去。我不明白为什么所有人对此都麻木异常，所有人都不来过问我是否会憋死。一天晚上，我害怕一个人面壁而坐，就走出了保管室。我在月色下的旷野里久久徘徊，后来我来到位于运河边的一间茅屋前，我不知道我为什么会走到这里来。后来，我听到了柚子节制又放浪的咯咯笑声，猛然间，我明白了自己并非是无意识走向这间茅屋的。这间远离村子的茅屋就是拖拉机房，拖拉机手犀牛就住在这里。我为自己的举止感到震惊和羞愧，我悄悄地逃离了那间茅屋，边跑边回头张望，甚怕被茅屋内的人发觉。

回到保管室，我气喘吁吁，我确定我现在是一个人了，无边的孤独和悲凉正从四面八方蔓延过来吞噬我，我的眼眶里噙着热泪。

第二天我开始读书。然而，任何一点声响都会惊扰我的思路。突如其来的拖拉机声，常会让我猝然从座位上跳起，跑到门口，趴在门缝里向外窥视。我观察着犀牛的一举一动，我看着犀牛将拖拉机驶出视线不及的地方，然后急忙奔到保管室的后窗眺望，我看到拖拉机驶到村口的时候，茅草堆后面闪出了预先等候在那儿的柚子，她敏捷地纵身跳上拖拉机，犀牛一踩油门，拖拉机便箭镞一般射了出去，大路上尘土飞扬……

有时候，我看到的并不是三连的拖拉机。好几次我从门缝里搜索到的目标是鹿。鹿驾驶拖拉机从野外横冲直撞而来，一旦在村子里刹住车，他便疾步直奔会计室。会计室倘若无人，他又会径自朝保管室走来，嘭嘭嘭乱敲一通门。我躲在屋内，任鹿怎么敲门都不开，我不想见鹿，我不想见任何人。

这样过了一个星期。我每天恍恍惚惚，丢了魂似的，读书的效率极低，而大考的日期日益迫近。我感到自己每天封闭在一个密不透风的地牢里，而地牢每天都在下沉，我想找个人倾吐一番，但又找不到一个可靠的人，我已不相信身边的任何人了。

那真是一段苦不堪言的日子。

5

这一年我没有考上大学。我是第二年才离开海边的。

这年初夏,我竭尽全力摆脱掉心理上的阴影走向考场,完全是大姐的一封信起了作用。我内心的痛楚因无人可以诉说,不得已给大姐写了信,大姐很快回了信。大姐要我挺住,一定要挺过去。大姐说在这种时候没有人可以帮我,只有靠我自己。她告诉我,以后也许还将多次面临类似的情形,你一定要学会怎么应对孤立无援的困境。大姐的信中还指出,你所喜欢的那个人比你要成熟得多,女孩早熟,客观上她年龄又大两岁,你并不适合和她在一起,失去她也许是件好事,现在第一重要的是必须马上振作起来,迎接高考的到来。

在人生的关键时刻,我挺过去了,但浪费的时间和精力已不可追回。我最终各门功课分数相加只达到中专录取分数线。我撕掉了成绩单,我的理想是上大学,尽管很多人包括熊猫在内都劝我慎重,不要轻易放弃这个离开海边的机会。

第二年,我以优异的成绩考取了一所名牌大学的新闻系。我的考分在海边位居第二。以三分之微领先于我的,是后来成了我好朋友的鸽子。在旷野深处的一座山坡上，树木掩映了几间简陋的草棚。我和鸽子，分别被从各自连队抽调上来，成为场部宣传队的创作员，鸽子负责乐队的配器，我负责文字创作。这段短暂的经历，为我们的复习迎考提供了方便，争取了时间。我们厕身茅草屋，或早起晨读，或挑灯夜战，一起紧张温习了三个月。我们两人同时赴考的那天，阳光灿烂，万里无云，这样的天气，为我们能够成为海边几千名考生中的佼佼者，埋下了伏笔。

奇怪的是，当我拿到大学入学通知书的那一刻，欣喜已被更为强劲的失落感所掩埋，要告别海边了，才发觉海边教给我的东西，也许在任何大学都是学不到的。

事隔一年，我时时还会感到内心的隐痛。我常常会在尘土飞扬的大路上，邂逅合乘一辆手扶拖拉机迎面而来的柚子和犀牛。奇怪的是，柚子和犀牛会不约而同地因为看到我而脸红。大家都在传说犀牛变了个人，那个昔日名扬海边的打架好手，自从和柚子在一起，已变成温驯无比的老实人。犀牛的红脸让我捕捉到这样的信息：他知道柚子和我曾经有过的短暂的感情纠葛。我即使在头脑发热的时候，也从未恨过犀牛，我似乎从一开始便觉得，柚子的背叛与犀牛无关。然而犀牛为什么要红脸呢？不惧怕任何人的犀牛，难道惧怕我在熊猫面前说他的坏话？难道他为领受到的那份感情有些来路不明而惶恐不安？似乎都对，又似乎都不对，犀牛的红脸始终像个谜团，萦绕在我的心头。

当然，最让我困惑不解的还是柚子。

随着时间的渐渐流逝，柚子在那段年月里的心理轨迹，像云笼雾罩的山峰一样忽明忽暗忽隐忽现。我感到那时候的柚子心里也一定很矛盾很痛苦。她曾经爱过鹿，为他的才干所吸引。后来，鹿个性中虚弱的一面凸现出来，尤其是当海边人纷纷准备复习迎考的时候，鹿的弱点暴露无遗。柚子那时非常想考大学，她从未想过要留在海边，然而她又怕自己不行，又怕别人对她抛弃旧日情人的举动嗤之以鼻，种种顾虑导致她只能偷偷摸摸地看书复习，这时候的我自然是她最理想的同伴。后来某一天，她发觉她根本不是考大学的料，而为了摆脱鹿的追逐和纠缠，她急需找个庇护所，给她危机四伏的生活找到扎实的依靠。孔武有力的犀牛，便成了她挣脱桎梏、排解郁闷孤独的最佳人选。这样看来，柚子所背叛的不是我，而是她自己。

我的这些分析可靠吗？

三年后，我曾和熊猫一起去一家地处闹市的菜场，看望在那儿当营业员的柚子。那时她已经和犀牛结了婚。在都市昏朦路灯斜斜的照射下，戴着塑料袖套、身挂黑色围兜的柚子手里捏着一把铁钩，拖拽着一筐筐冰冻过的海鱼。也许我们的出现过于突兀，看到我和熊猫，她的脸色微微酡红，手脚不知往哪儿放才好。人声鼎沸，那一刻我忽然觉得自己太残忍，心胸太狭窄。我觉得全错了，包括我的那些分析。我再也没有兴致去问柚子是不是爱她丈夫这个问题，尽管去之前我是那么想知道。我们疾步逃离那个嘈杂无比的夜市菜场，整个晚上，我的心绪都糟透了。

从那以后，我再也没有见过柚子。

鹿是在我离开海边前不久死的。鹿驾驶的手扶拖拉机在海边疯狂地开来开去，已维持了相当长的一段日子。鹿像一位古代勇士驾驭着他的战车，在某个黄昏降临的傍晚突然冲上了一座高高的大桥。飞驰的手扶拖拉机开到桥面中央后，一个过路的民工看到身穿军装、戴着一副赛璐珞眼镜的拖拉机手从座位上站立起来，他像头发怒的野兽一般弓起身子，掉转把手，让他的坐骑横过来猛地蹿了出去，手扶拖拉机在离开桥面的时候像人一样打了个嗝，而后翻了个跟斗，朝幽深宽阔的河底坠落下去……

事后，人们从河底打捞起湿漉漉、血肉模糊的鹿，发现他的脑袋像中了箭镞似的横穿过一根根又长又锐利的芦秆。

真正是万箭穿颅。

6

我一直不知道怎样来讲述蝙蝠这个人，现在，已到了不能再把他搁置一边的时候，虽说我内心里是那么不愿提及他。

在海边生活如烟如缕的回忆中，蝙蝠无疑占据了一个任何人没法替代的位置。假如一个人在你对世间万物尚处蒙昧状态的时候，给予你非常重要而深刻的影响，堪称一种启蒙作用，而这个人带给你的记忆又常常掺和着苦涩的怪味，你会用什么样的心情来提到他？

在海边，所有结识蝙蝠的人无不佩服他的聪明才智。直到蝙蝠离开海边很久之后，我遇到一个认识蝙蝠的人，他一方面把头摇得像拨浪鼓，连呼蝙蝠是"混世魔王"，另一方面他又竭力称赞蝙蝠的才干。我从这个人无奈痛苦的神情中，猜到了他曾怎样为蝙蝠所折服，又怎样遭受过他的伤害。

倘若你在海边生活过，你不知道某连连长那很正常，因为海边加起来有几十个连，但如果不知道蝙蝠，你无形中就将自己放到了一个十分尴尬的位子。蝙蝠在海边的名声，要远远超过大多数连队的头头。天气晴朗的星期天，蝙蝠总会背上他的画夹，搭乘南来北往的拖拉机，去海边的某处风景地写生，蝙蝠跑遍了海边任何一个人迹罕至的地方，他给许多人画过速写，只要谁愿意，不管是场部头面人物，还是拖拉机上素不相识的过客，蝙蝠都会很认真地给他画像。但谁如果以为蝙蝠画完之后，会把速写稿赠送给你，那就大错特错了，蝙蝠总能找到不给画稿的理由。只在日后艺术学校招生的考试过后，人们才明白一个道理：所有曾经挺直腰杆端正姿势毕恭毕敬敛息屏气给蝙蝠做过模特儿的人，都不过是蝙蝠在等待这一天临场发挥过程中的一个道具。蝙蝠似乎早就认准了有这么一天要让他大显身手，所以在此之前的无数个日日夜夜，只要一有机会，他就会拿起画笔给人画速写。他最大的本事就是一面画画，一面与你讨论问题，当你被他雄辩的口才驳倒，不得不对一个问题重新估价和认识之际，蝙蝠的速写练习也已大功告成。

从蝙蝠隐隐约约闪烁其词的谈吐中，我大概知道，他的祖上曾是蜚声海内外的棉布大王。出于语焉不详的原因，到了他祖父这一辈家道中衰，而蝙蝠的父亲也更是年纪轻轻，莫名其妙地离家出走，皈依了佛门。蝙蝠由谁带大的、又是在谁的教导下练习小提琴，而后又是什么原因中途辍学而改学画画的，这些都不得而知。但无论如何，蝙蝠曾得到过一个了不起的高人的指点。要不他不会在那样的年代里，对世界艺术史和文学史的了解达到令人费解的熟悉程度。据我所知，海边许多人是从蝙蝠的口中，才听说巴尔扎克、托尔斯泰、伦勃朗、达·芬奇这样一些名字的。他几乎能如数家珍地讲出一些世界名著的故事内容，如果在今天也许不算什么，而那是个革命席卷大地，捣毁一切人类文明的禁锢年代，蝙蝠随意间流露出的这些信息，对我们来说是何其陌生啊。接近蝙蝠的人，或多或少从他那儿领略了文明世界的阳光，在他面前，我们许多人都显得极为自卑。

蝙蝠身上的很多素质，都预示着他天生要干一番大事业。我们刚到三连的那年冬天，毗邻的五连和我们发生过一起殴斗事件。

事情的起因是为了茅草。谁都知道，海边的冬天茅草意味着什么。海边人冬天做饭烧水，用的燃料全是茅草。三连原是机耕连，机耕连有柴油，所以无人去割田野里的茅草，三连的茅草长得格外茂盛。机耕连未撤走之前，其他连队的职工经常越过界河，跑到三连的地盘上偷割茅草，这已成为多少年来的习惯。

我们在熊猫的率领下进驻三连之后，三连也拥有几十号职工，需要消耗大量的茅草。但几次发出警告，五连的职工依旧偷偷摸摸涉过河来，割走一大片一大片的茅草，这就使得某一天的聚众殴斗，成为不可避免的事了。殴斗的后果是严重的，双方至少有近二十人受伤，因为是三连的人先动手，最后伤亡人数五连也大大超过三连。熊猫在办公室里走来走去发愁，蝙蝠来了。蝙蝠如是这般地给熊猫出了一通主意，后来熊猫在连部会议上决定：由蝙蝠出任三连谈判代表。这样的结果，人们估计是蝙蝠毛遂自荐争取来的。

谈判在界河边举行。蝙蝠率领的三连谈判小组只有两个成员。谈判的结果出人意外且很有新意：双方受伤人员的医药费自理；五连不用送还偷割的茅草，三连另外再拨出几车丰收拖拉机的茅草，以换取五连的两头猪。这场艰难的谈判，蝙蝠凭三寸不烂之舌就谈成了，他口若悬河从头说到尾，边上他带去的两个人还没来得及插上话，谈判已结束了。五连是副业连，除了种蔬菜就是养猪，通过谈判他们解决了过冬茅草问题，当然很乐意；而三连的人，马上就有猪肉吃，公愤随之化为乌有，民意迅疾得到安抚。

在海边，从未下田干过活的人，大概除了蝙蝠之外找不出第二个来了。蝙蝠抵达海边那年，一跳下拖拉机，正好看到场部宣传科的人在画大幅的领袖像，他站边上随便说了几句，修正了几个明显的问题，宣传科那个人就把他拽去见领导了。这幅领袖像蝙蝠整整画了一年，他提醒场部宣传科：领袖像可不是闹着玩的，画不好会出政治问题，只有慢慢画，所谓慢工出细活，才能保证万无一失。蝙蝠当然不会一年四季老老实实蹲在会议室里画画，一年中至少有三个月的时间，他借口采购颜料先后回城三次。余下的时间是这样安排的：有人来的时候眯起眼睛，拿着画笔往巨幅画像上涂抹几笔；没人的时候他画画素描，打打乒乓，东逛西游，广交朋友，传播令人咋舌的思想。奇怪的是，没有人会对蝙蝠的不干活提出异议，就像没有人会对他的随意离开海边提出异议一样。那时候，即便家中有人去世也未必能获准回城，而哪一级的领导都不能阻止蝙蝠请假离走的念头。蝙蝠人好像挂在连队，但连队干部管不了他，因为从一开始，他就在给场部干活。蝙蝠身上天生有一种魅力，他那双明亮而精神的眼睛逼视你，鼻梁咄咄逼人地挺起在你面前，在那种时候，你要拒绝他哪怕是不合情理的要求，似乎也变得十分困难。

一个春光明媚的星期天，蝙蝠忽然跑来问我，想不想随他到其他连队去游历一圈，顺便改善改善伙食。我当然求之不得，我差不多已有两个月未闻肉香了，连队食堂每餐供应的都是毫无油水、令人大倒胃口的白菜，我欣然接受蝙蝠的邀请。

我们走出村子，搭上一辆丰收拖拉机。海边的交通工具就是拖拉机，拖拉机不是公交车，没有预设的行车线路，能搭乘到就很不容易。至于拖拉机去哪里，与你去的目的地大方向是否一致，那就只有碰运气了。坐上拖拉机，就像在茫茫大海中攀上一叶小船，只能听凭它随风飘荡。

拖拉机在公路上足足狂奔了两个小时，我们被载到很远的地方。中午时分，拖拉机才停靠位于海边东南角的一个连队。拖拉机要等着载货，我们只能一个个跳下车斗。

说实话，我当时心里很没有底，非常地疑惑，虽然知道蝙蝠神通广大，平时在海边满世界跑，朋友遍及四面八方，但我对这种事先不打招呼、突击式的造访，还是存有疑虑。这个连队有接应我们的落脚点吗？我的肚子饿得咕咕叫，要是这里恰好没有蝙蝠的朋友，那就惨了，我们岂不是要白白地饿一顿了吗？

蝙蝠完全无视我的忧虑，他挥挥手，示意我跳下，一副胸有成竹的模样。他带着我拐进村子，朝一幢砖房直奔而去，其时已日挂中天，早过了开饭时间。

我们闯进一间男职工宿舍，里面闹哄哄地在打牌。一个戴眼镜的头发花白的老知青，抬头一见我们，赶紧从牌桌旁站了起来，朝我们迎过来。

看来这是蝙蝠的朋友，他言语嗫嚅，对我们的到来表示很意外。蝙蝠根本没工夫理会他朋友的惊讶神情，他开门见山告诉对方：饿坏了，快快去备饭！老知青连连称是，赶紧拿了碗盏去食堂打饭。

等了有一支烟的工夫，老知青打来了饭菜，他说因过了时间，与司务长好说歹说才给打的饭。我一见隆起的米饭上，覆盖着夹带着几块肉片的菜肴，胃里面吱吱地冒泡，直等着将那饭菜一咕隆地塞进肚子，但蝙蝠一点也不着急，他笑嘻嘻地看着老知青说：我们跑那么远的路来看你，你好像不大够意思吗？

蝙蝠的嘴角自信地翘起，脸上露着微笑，目光逼视着他的朋友。老知青闻言脸色绯红，像做错了什么，手脚忙乱地端过一张凳子，爬到高处打开一只大木箱，在里面翻了半天，找出一只午餐肉罐头来。他打开罐头，用水果刀把肉划成片状，拨拉进我们的碗中，他抬起头看看蝙蝠，以为这下可以让他满意了。

岂料蝙蝠依旧坐着，不动筷子，笑嘻嘻地看着老知青。老知青又一次脸红了。蝙蝠一拳打在他的肩胛上，说：你太不够意思了！说完返身跳上凳子，从大木箱里又搜出一只肉罐头和一只鱼罐头。嘿嘿，还想藏私货！蝙蝠得意地朝我晃晃手中的战利品。

我们两个饕餮之徒，很快就将三只罐头全部报销了。作为回报，蝙蝠只是在用饭期间，对老知青拿出的几幅水粉习作，草草指点了一番。

吃完饭稍事休息后，我们便扬长而去。我已经非常满足，站在拖拉机上打着饱嗝，心情舒畅，而蝙蝠则一路嘟哝抱怨，好像受了什么委屈似的。傍晚时分，我们来到场部粮食供应站，蝙蝠路上说要给我一个惊喜。粮食供应站与连队比，相对比较富足，那里有四五个人都是蝙蝠熟识的朋友。我们一到那儿，他们立即行动起来，有的杀鸡，有的去田里捉青蛙，有的去河边钓黑鱼摸田螺，忙得不亦乐乎。那天晚上还喝了酒，这是我到海边后第一次喝酒。

粮食供应站的这顿美味大餐，让我足足回味了几个星期。

这次游历使我大长见识，回归途中，蝙蝠即兴发表的一个著名论断，让我茅塞顿开。他说男人的嘴，生来就派两个用处：一个是说，一个是吃。说是付出，吃是回报，会不会说、说得好不好决定了吃的质量，说得好说得妙，自然也就吃得好吃得妙。

蝙蝠确实是他理论的出色实践者。他非常注重吃，在食物极其匮乏的海边，他几乎没亏待过自己的嘴，他想方设法，成功地使自己的食欲得到了极大的满足。一直到他考上美院，离开海边，人们才忽然发现：是无数海边人，用自己的肉鱼罐头和劳动血汗，滋养了蝙蝠硕大脑袋里的智慧和他脸色红润的健康。蝙蝠不出门游历的时候，除了伶牙俐齿的口才外，他常常用一些诸如维生素C、人丹、扑尔敏等药物，来和女职工交换美味佳肴。这些稀罕的药品，据说是蝙蝠从场部医院一个女医生那儿要来的。蝙蝠和这位女医生的暧昧关系有多种版本的说法。蝙蝠离开海边，显示了男儿不沉湎于儿女之情的品质，而那个被蝙蝠果决斩断情丝的女医生，却从此逢人便说她的不幸。她向人诉说的时候，咬牙切齿，目光飞向天空的朵朵云彩。我最后一次听人提起女医生，说她坐在场部医院门口的台阶上，絮絮叨叨自言自语描述她刚刚怎样吞下一只大苍蝇，女医生说那只苍蝇真可怜，她不该杀了它。

在我的记忆里，蝙蝠与我们所谈的话题，涉及哲学、艺术、经济、国际问题、梦境与死亡、宗教和灵魂等等，范围极为广泛，而他谈的最少的就是女人，人们很难知道他对爱情的确切看法，他在感情方面的经历，常使人感到扑朔迷离。四年以后，我在大学校园里与蝙蝠久别重逢。当时蝙蝠匆匆行走在绿树成荫的甬道上，好像要赶去什么地方，他和我敷衍了几句，很肯定地说他会来看我。那天晚上，我在宿舍里哪儿都不敢去，可从这个晚上起，直到以后的许多日子，我始终没能把这位故友等来。

一个月后，等来的是中文系一位女生服药致死的消息。中文系的女生原和外校一个男大学生谈恋爱，男朋友常来看她，结识了她的同屋、一位意大利女留学生，他瞒着女友，和女留学生暗中来往，过从甚密。后来，男朋友通过女留学生，又结识了另外一位留学生、意大利某议员的女儿，他和议员的女儿偷偷结婚、比翼双飞许久之后，这位中国女学生和她的意大利同屋才从各自的梦幻中醒来。中国姑娘为爱殉情的选择，反衬出意大利姑娘的坚强和洒脱。校园内因此引出一场旷日持久的关于道德问题的争论。这起事件，一度在我所生活的城市沸沸扬扬，流传甚广。

中国姑娘的男朋友就是蝙蝠。他去意大利一年后，又与议员的女儿离异，和一位欧洲大画商的女儿结婚。这宗婚姻的成功，使得蝙蝠作品的要价直线上升，迅疾跻身全欧洲屈指可数的几位华裔画家的行列。中国画家蝙蝠在短短的几年里，完成了他人生的三级跳远。随之而来的名声和财富，足以使其后半辈子过上奢华富贵的生活。

蝙蝠情感经历里的欧洲部分，是一位意大利朋友告诉我的。他说，从一开始意大利的华人圈子就对蝙蝠口碑不佳，而蝙蝠似乎也远远地疏离华人圈子。其实，蝙蝠不属于任何圈子，他生来就属于整个人类。

在这个世界上，蝙蝠结识为数众多的人，但蝙蝠没有一个真正的朋友。至少我不是。蝙蝠从不将他的内心隐秘透露给我，不会向我交心。做蝙蝠的朋友或情人，需要冒很大的风险。你要准备好他拼命地、无情地榨取你们之间的友情或爱情。我猜测，在蝙蝠的词典里，也许根本就没有友情和爱情这一类的词。有时我甚至觉得，蝙蝠仿佛是一个肩负使命的过客，他从人群中走过，却并不与人间发生世俗的情感联系。他给你指点迷津，然后又急匆匆赶他的路，奔他的目标而去。你从与他短暂交往的瞬间，获得智慧和文明世界的信息，而你同时也在他残酷的榨取中丧失许多。

我是从认识蝙蝠起，才真正打开了精神世界的窗户。而恰恰又是蝙蝠这个人，常常动摇和摧毁我的生活观和价值观。他的才智和品性如藤蔓一样交错，如尘土一样飞扬，我追踪的视线模糊而迷离，我常常觉得看不清他的面容和身影。

然而，我深深知道，在我的灵魂深处，已无法将蝙蝠抹掉。

下部 在人间

第一章　林荫道

1

从这个位置望出去，阅览室一排落地窗外的景色可以划分为三个层次：近景是遮天蔽日的茂密树叶，从左到右，浓浓的绿弥漫了宽阔的空间；中景是横亘在残阳下的鹅黄色草坪，草坪中央矗立着一尊高大的石像，一个园工正用一把刷子刷去石像底座的纸屑和糨糊。

前几天，这座君临天地之间的领袖像，曾被学生们用白纸覆盖起来。更早些时候，一群激进的学生手持铁锤和斧子，冲进草坪想要砸掉石像。校方出动了大批保安人员，与激进的学生在石像周围形成对峙局面，最后是德高望重的老校长拄着拐杖赶来，发表了一通声泪俱下的演说，才使作为一个时代象征的石像幸免于难。老校长之所以能够劝说那些头脑发热的学生撤出草坪，与他十年前长跪石像下、双膝因此落下重疾的经历不无关系。

草坪再延伸出去，是一弯浮萍荡漾其间的池塘。池塘边有一条掩映于杂草丛中的铁路，据说建于民国初期，它犹如巨蟒般忽隐忽现，将校园分割为两部分。东部为学生宿舍和教工住宅区，西部为教学楼图书馆和学校办公楼。残阳余晖下的池塘和逶迤草木间的铁路就构成了远景。

铁轨中央冒出的几株草茎在微风中轻轻摇曳。我的眼睛永远是那么好，紧张的复习迎考并未使视力下降。由此我常想，是那个弃我而去的人，遗传给我一副出色的眼睛。入学体检时，医生手持听筒，在我胸前反复侧耳倾听，冰凉的听筒上下左右移动，医生蹙紧眉头，后来，他收起听筒，伏案书写了几个龙飞凤舞的汉字："先天性音室减弱。"

有关系吗？我问医生。

医生挥挥手，示意我可以离去了。一个天生有缺陷的心脏，并未妨碍我跨进大学的校门，却给我留下一个疑问：为什么鼻子、咽喉、耳朵、心脏均有问题的躯体，唯独长着一双视力可及远处的眼睛，难道这预示着我必定要发挥它的优势，来洞察人世间的景观，来解读关于生命的或悲或喜、走向各异的故事？

我坐在图书馆二楼阅览室里，面前摊放着索福克勒斯的《俄狄浦斯》，我已将这出古希腊的悲剧读完了。俄狄浦斯用伊俄卡斯忒身上的金别针，刺瞎了自己的双眼，他从此要被驱逐出忒拜去浪迹四方。一个人没跨过生命的界线、没有得到痛苦的解脱之前，就不要说他是幸福的，忒拜城的长老们这样说。

《俄狄浦斯》让我的眼睛隐隐作痛。三个多小时的阅读，眼睛确实疲劳了。我收回目光，环顾一下大厅的四周。阅览室可容纳数百人，每次我只要稍稍晚到一会儿，门口的小牌牌便发完了。阅览室里的读书环境是最理想的，这儿可以借到我想读的大部分世界名著，置身于偌大的空间，周围有许多人，却听不到一丝声响，这给我一种安稳感和踏实感。

长桌对面的那位女学生开始整理书包，离打铃闭馆的时间还剩下十几分钟。女学生头上的粉红色蝴蝶结老是干扰我的视线。她拿起书包离去之际，脚踝触碰到了桌腿，桌面为之颤抖片刻，我的脚踝也无来由地疼痛起来。我常会这样为别人的疼痛而疼痛，或者说别人的疼痛常能够诱发我对疼痛的想象。

我提早离开了图书馆，想早点去食堂，吃完饭再来阅览室等候开门领牌。我觉得时间不够用，有很多书需要读。教师上课提及的，同学之间闲聊时谈到的，还有我自己觉得应该补读的书籍真是太多太多了。我像一个长期营养不良、十分可怜的婴儿，又像一块干燥的海绵，需要大量养料和水分。进入大学之后，我才感到以往所有的岁月，都在蒙昧状态中蹉跎掉了。想想真是可怕，要是一个人永远处于冥顽不化的境地，就是白活一辈子，也不知道生命还有另外的活法。我走下图书馆的台阶，一股热烘烘的气息扑面而来，穿行在川流不息的人群里，我看到一只粉红色的蝴蝶结在前面晃动，忽然意识到，提早离开图书馆有更深一层的隐秘原因时，不由得自嘲地笑了笑。

沿着林荫道走去，我听到球场那边涌来喧哗的人声，皮球被叩击后的沉闷落地声。林荫道上绿树如盖，像长长的隧道笔直地延伸到尽头。道旁修葺整齐的冬青，争艳吐芳的月季花，把校园点缀得赏心悦目。

走到学生黑板报前，我看到那儿围着一大群人。各系的学生黑板报，是这座大学的神经末梢，差不多每天都会爆出新的热点，我常常来不及弄清一个热点的来龙去脉，黑板报墙上已更换了内容。我匆匆地来回走过，顾不上在那些新奇的五花八门的思想前逗留太久，我更需要的是补充养料，吸收精神食粮。

我从人群前面走过去，在肩膀重叠的缝隙间，瞥见一块黑板报上张贴着的照片。照片上，一位将近四十的知名度颇高的学生干部端坐在藤椅上，照片下面不知谁用粉笔写了潦草的几个大字："你坐得安稳吗？"

由于交叉的脑袋的遮挡，我没看清照片下面的人名。我只觉得照片上的人很面熟，一张山区农民的面孔，理着平顶头，又黑又粗的头发一根根竖起，他的嘴唇很厚，讲起话来下嘴唇耷拉着没有反应，像是一弯枯萎的花瓣。刚进学校那会儿便发觉一个有趣的现象：校园里比较活跃的风云人物，大凡是一些上了年纪的、社会经验丰富的学生，他们似乎比小年龄的同学，更急于抓住一切可以表现自己的机会，他们的思想也更锐进，更具破坏性。他们不缺乏敏锐和果敢，但同样的问题，他们往往比小同学思考得成熟、全面、扎实，从动荡的岁月里走来，在大庭广众面前表达思想，并且让其具有一种装饰性和煽动性，那更是他们的擅长和优势。

我一直走到红色砖墙的宿舍楼前，才忽然想起，这几天校园里在竞选学生会主席。

2

你没参加下午的讨论会?

我刚一跨进宿舍的门,寝室长劈面问道。戴着一副眼镜的寝室长,手拿一只装着碗勺的布袋,正准备去食堂买饭。

问你呢,还不赶快回答。一口京腔的北京籍同学一边整理抽屉,一边煽风点火。你知道问你的是何许人也?新闻系79级文体委员、本寝室学习小组组长。你觉到分量了吧?

不参加讨论会,我们的寝室长是可以代表组织记你一次旷课的。湖南来的另一位同学也拿腔拿调地开始敲边鼓。

噢——记旷课记旷课。躺床上看书的小胖乱叫乱嚷,随后抬起双腿拼命踢蹬顶上的床板,睡上铺的同学即刻浑身战栗起来,俨然像是操练蹦床的杂技演员。

年纪最小的小胖曾是中学时代的足球明星,晚间熄灯之后,他经常炫耀过去的历史。他说他的球队曾经走南闯北,令人闻风丧胆。有一次说漏了嘴,说他乘坐189次火车去过湖南,被同室上铺的湖南籍同学逮个正着,当即指出:去湖南没有189次火车。小胖咕哝了一阵没声了。这件事小胖一直耿耿于怀,只要一有机会,便伸出他那两条又短又粗、毛茸茸的大腿，惩治上铺的小湖南。

已经走到门口的寝室长又返进屋来。

怎么啦怎么啦？寝室长一个个巡视，大哥这样问一句招你们惹你们啦？啊？反了你们了。本寝室长就是要问一句：你、你下午去哪里了，快快从实招来！

寝室长的念白可谓是字正腔圆。寝室里一片静寂之时，看书看到一半的寝室长会突然长叹一声，接着便是哈姆雷特跨越世纪的沉思：生存还是毁灭，这是一个值得考虑的问题。寝室长的念白功夫据说颇得东北"二人转"的真传。北大荒十几年的知青屯垦生涯，冻掉了他的一只耳朵，也赋予了他孩童般浪漫的性格，和像暴风雪那样一阵阵突如其来的激情。

经寝室长这么一提醒，我才想起下午有讨论会，但我已记不清自己确实是忘了呢，还是故意没去参加。班上类似的讨论会，自开学以来已有过好几次，我总共才参加了一次，就这一次足以让人兴味索然。

那次讨论的是一篇引起轰动的小说，小说是中文系鸽子他们班一个同学写的（我忽然想起，小说的作者就是刚才挂在黑板报上照片里的那位）。小说讲的是一个农村来的学生，被同班的一位女同学爱上了，而这位农民的后代,在山区有老婆有儿子,于是在主人公的面前就有两种选择:一种是固守道德传统,回归到没有爱情的死气沉沉的婚姻中去;一种是挣脱家庭束缚,斩断封建婚姻的锁链,和年轻貌美才情双全的女大学生共涉爱河。作者颇为得意的是他小说的结尾,主人公犹犹豫豫进退两难之际,耳边传来家乡歌谣和芦笙的阵阵呼唤。作者说他的小说与以前所有的文学作品不同,不提供任何答案而把思索留给读者,主人公的两难,正是现实生活的两难。

鸽子的同学之所以可以到处大侃他的作品,是因为某日一家报纸的编辑偶然来到学校,从黑板报上读到了这篇小说,他带回手稿,裁剪一番,在他所供职的报上予以发表,结果引起社会强烈反响,几家小说选刊纷纷转载。

事后鸽子跑来告诉我,小说作者写的其实就是他自己。鸽子说有一次他们班去郊外搞活动,小说作者和同班一位女同学没去,两个人大白天在宿舍里被学校保卫科的人当场活捉,事发时两人都光着身子。为了表示对保卫科的不满,所谓愤怒出诗人,这个四十岁的中年人写了这篇小说。不同的是,生活中的女大学生其貌不扬,远非小说中描写的那般水灵慧秀。我对鸽子的说法将信将疑,在鸽子的话未经证实之前,就不能排除他嫉能妒贤,把吃不到的葡萄说成是酸的。

那天的讨论会异常热闹，有趣的是，班上占人数三分之二的大龄同学，都主张主人公背叛家庭，投奔"解放区"；而小龄同学以小北京小湖南为代表，全部唱反调，他们指出农村需要主人公这样的人去传播文明，主人公大可不必赖在城里不走。小龄同学的看法因为得到大多数女同学的支持，渐渐变成讨论会上的主导意见。小说的作者坐在会场中央，虚心地观赏着争执不下的双方，谦逊态度的后面，隐藏着掩饰不住的得意，好像看着一群弱智的人，一步步落入他设计的圈套之中。

讨论会结束后，两派还一路吵回寝室。小龄同学面对年纪可做自己父亲的大龄同学毫不示弱，他们大叫大嚷，兵分几路，缠住不同的对手各个击破。大龄同学和小龄同学由于这次讨论会，从此结下宿怨，反目成仇。大龄同学和小龄同学最终在毕业前夕爆发大战，那是几年后的事情了。

这次讨论会，让我更坚定了不掺和学校任何活动的想法。在外系学生的眼里，新闻系的人，只是些不学无术的万金油式的混客。我暗暗勉励自己，决不做万金油，要像海绵一样吸吮知识，凭借自己的努力，使这种说法不攻自破。

怎么样？有难言之隐是不是？本寝室长宽大为怀，希望你下不为例！寝室长用夸张的声调说完这些话，连他自己都忍不住，扑哧一声笑了。他朝我高高举起手里装着碗勺的布袋，走出了寝室，铝勺敲击搪瓷碗盏的叮当声一路响去。

我微笑着注视寝室长离去的背影。寝室长在寝室里年龄最大，他对别人细致入微的关心体贴，因为那次讨论会延续下来的对立情绪，常被小同学误解。我也是慢慢才适应寝室长那种毫无恶意的幽默和玩笑。入校后不久的新生联欢会上，我和寝室长合作，代表小组出了个节目，演出意外地成功，辅导员为此在班干部的人选上颇费周折。征求我的意见时，我竭力举荐寝室长担任班级的文体委员。后来公布出来的班干部名单，是清一色的大龄同学，这份体现辅导员用人倾向的名单，一时成为小龄同学背地里攻讦的目标。

我幸运地避开了一次麻烦，我争取来的宁静正是我所渴望的，从海边通过苦读考出来，是为了读书，不是为了别的。

像真的一样！寝室长走了很久，小胖突然从床上一跃而起，朝门口乜了一眼说道。

他从床底下拽出一瓶啤酒，又把桌上两只盖盖的搪瓷碗掀开，碗里是午餐剩下的红肠、花生之类的熟菜。

来来来，喝酒。小胖很大方地对我说。

小胖和我面对面睡靠窗的下铺。窗外夹竹桃婆娑的树影，时而拂掠小胖的蚊帐，时而拂掠我的蚊帐。小胖有关189次火车的虚构被揭穿后，夜间熄灯以后的神聊，便没有了他的发言权。但寝室里仅剩两个人的时候，我还是很愿意听他天南海北地胡吹一通。年纪最小、天资极为聪颖的小胖，曾获得过全市中学生作文比赛的冠军。我闻所未闻的书籍，小胖谈起来却头头是道，一本《肉蒲团》，小胖可以如数家珍地复述。入学后几乎所有的课，小胖都不屑于记课堂笔记，上课回来，很少有不被他奚落的教师。小胖的嘴里，还经常会透露新闻系教授的轶闻，教授们那些令人捧腹的笑料，天晓得他是从哪里打听来的。小胖酷爱啤酒，就像他酷爱倾诉一般，喝完酒哼哼小曲，皮鞋在木地板上踩出优雅柔曼的舞步。小胖对这所大学抨击最为激烈的一件事，就是不允许跳舞，他不时公布其他院校已准许学生跳舞的小道消息，他在各个寝室转悠，煽动大家操练交谊舞。照小胖的说法，他已是跳"贴面"的级别，待在这所跳交谊舞还要罚款的大学里，岂不要憋死？也许常常是我一个人聆听小胖的牢骚和抱怨，他与我的关系显得有些热络。此刻,他已端过一只搪瓷碗,替我斟上了一碗酒。

我随手端起碗,猛喝了一大口,走过去拿起书橱里存放着的碗勺,准备出门去食堂。

哎——你怎么不喝了?小胖问。

吃了饭,还要去阅览室哩。我歉意地挥挥手。

也太用功了,想捞个"三好"学生当当啊?小胖脸上又是那种不屑的神情。

我没想过。我说的是真心话。

那何苦呢。考上大学,革命也就成功了。成绩再好,也不会多给你一分钱的助学金。小胖喝了一口,把一粒花生高高抛过头顶,花生疾落而下,他仰脸朝上,花生准确无误地掉在他的嘴里。

我要是像你这样读过这么多书,我也可以和你一起喝喝酒,跳跳舞了。可惜我没这样的权利。我不无真诚地说。

小胖无奈地耸耸肩,我朝他笑笑,走出了宿舍。

我挤出排成长龙的队伍,端着饭菜朝食堂门外走去时,觉得有人在和我打招呼。我定神一看,旁边不远处站着三个小伙子,他们眉开眼笑,似乎是在讥诮我旁若无人的专注神情。

三人中站左侧的高个子就是鸽子，中间个子较矮的那位也早就认识，他叫鲸鱼，也从海边来，他曾是鸽子所在连队的连长，我听鸽子说过，鲸鱼在海边时对他的照顾关怀，足以让他回味一辈子。我与鲸鱼相识是在码头上，那时我与鸽子一起返回海边赴考，已提早一年考上大学的鲸鱼赶到码头来送鸽子，我们就这样认识了。鲸鱼临别与我们两人一一握手，郑重其事地说：一个月以后，江南见！

鲸鱼手劲很大，被他握过的手隐隐作疼，从此，鲸鱼的这一握，深深地刻进了我的记忆里。站在右边那个戴眼镜、岁数明显要小得多的小伙子我不认识，经鸽子介绍他叫羚羊，是化学系的学生。鸽子说羚羊的钢琴是可以弹独奏的水平，学校爱乐乐团正在扩招团员，他和羚羊准备去试试。

我和他们聊了一会儿，敷衍几句，便匆匆告辞了。我当时肯定不会想到，站在食堂门口朝我微笑的这三个小伙子，将对我以后的生活产生那么大的影响。

回到寝室，小胖正和小北京争论着什么。小北京常常躲在蚊帐里偷偷地写诗。趁他不在的时候，小胖常跑去拿出他厚厚的一本诗集，朗读给大家听。小北京发现后自然很恼火，他对小胖真诚的批评意见更是反感透顶，俩人为此争得脸红脖子粗。小胖借着酒劲口出狂言，说他写诗的时候还没有朦胧诗呢。比小胖大三岁的小北京也不服气，他说他写儿歌的时候小胖还没拱出娘肚呢。这俩人你来我往，唇枪舌剑，十分热闹。

我也不插言，快速吃完饭，背着书包去阅览室了。走出宿舍楼，月光皎洁，棕榈树亭亭玉立，月季花暗香浮动。我脚步匆匆，兴致勃勃，灯光璀璨的教室急剧后移。去食堂买饭时，听边上的人抱怨学校伙食太差，我没觉得，我十分知足，学校的伙食再差，也要比海边强一百倍。走在月光如水的林荫道上，看到很多身影或走向草坪，或走向教室，我心中涌起一股温馨的暖流。

我想，只有一个词，可以传达我此时此刻的心情，准确表达我对校园宁谧气氛的赞美，那就是：天堂。

3

这天，大白鲨从校外赶回宿舍，已过了熄灯时分。

过道里吵吵嚷嚷的，整幢楼就一台电视机，放在二楼的过道拐角处。不愿睡觉的学生把电视机围得水泄不通，电视里正在转播球赛。大白鲨他们寝室有两个没看球赛的同学，正大声议论着，争吵着，他们的声音，和更远一些电视机前不时响起的欢呼声此起彼伏，让每个宿舍躺在黑暗中的未眠人，都听得清清楚楚。那两个同学又在给校园里的校花打分了。给引人注目的校花打分，这是大学时代男生宿舍熄灯后的必修课，每个宿舍都不能幸免，每个人都不能幸免，这是一个永恒的、不带偏见的、跨越年龄界限的共同话题，其打分态度之科学之严谨，堪比全球选美大赛上那些苛刻的裁判。

每每熄灯以后，躺在床上的这些辗转不眠的男学生，脑海中显现的，尽是白天林荫道上姗姗走过的玉容花貌，柔姿倩影。辗转之后是叹息，叹息之后是怪叫，狼嗥猿啼一般。终于到了某一天，谁憋不住了，坦白了他对某位女生的青睐，这时才发现，说出来的每一朵校花，一寝室的人，几乎没有谁会不知道的。汇总起来的资料，虽说都是通过目测获取的，但也分类标准、角度精确、材料翔实。比如眼睛是否双眼皮，比如三围的大致尺寸，比如腰肢扭动的妩媚程度，大家都会逐步培养起一种公正客观的求实态度和不带偏见的衡量尺度。

大白鲨所在的寝室，窝藏着全班最为厉害的几个"特工"，他们白天像雷达一样搜寻目标，校园里出现的任何带有几分姿色的女生，都很难逃脱他们的眼睛。女学生可爱的形象，迅速准确地储存进"特工"们的脑海，夜间熄灯后，月光斜射进窗棂，校花们在几个"特工"无比清晰的陈述中或幽灵般复活，或显形为翩翩舞蹈者，具有科学精神的评审团，开始对其容貌、体形、三围、舞姿、酒窝、总体印象逐一打分。这项活动持续的时间之长，众评委乐此不疲的兴奋程度，都是前所未有的。

大白鲨只要不缺席，他也必是踊跃的发言者之一，但他因为常常不在学校，信息渠道不十分畅通，数据来源有失偏颇，他提出的候选人名单，往往因其不符合大家公认的标准而被否决，别人提出的得到广泛响应的可望得高分的候选人，又偏偏被他疏漏，于是，他只能附和别人的意见，只能不时对评分标准，提出一些建设性的建议。

估计大白鲨是悄悄潜进宿舍的，他高大魁梧的身影投射在墙上，走廊的顶灯，泄露了他归还的消息。他们寝室顿时安静下来。

大白鲨回来喽！怎么样，有没有进展？他们寝室里有人急问，声音嘹亮地在走廊上回荡，所有的人都听到了。

大白鲨的生活好像没有秘密，大家都知道他每天在校外和一些女孩促膝谈心，每天的对象都不同。他也很坦白，从不守秘，哪怕是摸了一下谁的手，吻了一下谁的额头，他都会毫不保留地向我们和盘托出，他的疑问也就是我们大家的疑问。他常常会带回来一些很难解答的问题，供我们大家讨论，比如女孩喜欢什么样的男人？这时候，大家往往会陷入沉思，寂静得一丝声音都没有，沉默完毕，大家七嘴八舌纷纷提出意见，别人还未说完，大白鲨的床上已传来粗重的呼噜声。第二天，大白鲨带着昨晚的困惑，又匆匆离开了学校。他就这样执着地轮番交替和女孩们在情爱的道路上探索着，前行着。

大白鲨没有回答他们寝室谁提的问题，疲惫地叹一口气，在自己的床铺上笨重地倒下，于是，人们听到了床架摇晃的声音。大白鲨的躯体里流动着汉族和满族两股血脉，母亲四十五岁那年生下大白鲨，高龄生育并未扼制他勃勃旺盛的生命力，相反，他长得人高马大，魁梧无比。

看来今天晚上出师不利！大白鲨同寝室的人大声嚷嚷。见他不搭腔，便不再盘问，又开始和另一同学议论起先前的话题。

大白鲨肯定很快迷糊过去，所以后来他们寝室人说，他被窗外一阵乒乓作响的声音惊醒时，一脸困顿。走廊里掠过一阵阵杂沓的脚步声，校园到处是此起彼伏的呐喊声、鞭炮声，还有人在拼命击打脸盆铁碗。

每个寝室的人都全起来了，大白鲨也一跃而起，他扑向窗户，只见校园里火光冲天，宿舍楼的许多窗口扔出一只只暖瓶，大白鲨激动万分，随手操起一只暖瓶，刚欲从窗口扔出去，身后的黑暗中突然伸出一只手，死死抓住他的手臂，大喊道：这只暖瓶是我的！要摔你摔自己的暖瓶！

大白鲨觉得很没劲，很不过瘾，这种时候还你的他的，分得那么清。他悻悻地放下暖瓶，黑魆魆的，一时又找不到自己的暖瓶，他左突右奔，终于拉开门，冲出寝室，加入到从各个宿舍楼纷纷涌出的人流中去了。

跳下宿舍楼台阶时，他顺手拣起一只放垃圾的箩筐，嘴里"哦哦哦"地大叫大嚷，一直跑到校园草场上，看到一堆熊熊燃烧的篝火，篝火上，树枝和棉絮堆积如山，他将箩筐奋力扔进火堆，大叫大嚷了半天，才忽而想起什么，拽住旁边一位同学的手臂问道：发生什么事了？

那同学告诉他，中国男排赢了南朝鲜。

哦，赢了？赢了好！赢了好！哦哦哦……大白鲨又是鼓掌又跺脚。

这就是大白鲨，其实他对球赛一点兴趣都没有。过后很长一段时间，这天晚上大白鲨的表现被当作段子在校园里演绎流传。

大白鲨后来又随着人流跑出校园。看到他魁梧的身影跑来的时候，我正和话剧团的两位女生站在林荫道旁说话，满脸通红的大白鲨朝我们挥挥手。

我和话剧团的女生能够认识，还全是大白鲨的功劳。一个星期五的下午，大白鲨将一张话剧团招考的通知递给我，我拿过来看了半天，上面确实写着我的名字，但我还是将那张通知揉成一团扔了。

大白鲨觉得很奇怪，他从地上捡起那团纸，说：星期五下午是政治学习时间，干吗不去参加活动散散心呢？说不定还能碰上美女哩。

大白鲨边说边把我拽出了宿舍楼。我们来到学生话剧团楼上，排练厅里坐着许多人。大家正看着一个男同学在表演扑抓蚊子的小品。男同学乱扑乱抓，张牙舞爪，动作极其夸张，看上去蚊子一定不少，嘤嘤嗡嗡，满天飞舞。旁观的男女同学，一个个乐得前俯后仰，嘻笑不已。

一位青年教师跑来安排我们坐下。青年教师说他曾在新生联欢会上看过我的表演，所以发了一张通知给我。他问我以前是否演过话剧，我说客串过一个反派人物。

青年教师一拍大腿说：我一看就知道你演过话剧。算了，你不要再参加考试，直接录取了。

你也是来参加考试的？青年教师又问旁边的大白鲨。

大白鲨连连摇手，说自己已参加了五六个学生团体，恐怕忙不过来，没时间关心话剧事业。

后来每逢星期五下午，大白鲨就跑来提醒我不要忘记去话剧团参加活动。他似乎比我还关注话剧团的活动，惹得寝室长一个劲儿地问我，大白鲨也是你们话剧团的吗？

看到我和话剧团的姑娘站在一起，大白鲨一定以为这段时间我在话剧团混得不错，其实我也是几分钟前刚邂逅两位女生，大白鲨又是竖拇指又是抱拳恭贺，实在是误会大了。

听说这天晚上大白鲨直到午夜两点才回寝室，他的嗓子都喊哑了。

依稀的鞭炮声响了整整一夜，第二天早上起来，校园里随处可见黑乎乎的灰烬和亮晶晶的玻璃碎片。

4

远远地观望,就是校园狂欢的这天晚上我的基本状态。

我从阅览室回来,电视还在转播排球赛,我跑到二楼也去看了一会儿。球赛大起大落,围在电视机前观战的同学们的心情也大起大落,难以平静。第一局和第二局中国队都丢了球,我想不看了,没想到,接下来中国队连扳两局,愈战愈勇,决胜局九比五中国队领先,电视转播线路突然中断,电视室里一片哗然,群情激愤。坐在前排的小胖脖子上不知挨了谁一巴掌,转过身来大叫:干什么?!干什么?!他妈的把电视机砸了算了!

新闻联播的喇叭骤响,传来中国队赢球的消息,校园里顿时沸腾起来。

我随着人流涌出宿舍楼,心绪有些高涨,但我什么都没干。我看着学生们呼口号,点篝火,心头不免有些热乎乎。人群涌向校门口的时候,两位话剧团的女同学叫住了我,她们异常兴奋,像五四青年那样手挽手,仿佛参加一个盛大的节日。

人流在校门口堵塞了,学生们拦截住一辆驶过校门口的卡车,卡车司机不得不停下,一个经济系的男同学马上登上卡车，发表了一通激昂的演讲。演讲完毕，他还领呼口号：中国人民站起来了！祖国人民向体育健儿致敬！

集结在卡车周围有几千人，大家振臂高呼口号，海潮般的声浪朝夜空下的城市滚去。我没有张嘴，我觉得，事态的发展已离我的内心愈来愈远，当我察觉到一种非体育的因素引导同学们盲目的热情时，我非常敏感地予以拒绝，自然变成一个旁观者的角色。

尽管如此，当斑马后来用一种很不以为意的口吻评述这件事情，我还是竭力像要维护尊严似的，与坐在对面的他争执不休。

拥有一头金发的法国女郎菠萝蜜，一边用一只很小的卷烟器，卷好一支细长的纸烟衔在嘴里，一边摇着头哼哼唧唧，发出轻蔑的嘲讽声音。每当我与斑马发生争执，菠萝蜜总是用这种神态来声援丈夫。我与这对法国佬长长的交往中，仅有一次，他们之间那种牢不可破的同盟关系被我瓦解了。那一次，斑马背叛妻子，站到了我的一边。为此，那个身材娇小的厉害女人，对斑马表示了极大的不满，她用法语叽里咕噜委屈地申诉一番，被她丈夫毫不客气地驳回了。

体育就是体育，它还能是什么？留着厚厚唇髭的法国佬斑马，用极富表现力的眼神盯视我，他挥动手势，像挤牙膏一样挤出结结巴巴的汉语。

在你们欧洲，不是也常有为球赛而死人的事发生吗？这又有什么可奇怪的呢？我针锋相对地说。

是的，但你要分析，欧洲那些球迷是由社会哪些人组成的。如果，你说你们国家的大学生全部、所有、彻底——只关心体育比赛，那好，我无话可说。斑马摊开双手，耸着肩膀，把他刚学到的几个词全都用上了。

要是学生们从关心体育开始，进而关心这个国家的其他事情，我觉得确实无可挑剔。难道他们对什么事都表示出一种麻木不仁的态度，你倒反而觉得更好？我说。

希望我的担忧是没有道理的，希望。斑马说。

肯定是没有道理的。我说。

斑马又一次耸了耸肩膀。

我坐在床沿上，像只好斗的公鸡，伸长脖子望着斑马。我知道，只要把斑马击垮，菠萝蜜自然不在话下。

我和这对法国夫妇的关系，从一开始就充满了火药味，争吵是家常便饭。学校要新闻系派出十几名中国同学去留学生楼陪住，听说辅导员拟就的名单上有自己的名字，我立即找到辅导员，告诉他我不愿去。辅导员说以前陪住的中国同学，大部分人和留学生相处和睦，建立起深厚的友谊，辅导员问我为什么不愿去留学生楼，我吞吞吐吐，欲言又止，其实我自己都不明白为什么那么排斥这件事。

辅导员说还是去吧，他说给我安排的这个留学生是研究中国相声的（后来我才知道斑马对中国相声毫无兴趣，只不过留学生必须选个专业），我去比较合适，便于交流。留学生楼两个人住一间房间，生活设施也很齐全，辅导员说。

我勉强答应下来，心里面依然没有转过弯。其他同学陆续与同住的留学生见过面，纷纷搬进了留学生楼，我的同屋则迟迟没有露面，听人说外出游玩去了，我像等待戈多一样等待那个法国佬。

一天下午，我刚从阅览室回来，寝室长告诉我：我的法国同屋返回学校了。我在留学生楼的会客室等了足足有十几分钟，楼道上才姗姗出现我要见的人。

穿着一身黑丝绸衣服的斑马走进会客室，淡漠地伸出手，与我敷衍了事地握了握。我没想到我要见的这个老外有这么大，看上去至少应该有四十出头，他留着黑黑的唇髭，一副阿拉伯人的长相。更加离奇的是，这个外国男人手上戴满了戒指、白银手镯等一大堆乱七八糟的东西。那会儿斑马大概刚洗过澡，淡褐色的松软头发，湿漉漉地披在宽阔的额头上。

斑马将我带到我们合住的房间,推门进去之后,我发现屋里空荡荡的,除了两张单人床和书桌椅子外,几乎没什么东西。事后我才从斑马的口中知道,他其实并不希望和中国学生打交道,按照规定,他和他妻子必须分住两个房间,分别由两个中国同学陪住,斑马要和妻子住在一起,他妻子那儿自然不能有中国同屋,如果我的这间房间也没有中国同屋,他们夫妻俩要付双倍的房钱。他们出于经济上的考虑,才同意接纳中国学生的,这就使得我搬进留学生楼后,与斑马的冲突不可避免地将要来临。

搬家的这天下午,斑马用结结巴巴的中文,与我聊了几句无关痛痒的话,以后接连三天,斑马再没出现过,这时我才发现,斑马根本就不住这间屋子。

从七八人合住一个宿舍到一人住一间屋,我忽然感到十分清静和悠闲。我想这样也好,斑马不出现,我乐得自由,无拘无束,可以在没有干扰的情况下,尽快写完话剧团希望我完成的第一个剧本,在那几天里,我的写作进度突飞猛进。

第四天早晨,我还躺在床上,被一阵窸窸窣窣的细微声音惊醒了,然后我闻到一股浓烈的烟味。我抬起脑袋,透过影影绰绰的蚊帐，看到斑马坐在书桌前，认真地写着什么，我因为天亮才睡，一会儿又迷糊过去了。

临近中午，菠萝蜜出现了。一头金发的菠萝蜜闯进屋子，扑向伏案书写的斑马，旁若无人地亲吻起来，啧啧的响声，搞得我浑身地不自在。

你不要偷看啊，这是精神污染。初次见面的菠萝蜜，一上来就带着一股不饶人的劲儿，她的话往往很刻薄，不让你有回旋的余地。

两个法国佬看着脸色通红的我，互相眨眨眼睛，开心地大笑。

从早上到现在才几个小时，用得着这样吗？我被他们的态度激怒了，心里恶狠狠地想道。菠萝蜜的中文比她丈夫流利多了，她尽可以用她掌握的语言，熟稔地嘲讽、讥诮什么，或者来一通法国式的幽默。

他们和我闲扯了一会儿，便嘻嘻哈哈吃饭去了。

接下去的一段时间，斑马每天早晨过来学习汉语，一张张纸上，写满了歪歪扭扭的方块字。有一次我察觉斑马坐在书桌前，很不耐烦地使劲抽烟。我不知道他为何烦恼，用一种漠然的目光斜睨他。

我不知道我为什么要学他妈的汉语？斑马忽然很生气

地站起来，走了出去。

我目瞪口呆。

下午我刚铺好稿纸，斑马打开门进来了，空气顿时变得异常地紧张。

你知道你为什么搬到这间屋子里来吗？过一会儿，斑马一字一句地问我。

我没吱声。

你应该教我汉语。斑马冷冰冰地说道。

为什么？我再也克制不住了。

为什么？你为什么要到这里来？你告诉我。斑马的唇髭微微抖动。

不是我要来的！我几乎是在呐喊，脸涨得通红。你不欢迎我，我可以走，但我希望你明白，中国学生不是你们留学生所需要的一只录音机，不是你们学汉语的工具，我们首先是人，是人你懂吗？我的眼睛一亮一亮地闪烁，没想到自己会如此激动。

奇怪的是，斑马用一种诧异的目光打量我，他像是第一次看到他面前的这个中国人，而后，他一点点平息原先的恼怒，变得温和起来。

对不起，我想，我们交谈得太少，我不太知道你的想法，斑马嘟嘟哝哝地说道。但是汉语太难学，我确实需要你的帮助，我想这与录音机不同，嗯，不同。

我怎么也不会想到，这次和斑马激烈的争吵，竟成了我们开始沟通的拐点。每当斑马碰到问题的时候，他总是很有礼貌地说一声对不起，我见他一改先前的倨傲无礼，也很客气地跑过去，帮助他解决学习汉语中的问题。

过了几天，菠萝蜜突然跑下楼来，对书桌前的我说："录音机"，可不可以请你去我们的房间做客。

我一愣，随即不好意思起来。

菠萝蜜一拍我的肩膀，歪了歪脑袋说：来吧，骆驼。

我迟疑地尾随而去。

菠萝蜜的房间很乱，到处是衣服和法语版的书籍，地上是一张单人床，我不明白那么狭小的一张床上怎么睡两个人。

斑马跑进跑出，忙得不亦乐乎。菠萝蜜告诉我，斑马的厨艺很不错，今天特意请我尝尝他制作的法国菜。

吃饭的时候，还来了一个意大利姑娘海棠，菠萝蜜用法语和海棠绘声绘色地讲述了一番后，海棠和菠萝蜜一齐用目光笑吟吟地看着我，我意识到她们刚才讲的事与自己有关。

我在告诉她关于"录音机"的故事。菠萝蜜向我解释道。

这天的晚餐是煮鸡蛋、烤鹌鹑、生菜色拉，外加主食意大利通心粉。餐前每人先喝一杯法国南方开胃酒。那酒清纯可口，带一股淡淡的果子涩味，却并不醉人。菠萝蜜一个劲儿问我好吃不好吃，我对西餐一无所知，斑马的手艺我并不觉得怎么样，或者说我并不懂得品尝欣赏法式西餐，然而在菠萝蜜的一再逼问下，我不得不随着海棠一起点头称好。晚餐后，斑马端来一壶浓浓的意大利咖啡，那咖啡又香又酽，给我留下深刻的印象。

从那以后，斑马与我的关系开始融洽起来，但我们之间的争论，却从未间断过，有时会非常地激烈。只要斑马那个塞满哲学思想的脑袋，开始对这个国度里发生的什么事表示不满或质疑，我就会警觉起来，就会进入临战状态，我常常在没有准备、仓促应战的情况下且战且思。要真正击溃斑马并不容易，巴黎大学哲学系毕业的斑马，熟读东西方哲学名著，他的房间里放着一本本萨特的法语原著，平心而论，斑马对一个问题思考的深度和广度，逻辑的严密性，思路的活跃性和丰富性，都令我暗暗折服。所幸的是，斑马的汉语不好，表达上存在障碍，讨论一旦引向深入,他的汉语便捉襟见肘了。这时候要是菠萝蜜在场,他就会着急地用法语对她飞快地阐述一遍他的思想,再由菠萝蜜向我转译。这个过程无疑对我很有利,它像战争中激烈对攻时插入的间隙,常使我在悦耳的节奏感很强的法语吟诵中,赢得宝贵的整理思绪的缓冲时间。

在与法国留学生斑马频繁的唇枪舌剑中,我磨砺了思维快速反应的能力。

5

校园里的裙子一天天多起来,当某一天五彩缤纷的裙子宛若蜂蝶飞舞,夏天就来临了。

这一年的夏天格外炎热,熬过闷热的白天之后,晚间,才从东南角的竹林子里刮过几丝凉风。蜻蜓和蚊蚋开始盘桓草坪,池塘浮萍微微移动,露出鲤鱼的红嘴唇,一张一翕慌忙呼吸黄昏的气息。随着暑气缓慢弥散于树丛绿荫,宿舍楼的门洞里,被酷暑逼得龟缩了一天的男女学生,纷纷鱼贯而出。

什么样的季节,都不能阻止聪明人实施计划、兑现梦想的步伐。

夏天的时候，学校大礼堂活动繁多。其中每周有两次讲座，是中文系的学生鸽子主讲怎样欣赏古典音乐。很长一段时间以来，鸽子寻找在校园崭露头角施展身手的途径，他一直渴望在风姿绰约的女学生眼中建立卓尔不群的形象。鸽子身为音乐世家的后代，经过反复掂量，再三斟酌，最后选择了古典音乐作为他扬名的突破口，他终于成功了。

他的计划一开始就得到了朋友们的首肯。一个月光皎洁的夜晚，鸽子把朋友们召集到他那间九平方米的小屋里，我和羚羊、蝌蚪是先到的，蝌蚪这天还带了个朋友蜘蛛，蜘蛛也在海边待过，我们在一起复习过功课，应该算是自己人了。鲸鱼姗姗来迟，到的最晚。

鸽子侃侃而谈，把他的计划和盘托出，请朋友们帮他拿主意。

从外校赶来的蝌蚪一拍大腿，迭声称赞鸽子的设想太好了，他说英雄所见略同，在此之前他也一直苦思冥想，怎么在学校里出人头地，充分展示才华。蝌蚪也是从海边考出来的，体检时我们居然碰到了，当时他支支吾吾，始终不肯说出他将要就读的是什么学校。直到有一天，一个身穿警察制服的人，突然闯进我们的大学，一把揪住刚要去图书馆的鲸鱼，这个圈子里的人，才弄明白蝌蚪考上的是警察学校。

蝌蚪当初对他考取的学校讳莫如深，是因为他觉得在这些考入名牌大学的朋友们面前，提及中专性质的警察学校，实在有些寒酸。蝌蚪爱好写作，但他高考时的语文成绩，仅勉强达到二十分。据他说是把作文题理解错了，原该缩写的一篇文章，蝌蚪洋洋洒洒发挥到原文三倍的长度。蝌蚪说他太想在批改卷子的老师面前，表现一下自己的文采，没想到，事与愿违，改考卷的人毫不客气将他从大学门口拖出来，塞进纪律严明的警察学校，让其操练擒拿格斗去了。虽说如此，蝌蚪当作家的雄心未泯，他从一本本厚厚的理论书里，寻章摘句，抄录一位位外国作家的名言，并模仿这些作家的成功经验，每天坚持人物素描两千字，他相信总有一天，他的精当描写和出众文才会让他在严酷的竞争中脱颖而出。

所以，蝌蚪是鸽子的积极拥护者。

那天晚上唯一显得有些不耐烦的是鲸鱼，他冷嘲热讽，找到种种理由来贬低鸽子的计划，他说作为中文系的学生，鸽子不在写作上寻找突破口，避实就虚，去搞什么音乐讲座，就好像他鲸鱼不认真钻研经济学，剑走偏锋，推广他所擅长的十大形拳路一样地不着边际。

鲸鱼的发言很快遭到大家的围攻，当他发觉自己处于孤家寡人、四面楚歌的境地，尴尬地推了推他的镀金眼镜，放弃了他的意见。

这次聚会终于取得了共识。

音乐讲座的海报一贴出，我们学校林荫道旁的黑板报前，人群络绎不绝，学生们围得水泄不通。踌躇满志、忐忑不安的鸽子踱步树荫下，远远观望人头攒动的人群，他隐隐感到，自己已经像贝多芬一样，敲响了命运的大门。

一切都沿着鸽子的设想在实施，音乐讲座开始的第一天，可以容纳上千人的大礼堂，挤得密不透风，燠闷难忍。鸽子一走上舞台，掌声雷动，这时，我们才发觉我们的朋友鸽子身材颀长，风度翩翩，不成功不出名也已经很难了。鸽子一开口，先建议礼堂管理人员打开所有的门窗，他说习习的晚风，配上优雅的音乐，才能带给大家宁静致远的好心情。

鸽子第一句充满睿智的开场白，又一次博得全场的鼓掌和喝彩。鸽子巧妙地将他的音乐讲座与夏日的夜晚联系起来，使考试将临的学生们驱走浮躁的心绪，认真聆听、体味古典大师们音乐作品中的意境和深义。

我们这些朋友几乎是场场必到，每次都要把手掌拍疼。鸽子讲解贝多芬的《第九交响曲》，给我留下深刻的印象。他放一段音乐，来几句轻松幽默、详略得当的解说，恢宏的乐曲，加上鸽子精彩的点拨，使我们有如醍醐灌顶，真感到在此之前的岁月是白白虚耗了，我们竟然一直不知道世界上有如此美妙的东西存在。

不懂音乐的人，将是多么可怜多么愚钝啊！鸽子轻轻地说。

全场静得都能听到呼吸的声音。

"他好像一个生来盲目的人，由于神手一指而突然获见天光。"歌德初读莎翁作品写下的话，也就是我们所有人听《第九》时会得到的感受。鸽子结束了他的点评。

静止片刻，掌声雷动。

鸽子的成功，激励了朋友们。音乐讲座接近尾声，鸽子升任学生乐团的指挥。他没有忘记报答对他的计划一直持积极态度的羚羊。他亲自写配器，率领庞大的管弦乐团，为羚羊举行了一场钢琴独奏音乐会。从小练习肖邦的羚羊，和鸽子的学生乐团密切合作，上演了一出仲夏夜之梦，羚羊也因此凭借肖邦的艺术灵光，紧随鸽子之后，成为我们学校的名人。

音乐会过后不久的一天晚上，我正在房间里读书，悬挂门角上的蜂鸣器呜呜地响了。

我跑下楼，门卫室的老头示意大楼外有人在等我。我推开玻璃门，看到前面空旷的场地上，身材精瘦的羚羊跟随弓背收腹的鲸鱼，走着十大形中的龙步。

我跨下台阶，朝前面走去，冷不防左侧树丛里冒出个人来，笑嘻嘻地说：打搅你了。

我借助微弱的光线，看到黑暗中站着鸽子。

要见你真不容易啊。鸽子说。

你们怎么不上楼来呢？我不解地问。

算了，要登记什么的多麻烦，捅到系里说是经常出入留学生楼，影响不好。鸽子神情恳切地说。

我们一起朝前面场地上走去。黑暗中传来鲸鱼和羚羊虚张声势的嗻嗻喊叫声，他俩一前一后，重心下沉，操练一套犹如蛟龙出海的拳路。

鸽子与我站在边上观看了一会儿。后来，鲸鱼和羚羊气喘吁吁，汗淋淋地收住手脚，我们就朝灯光下树影幢幢的校园漫步而去。

这天晚上朋友们的举止很蹊跷，我总觉得他们有什么事要对自己说。平素大家来往密切，但这么约好了倾巢出动，总不会仅仅是为了联络感情。直到分手前，我的预感才被证实。那时候鲸鱼和羚羊已先走一步，鸽子陪我走到一排冬青树前，幽幽的路灯投射在鸽子略有所思的脸颊上，迟疑了片刻，鸽子忽然单刀直入地问我：不知道你是否考虑过女朋友的问题？

我一愣，沉吟良久，答曰：考虑过。

那答案是什么呢？鸽子紧追不舍。

嗯……我想以后再说吧。我说。

我以前也没想过这个问题。在海边时我很少与女孩交谈，错过了不少机会。进入大学后我才发觉一切都错了。回想当初，自己真像处于蒙昧无知的时期。你现在条件这么好，话剧团有中国女孩，留学生楼有外国女孩，也许等你找了女孩之后，才会觉得按部就班的想法是没有必要的。鸽子从容地说，他显然是有备而来。

朋友们看你读书读得那么苦，希望我来提醒你一下。另外，我们都已经开始谈女朋友了，算是向你通报情况。鸽子又说。

与鸽子分手之后，我回到房间，心情久久不能平静。

无疑，鸽子用心良苦的一番话，给我的冲击力颇大。一个月前，意大利留学生海棠过生日，海棠的妹妹从外省赶来。海棠的生日由她的指导教师——历史系的一位副教授一手操办。我也因为斑马夫妇的提议而被邀请。在历史系副教授的家中，海棠妹妹咄咄逼人的大胆目光和举止，让我无所适从，狼狈不堪。这位黑头发的意大利姑娘，性格热情奔放，当她听海棠讲完关于"录音机"的故事后，毫无节制地扑到我身上放浪大笑，惹得副教授家一只鬈毛狗狂吠不已。

宴席桌子撤去，音乐开始响起，海棠妹妹在斑马和菠萝蜜的怂恿下，跑过来死拉活拽，要与我跳舞。从未跳过舞的我，脸红耳赤，面对来自西西里岛的意大利太阳，我觉得自己犹如烈日下离水的鱼，快要被火焰般的光芒晒干。我的舞步笨拙，毫无节奏感，大家的笑声一点点削弱我的勇气，我几次三番想退缩开溜。

意大利姑娘早有提防，她紧紧勒住我的肩膀，黑头发散逸出的一股淡淡馨香，熏得我昏昏沉沉，她也许不会知道，我对气味是如此地敏感。我们愈靠愈近，我的身体已屡次碰到她薄薄真丝汗衫下高高隆起的胸乳，我拼命地收腹含胸，心口怦怦乱跳。

从副教授家出来的路上，海棠妹妹用流利的中文缠住我，问这问那。她在留学生楼一共住了三天，几乎每天都来我的房间聊到深夜。她说她在西西里岛受过伤害，她十四岁时的初恋，差一点要了她的命。

海棠妹妹离开的前一天晚上，她跑来对我说，如果我发出邀请的话，她可以在这儿多住几天，她边说边用闪忽的眼睛盯视着我。

你可以不回答，她说，明天上午十点我在楼下会客室等你，你来不来都是回答。

我彻夜未眠，想得很多想得很远，我真的深深迷恋上了校园。这个学期开始，我几乎通读西方话剧史上所有的经典。我喜欢我的母语，我不能放弃刚刚确立起来的奋斗目标，我难道要跟随意大利姑娘，去一个陌生国度吗？我的想法也许很幼稚，但那时候确实是那样想的。

更可笑的是，一夜辗转的繁乱思绪中，竟然还闪现过如此狭隘的念头：像海棠妹妹这样热情大方的西方姑娘，曾经对多少人表白过她的情感？这时候的我还朦朦胧胧地期待着那种唯一的至死不渝的无可替换的永恒爱情，我在那个晚上的思考，自然不会越过我所划定的界线，奔向一个无比宽阔的天地疆域。西西里姑娘的中文再流利，也无法探测到我极不健全却又埋得很深的关于爱情的天真想法，这就注定了她第二天的等候只能是一次对东方人爱情方式的失败模拟。

五年以后，这个西方姑娘，终于又回到了西方人的怀抱中。我再度见到海棠妹妹，她已是一个周岁男孩的母亲。她的一句中文都不会讲的丈夫，是一位德国工程师，他非常喜欢我送给他的一件中山装，整日穿着它，抱着儿子，跟随妻子和我，在这座城市的大街小巷走来走去，似乎对每一处地方都饶有兴趣。

西西里姑娘永远也不会知道，五年前她离开这座城市后不久的某天夜里，一个她曾经倾心的中国小伙子，在遥远的城市月光下回想她的音容笑貌。

对海棠妹妹的想念，全是因为鸽子的一番话。鸽子的好言相劝，使得我内心原先构筑的堤坝开始松动，我有些跃跃欲试，企望结束自我封闭的状态。

夏天匆匆而过，新学期刚开始不久的一天早晨，在铺满落叶的中央大道上，我贸贸然拦住了一个不满二十岁的姑娘。

这个名叫柠檬的姑娘是外语系的新生。

6

她是从梯形教室的后窗台上爬进来的。她的动作灵巧而敏捷，像只松鼠似的跳下窗台，蹲伏着身子，欲从堵得严严实实的人墙里挤出去。她的努力和尝试一次次地失败。她一只脚踩在窗台上，一只手攀住前面一个男人的肩，身子一耸一跃，无奈她的个子实在太矮，重重叠叠的头颅和肩膀依旧挡住了她热切的目光。

她着急了，手上使的劲大概太猛，前面那个男人不由得弯下腰部，而她顺势纵身骑上了他的肩膀。他并不恼怒，相反用两只手扶住她的悬晃的腿，挺直了腰板，这样，梯形教室里群情沸腾的景象在她眼中变得一览无余。

教室后面发生的这一小小插曲，恰好被走进来的萨特看在眼里。他腿脚不灵便，登上讲台有些费劲，他用睿智的目光扫视了一周，然后侧过头发稀疏的大脑袋，对旁边的波伏瓦咕哝了一句什么。正和大家一起鼓掌的波伏瓦，听了萨特的话后是连连摇头，脸上掠过一丝很不以为意的微笑。

刚才我对西蒙娜说，女权主义被强调到不恰当的地步所带来的后果就是：女人们常常把男人当作了她们的坐骑。萨特的双手往前一摊,这样说道。

所有人的视线都顺着他的手势看过去,骑在男人头上的她,却并未听清教室前方那位哲人嗓音低缓的话语,她大概觉得人们把头转过来是不可多得的一次机会,于是拼命地挥动手臂,朝她所仰慕的讲台上的人,吐出一串语焉不详的欢呼声。

教室里一片哄堂大笑。人们显然明白了萨特幽默而轻松的玩笑话。

这个在巴黎大学教室里被让-保罗·萨特戏称为"女权主义骑士"的犹太血统的法籍姑娘就是菠萝蜜。

六年以后,菠萝蜜积极参与一场席卷整个欧洲的罢工浪潮,在市政厅前面的街道上,被头戴圆盖帽手持警棍的警察追逐,一位留着胡髭的男人救了她。她从那张坑坑洼洼的笑眯眯的脸上,一眼认出他就是当年那个被自己温顺地骑于胯下的巴黎大学哲学系的学生。他眼角边的微笑依然那么迷人,黑黑的浓浓的唇髭使他增添了男人的成熟气息。他几乎毫不费劲地操持一种日本拳术,一脚踢飞了那个追逐过来的警察手中的长棍,然后挟住个子矮小的菠萝蜜跑进了一条小巷。七拐八拐,他们来到了巴黎13区一幢灰扑扑的楼房前,留唇髭的男人左右扫视一下,掏出钥匙打开了门。在扶栏油漆剥落的楼梯上,他们遇到大惊小怪的一位邻居老太太,他把她带进二楼一间四壁全用木料装饰的房间里,没料想,菠萝蜜一旦踏进这间木质结构的屋子,以后长长的十几年时间,便再也没有离开过它,她成了这间屋子的女主人。

你们的相识相遇倒挺有缘分的。我听完菠萝蜜的叙述,不由得感慨一句。

菠萝蜜先是没听懂"缘分"是什么意思,拿来汉法字典一查,即刻嘟起嘴,发出呜噜呜噜的奇怪声音,然后啧啧的一副不屑的神情。

什么缘分呃,这与缘分有什么关系?菠萝蜜抽出一张窄小的白纸开始卷烟丝,你们中国人真是没办法!

那怎么来解释你与斑马的这种传奇式的爱情经历呢?我问道。

什么是爱情?爱情不是虚无的东西,它是实实在在的存在,关键是男女双方要对某一件事情拥有共同的兴趣,并愿意让这种兴趣付诸实践。没有伦理的爱情,只有行动的爱情。

菠萝蜜的这段话,是经我重新组织和翻译的,她的原话里,"行动"一词是由"做"来替代的。在她看来,

"做",才构成爱情的内核。

菠萝蜜环顾了一下木质墙壁的房间,室内的摆设异常简陋,除了大量的书籍,最引人注目的就是一张铺在地板上的床。这张床又宽又大,四只枕头高高摞起,像是海洋中的孤岛,床上到处散落着翻开的书籍,这说明主人常常喜爱躺在床上看书。经过一段长长的迅跑,菠萝蜜觉得腿脚乏力,这时她才发现房间里没有凳子和扶手椅。她在床上一屁股坐下,淡蓝色的牛仔裤绷得她双膝发麻。

斑马笑微微地看着她,对她顺其自然随遇而安的态度似乎很满意,他用两只手指捏在一起往下一压说:好吧,就这样。

然后他跑出去煮咖啡,很快,一股股好闻的咖啡香味漫进屋子。接着,她听见盥洗室传来哗哗的水声。菠萝蜜对咖啡香味和哗哗水声重叠在一起的印象并不陌生,她几乎熟知接下去的一步步程序。当她置身一个结识不久的陌生男人的房间,除了十五岁那年有些胆怯之外,以后在她与男人频繁的交往中,她都积极主动将自己畅快地纳入男主人设计好的轨道。十五岁那年她第一次进入了男人的房间,主人是一个快六十的老头。那时候她刚刚离家出走不久,急需一些钱来租房子。老头答应给她一笔数目不小的钱，老头说他对处女感兴趣。后来老头认为她不是处女，便问她以前是否与其他男人干过，她说没有，但她依稀想起，十三岁那年，她曾跟随一群男孩跑进巴黎近郊的一座树林子里，在做游戏的过程中，男孩们的首领、一个鬈头发的男孩将她的下身弄出了血，她用桉树叶擦去殷红的血迹，顺手从地上抓起一把泥土，结结实实地塞进了那个鬈发男孩的嘴里。老头听完她的叙述慈祥地点点头，然后给了她一把法郎将事情了结。她用迷茫的眼光看了老头半晌，显得有几分疲倦的老头坐在扶手椅里，朝她罢罢手，眯上了眼睛。

她不得不离去，走过茶几时，顺手牵羊，带走了一只搁放在玻璃板上的镀金挂表。她下楼梯时脚步飞快，后来她把这只挂表卖掉，用来支付半年的房租。她找了一份工作，然后用两年的积蓄供养自己上了大学。在这期间，她已记不清和多少男人有过交往。她常常会轻率地暗示男人，以期引得他们的注意。她知道自己长得不漂亮，个子太小，脸上布满淡淡的褐色斑点，像是发育不良的身材和胸脯，很容易掩没于那些肥臀硕乳的巴黎女郎行色匆匆的姿影里。她不挑剔男人，只要有机会，比她小十岁或比她大几十岁的男人都乐于一试，她在形形色色的男人身上，寻找趣味各异的快乐。

斑马端着一壶咖啡走进屋子时，菠萝蜜正端详着挂在墙上的一幅镜框里的照片。那是一张合影，他与几个男人在一起交谈着什么。

你是巴黎工会的？菠萝蜜问道。

他笑眯眯地点点头，一只手捋着湿漉漉亮晶晶的头发。

我认识这个人，菠萝蜜指着照片说，在一个风雨交加的夜晚，我和他曾待在一起。菠萝蜜毫不掩饰，相反，她回味往事的神情还带点炫耀的意味。

他人很不错。往杯里倾倒咖啡的主人说，像是用赞赏的目光瞥了一眼墙上的照片。

这么说，你也是这次罢工的组织者之一？怪不得你老看这些书。菠萝蜜随手拿起一本红封面的精装书翻阅，她看到封面上写着"矛盾论"。这个中国人的书有意思吗？

当然。斑马双手把持咖啡壶，耸耸肩，脸上是一副不容置疑的神情。

喝咖啡的时候，他给她讲述那本书的内容。她很认真地听他娓娓道来，窗帷外的天色一点点暗淡下来。

这天晚上她没有走的意思，他也没有请她走的意思。事情这样被确定下来她感到很满意，因为她实在没地方好去。昨天晚上她在一个男人家过的夜，她不想再见到那个男人了。

临近两点的时候，斑马讲完了《矛盾论》这本书的大概内容，起身对她说了声晚安，走出了房间。她目送他的眼神充满了困惑和诧异，凭直觉她感到事情不该是这样。

她的疑窦在第二天晚上解开了。十点左右门铃响了，斑马从待了一天的那间小屋跑出来开门。菠萝蜜在屋内听到一个女人的柔美声音，然后是啧啧响亮的亲吻声。整整一个晚上，菠萝蜜不断被窃笑声和呻吟声折磨，她辗转反侧，睡不着觉，只能打开灯，阅读那本《矛盾论》。愈读她愈糊涂，那个被斑马称道的中国人所说有关矛盾的理论，远远解决不了她面前的矛盾，她想她明天应该离开这里了。

第二天她起床走出屋子，看到斑马留在餐桌上的一张字条。字条上说罢工游行今天继续进行，斑马让她去一个巴黎郊区的工厂找他。

菠萝蜜找到斑马的时候，他正对上千名工人发表演讲。后来，工人们向市中心进发，徒步游行示威。斑马穿过游行队伍，终于找到她，然后他们一起举着一条横幅，走在队伍的最前列。这一天警方没和工人发生暴力冲突，市政厅门口架起了铁丝网，荷枪实弹的防暴警察施放一些催泪弹，驱赶逼近的游行队伍，双方相距几十米，远远对峙着。傍晚时分，人群开始散去，菠萝蜜随着一帮工会领导人，又回到了斑马的住所商议对策。会议直到凌晨四点才结束，工会领导人逐个潜出这幢楼房。人们一走，斑马打了个哈欠，倒在沙发上便睡，菠萝蜜根本没工夫与他说离开的事。

一个星期里，菠萝蜜白天跟随斑马参加工会活动，晚上回到住所商量讨论。即便有时只有他们两个人，也常常是没完没了的争论。菠萝蜜的很多意见，逐渐通过斑马被工会采纳。当她看到事态的发展，有时竟然按她的预想和思路推进，不由得暗暗高兴。她注意到，在这一星期里，没有女人来找过斑马。一星期过去，市政府和工会开始谈判。就在这天晚上，他又恢复了与女人的来往。门缝底下钻进来的喘息声，像针芒一般密密麻麻扎在菠萝蜜的背脊上，她不得不又开灯研读《矛盾论》。

这天晚上之后，几乎天天有女人光顾。慢慢地，菠萝蜜发现那些刺激的声音并非源于同一个女人。她开始把声音分类归档，那些声音或粗嘎或低缓或急促或尖厉或细柔或放浪或喑哑或高亢，各各不同而又自成一体，菠萝蜜触摸这些声音，犹如盲人摸象身临其境，她不仅能凭着音质准确地判断出每个女人光临的次数，而且还能随着声音的起伏跌宕，明晰感觉到他的手在女人们身上游动的部位，并根据声音的长短和色彩，推测出那些女人的胸围腰围臀围，最后，除了面容需要想象外，她对那些女人的身体已如同自己一样了如指掌。经常出现的声音有四个声部，她们依次可以分为花腔、抒情次高、中音和低音。在这组和声上面，曾经穿越过一个哭泣般的声音，格外地凄厉，撕心裂肺，但它只闪烁过一个夜晚，而后再也没有如期而至。这样的发现，使渐渐熟读《矛盾论》的菠萝蜜感到沮丧，他宁可舍近求远，去找那些素不相识的女人做爱，也不来敲她的房门，那么，她的为期不短的寄宿生活，该用什么词来定义呢？她表面上镇定自若，进餐时依旧和他讨论问题，有时还开些无伤大雅的玩笑，而内心却悒郁寡欢，面容日渐消瘦。有一天晚上她实在闷得慌，走出楼房，来到繁星点点下五光十色的巴黎街头，深夜归还时，她带回了一个不满二十的英国男孩。

英国男孩的一而再、再而三的出现，显然引起了男主人的注意，但斑马从不过问，他倒是显得很宽容，早晨她跑出房间来喝咖啡时，他恰好也从小屋悄悄走出。她的房间门口放着英国男孩的一双旅游鞋,而他的小屋前,也有一双女人高跟皮鞋。他看看她,笑眯眯地慢慢啜饮咖啡,她也看看他,嘴里喷着烟雾,一副志满意得的样子。

那你们是什么时候开始打破这种局面的呢?我挥去飘浮眼前的烟雾,望着摇头晃脑的菠萝蜜。

有一天,我们觉得没必要再各自去找情人时,我和斑马就长谈了一次,我们的关系就这样建立起来了。菠萝蜜说。

那以后斑马是否还去找其他女人呢?我问道,记得萨特和波伏瓦成为情人之后,萨特说他依旧不会停止追逐能够到手的女人。

我和斑马之间,没有你说的那种互相限制的关系,他有他的自由,他的选择,但他和任何女人的接触,都无法替代我同他的关系。这是因为我们从一开始就不具备男女相互吸引的简单模式,我们建立起来的是一种更为深刻的、内心相互依靠的精神联系。

那你是否也可以找其他男友?我很好奇地问。

为什么不?

你找了吗?

当然。

真是不可思议。我觉得这个世界上真正属于他的情人只有一个。无法想象，一个人同时和几个情人来往会是怎样一种情形。我说。

我理解你说的意思，你说的唯一情人就是你的妈妈，你肯定更合适找年龄比你大的女朋友。菠萝蜜像个医生似的在给我看病。

你是说我心理上尚处于童年期？我说。

有很多人一直到老，都需要这种情感。斑马就有这样的情结。他在我这儿得不到这种情感，因为我太厉害，倘若斑马在其他人那儿也得不到补偿，那他就会不快乐，就会绝望。他的不快乐和绝望，也势必会影响我们之间的关系。

这么说你是为了维持你们的关系，才容忍放纵他和别人来往？

不，一个人只属于自己。斑马的身体和情感全部属于他自己，它们想要什么不要什么，不能也不应该由我来决定，正像我的身体和情感需要什么不需要什么，不能也不应该由斑马来决定一样。

我还是不明白。

你们中国人不会明白。

第二章　吻

1

傍晚时分的校园开始骚动起来，天色灰冥的林荫道上人流熙攘。姿态婀娜的柠檬和另一个姿态同样婀娜的女孩结伴而行，走在被花草掩映的通向食堂的小路上，她们的身材颀长，娉婷妩媚，一路走去，自然引来无数倾慕的目光，回头率超高。

围绕傍晚的这一场景，夜间熄灯之后，在我们班的男宿舍，一场空前激烈的辩论开始了。争执的焦点说起来很简单，就是柠檬和她旁边的女孩哪个漂亮，各方面的综合分数究竟孰高孰低。评分的误差和分歧最后也仅仅在 0.5 之间，柠檬的支持者们认为她可得 9.5 分，而支持另一女孩的同学说柠檬虽然身材出众步态雍容眉目传情，最多也只能得 9 分。事实上大家都知道，9 分已是打破历史纪录的高分。

双方处于势均力敌的关键时刻，我和大白鲨出现了，人们一片哗然，我们即刻成为对立双方竭力争取和拉拢的对象。几分钟前，我从留学生楼来，刚刚踏上男生宿舍楼的台阶，斜刺里突然冲出大白鲨，一把逮住了我。熄灯后，情绪依然亢奋无比的大白鲨，犹如困兽般在走廊里各个寝室东撞西闯，他急切想寻找沟通的对象。

你、你说，这人到底是一种什么东西？大白鲨一激动，说起话来常有些口吃。

我被大白鲨闷头闷脑的一问，僵在那儿，半天反应不过来。

人是社会关系的总和，还是一种自然性的动物？不是，我看什么都不是。大白鲨滔滔不绝地说。

那人是什么？我的兴趣陡然被提了起来。

人只是一种可能性。对，可能性。可能是这样，也可能是那样。当社会和环境抛弃一个人，他就会感到孤独寂寞；当社会和环境重视一个人，他又想清净无为远离尘嚣……

大白鲨正说到兴头上，穿着短裤汗衫的小胖，从一扇门里鬼头鬼脑地钻出来,二话不说,硬把我们俩拉进屋子,于是,一场关于柠檬的辩论旋涡也将我和大白鲨卷了进去。

大白鲨不知柠檬为何人,他支支吾吾说不出个所以然,我却心中有数,我当然是柠檬的支持者。与旁边的女孩相比,我觉得柠檬的身上,有一种……病态的美,还有一个只有我知道的秘密:我和柠檬曾擦肩而过,清晰地闻到她身上的一股青草香味。以后,每次看到步履轻盈的柠檬姗姗走过,心里总会涌起一丝奇怪的痒痒的感觉。

我刚一表态,所有人便高声嚷嚷起来,获得一部分人的支持意见,肯定也就得罪了另一部分人。有人开始列数柠檬不尽人意之处,似乎扣除 0.5 分已大大便宜那个小娘们了。小北京他们力挺柠檬边上的那个女孩,近来,小北京已成为夜间校花评委会的主力军。小北京他们所提供材料之翔实,足以显露他们的实力。小北京进校时一双圆口布鞋常穿脚上,于今一双尖头皮鞋擦得锃亮,惹得下铺的小胖常常恶作剧,写一张启事之类的纸条贴在床架上:遗失十公分长的鞋油一段,有知情禀报者必重奖。小北京当然也不示弱,进校时忧郁的性格,经过校园岁月的陶冶,已变得外向放浪,他的诗作一次次被学校黑板报选用,全校赛诗会上摘取了两次桂冠，使得他的自信心大增。小北京的诗作所涉猎的主题，不外乎对女生宿舍的神秘向往，以及诗人孑影徘徊丛林小径，远眺女宿舍窗户的忧伤情怀。从此，人们只要在路灯映射下的冬青树丛边，看到一个来回徜徉、手持诗稿并像屈原一样仰天吟哦的身影，那必定就是校园著名诗人小北京。小北京的崛起，已使得我们寝室见多识广的寝室长自叹弗如，他正考虑辞去班干部的职务，让位给更为活跃的小北京。与小北京相比，昔日目空一切的足球王子小胖也相形见绌，寝室里早已没有了他的市场。

那天夜里，我在大家的怂恿下随便一说，对柠檬做出的高度评价，令小北京大为不满。但小北京不知道，我注意柠檬由来已久。十天前，我开始主动出击，巡行校园的每一角落，搜索柠檬的行踪。好几次，病恹恹的柠檬不期而至，忽然飘进我的视线，但机会往往很难捕捉：不是她身边有人，就是我过于激动，难以找准恰当的出击时机。面对妩媚艳丽的柠檬，既要大胆自然地说出第一句话，又不能让对方感到突兀和讨厌，这对我这个恋爱经验贫乏的人来说，是何等艰难的一件事啊！几天来，这件事苦苦地折磨我。夜间获得男宿舍评判高分的柠檬，不知搅乱了多少男生的春梦，想到这一点，我就心急如焚，焦虑无比，我看不了书，吃不下饭，每天寻思不让意中人旁落他人之手的良策。

机会终于来了。

所谓功夫不负有心人。那天早晨，当我在一片开阔的绿草坪前发现柠檬的身影，眼睛一亮，即刻有一种晕眩的感觉。柠檬的前前后后疾行着很多学生，这使得我和意中人的初识，变为日后可以商榷的一件事。选择什么样的天气，什么样的时候，什么样的地点，兴许都直接关乎事情的成败。但那会儿，我已顾不得那么多了，凭借鸽子的一番肺腑之言，凭借时不我待的紧迫感，我犹如一名无畏的斗士，忽然从中央大道跳上树影笼盖的人行道，冲向了款款而来的外语系学生柠檬。

过程是简单的。

我一上来先是确认柠檬的系别，尽管这显得多余，也比较拙劣，缺乏逻辑，但作为开场白，短短的时间里，我想不出更好更妥帖的过渡手段。略略受了点小惊吓的柠檬微微颔首，然后用迷蒙的眼光，打量像从地底下冒出来的、拦在她前面的我。我脸色微红，嘴唇由于紧张，抽搐般地蠕动，我竭力想使和蔼的微笑浮上脸颊，结果显示的是一张尴尬、古怪、似笑非笑的面容。

你是英语专业的吧？我明知故问，底气很不足。

是啊。柠檬很无辜地看着我。

对不起，请问你们学的是哪一套教材？这是我预想好的借口。

许国璋。柠檬回答。

我有个校外的朋友，想旁听你们外语系的课，能否麻烦你问一下授课教师，旁听需办什么手续？话题慢慢纳入我谋划很久的轨道。

唔，好吧。你是什么系的？柠檬问我。

新闻。三年级。我回答。

预先不知设计斟酌多少遍的话说完了，不得不鸣金收兵了。我想让收场的帷幕降落得迅急些，果断些，效果仿如一部恢宏交响曲的尾声，戛然而止，然后令人久久回味。

我说了声"谢谢"，往旁边轻捷闪开，给柠檬让出一条路。她平静地点点头，迈着娴雅的步子悄然离去，颀长的身影带走浓浓的绿草般的清香。

上帝保佑！我听到了内心的呐喊声。

就这么简单。

以后一个多星期里，在食堂，在图书馆，或在学校小卖部，我多次看到柠檬，我们互相行注目礼，目光里有淡淡浅浅的交流。我等待着柠檬的答复，这就使我心理上占有了主动权，我并不急着要和她说话，应该是她先跟我打招呼，向我交代她承诺的下文。

终于有一天，在食堂门口，柠檬与我擦肩而过，一阵飘逝的青草味正让我回味无穷，她忽然想起什么似的，从背后叫住了我：哎——

我站住了，人有些难以自制地晕眩。柠檬告诉我，我托她的事已问过了，任课教师说非本校学生是不能来听课的。

柠檬的答复完全在我的预料之中。我当然知道，校外的人是不能来听课的，真要可以，那就麻烦了，哪去找这样的朋友，来证明我的借口并非杜撰。

我设计出与柠檬搭话的理由应该具有伏笔的性质，也就是说，能够为以后的交往提供一种可能性，但问题在于，我绞尽脑汁，想出的话题还是很笨拙，我实在想不出更加巧妙更加自然的话题。我的不高明就在于这个话题没有连续性，难以完成我想和柠檬长久交往的构想，虽说有第二次的搭话机会，但它无疑也像个大大的休止符。在长达三个月的时间里，从秋天到冬天，柠檬一次次晃过我的视野，她像阵风似的吹过来又刮过去，而我只能眼巴巴看着事情毫无进展地被搁置起来。

肃杀的西北风无情地侵袭校园，我坐在窗前，凝望雪花漫天飞舞，面前放着一本日记簿，我在日记里与意中人进行长长的诸如此类的交往：

> 我今天又看到她了。我闻到了一股青草味。她将头发绾起。我觉得这不如她梳两条辫子好看。她上身穿了一件黑毛衣，下身穿一条牛仔裤。我不能多看她，要不，我的心里会莫名地惆怅。

或者是：

> 愿神助我！下午她朝我笑了。她嘴唇抿了抿，露出浅浅的酒窝，那是维纳斯女神的笑。莫非事情有希望？！

再就是：

> 很长时间没见到她了，真是天公不作美。她病了？抑或是隐匿起来了？我要见到她，远远地望一眼也行。

我能吗？今天我又去大草坪了，我去呼吸青草的气味，我扑倒在草坪上，像吸氧一样拼命吮吸青草味，此时的我像河里捞起的一条鱼，那要命的青草味啊，就是我赖以生存的河水和氧气，青草味夹带泥土味，让我如痴如醉，癫狂发抖……

我收回远眺的目光，随手翻过几页日记，一小段话映入眼帘：

  晚上，我把她领到留学生楼，好像梦一样。在温柔的台灯光晕中，她显得那么文静，洁白，高雅，她时时透出一丝丝未脱的稚气。她不常笑，一个多小时里，她脸上露出的笑靥只有不多的几次。遗憾的是，她不喜欢话剧。那她干吗要去大礼堂看我的话剧呢？散场后她问：是你写的？我说是的，带着几分得意。成功使人大胆，我约她一起回来，她答应了，一直等在大礼堂外的台阶上。远距离望过去，她的身影像什么？像白玉兰，像冰美人。走在她身边，我的鼻子又情不自禁地吮吸起来，我克制自己不要做出非礼的举动……

我又翻过几页：

昨日阴天。阴天使人忧郁和揪心。是我太鲁莽，还是她太胆怯，或者是对我的不信任，我请她去市区看话剧，她说她不能去。我说话剧和诗歌一样，是文学艺术中的最高形式，它的魅力就在于用有限的空间来表现无限的时间。她说她晚上有事要出去，晚上我明明看见她在学校，她不去，我也没兴致去了。她见了我连招呼都没打，但我清清楚楚地感觉到她看见我了。这样的追求有意义吗？是一条理想之路吗？如果我能确定她是在拒绝我，我决不再做第二次尝试。也许，要取得事业上的成功，就必须牺牲爱情。熊掌和鱼，两者不可兼得？

……

我发誓以后再也不在下午睡觉了。我受不了一觉醒来，远处是残阳西沉的惨淡景致，它让人充满绝望和失落的情绪，我不知道我在什么地方，我是否还活在这个世界上。她在哪儿？

……

要遇到她太难了。似乎是谁在有意分隔我和她之间的联系。听天由命吧……

……

今天参加了留学生的化妆舞会。来自各国的留学生，化装成稀奇古怪的模样尽情狂欢。有化装成中国军人的，有打扮成孙悟空的，也有一身黑衣服，俨然像是古代武士……光怪陆离，天旋地转。我和斑马站在一旁聊天。斑马说他今天去市区了，看到宾馆橱窗里放着价格昂贵的高档音响，他说他反对中国的做法，第三世界都有经济落后和思想意识超前的矛盾。思想和经济的脱节必然导致很多年轻人想往国外跑。我不太同意他的意见，我说你如果不想对中国不友好的话，不应该希望我国人民永远受穷。

圣诞钟声敲响，菠萝蜜奔过来先与斑马拥抱，再与我拥抱，她在我的额头上吻了一下，我很不自在。音乐由疯狂转变为舒缓，忧伤的爵士乐牵动我的一腔愁绪。也不知愁从何来，愁出何故？内心一抽一抽的，仿佛有只小虫子在噬咬……

……

谢天谢地，今天晚上她接受了我的邀请，在校园里和我一起散步。她的话似乎比以前多了，她说她喜欢文学，她向我借了莎士比亚的戏剧集。我们沿着月色皎洁的林间小路，缓缓走向池塘，她的侧影真美，妙不可言，她身上似乎有一块磁铁，把校园里所有的青草味都吸走了，她是草之魂，草之精灵吗……

回到房间，斑马和菠萝蜜都在。菠萝蜜告诉我一件事：白天她坐公共汽车，一个中国男人借助车厢摇晃，屡次抚摸她的臀部，菠萝蜜开始忍了一会儿，后来实在忍无可忍，突然转头大声嚷道：你就是这样来加强我们两国人民之间的友谊吗？！那个男人吓得吱溜一下躲开了，车一靠站，他抱头鼠窜，车厢里的人不知发生了什么。

我们大笑。菠萝蜜笑得很放肆，我也笑得很放肆，一幢楼都是我们的笑声。

……

几天来，我的内心充溢了一种幸福感。我的写作进展神速，心中有了爱慕的姑娘能改变一个男人的一切，我已忘了是谁说的。

让岩浆积聚得更多些吧。到那时，火山的爆发才具有冲天的能量。

……

2

我不知道斑马什么时候悄无声息地进屋了，斑马坐在写字桌前一支接一支地抽烟，烟雾弥漫全屋。

你烟抽得太多，你不应该自暴自弃，损害自己的健康。我笑嘻嘻地说道。

不料，斑马的脸色忽然变得很难看：我喜欢讨论问题，也喜欢开玩笑，但不是总是开玩笑。

斑马接着指出，我最近一段时间学习不太用功，晚上常不在屋里，而他有很多问题需要问我。

对不起，我改。我笑嘻嘻地说。

我想，哪天应该请斑马和菠萝蜜去学校礼堂看看我的话剧的排演情况，让他们了解一下我近来在干些什么。

斑马沉吟良久，转而神情极为严肃地问我：你是不是经常要向有关部门汇报我们的情况？

我一愣，问道：你这话是什么意思？

我不知道，你们是不是每个陪住的同学都有这样一项任务？你们习惯把所有的外国人都当作特务。斑马的脸色很难看。

我火了，气愤地说：你们是不是特务我不知道，但我肯定知道，我不是特务。好了，我们已经没什么好说的了！

我气冲冲走出屋子，砰的一声，重重关闭了身后的房门。

第二天，斑马向我道了歉。他说，他昨天是在心情极不愉快的情况下，才故意找茬说那番不该说的话。

后来才知道，斑马的不愉快与海棠有关。一段时间来，斑马经常和意大利姑娘海棠成双作对地进进出出。星期天晚上，我创作的话剧在学校的礼堂正式开演，我给了斑马几张请柬，邀请他们前去观摩，但开演前半小时，只有菠萝蜜一个人兴冲冲地跑下楼来。

斑马不去吗？我有些纳闷。

他正在放假。菠萝蜜乐呵呵地回答。

"放假"？我迷惑不解地问道。

是的，他现在需要"放假"。菠萝蜜爆出一串银铃般的笑声。

去礼堂的路上，我忍不住又问菠萝蜜：斑马是在海棠那儿"放假"吧？

岂料菠萝蜜反应极快地抢白了一句：你还有多少问题需要问呢？

我沉默了。直到话剧开场前，我再也没有和菠萝蜜说过话。

这天晚上看完话剧回来，菠萝蜜似乎不愿和我分手，她坐在我的房间里，一直聊到深夜。谈话间，菠萝蜜告诉我，斑马近来情绪波动很大。困扰斑马的问题来自两方面：其一，他不知道怎样处理好与菠萝蜜和海棠这两个女人的关系，他面临私生活上的严峻考验；其二，斑马开始怀疑是否需要继续在中国留学。擅长思辨的斑马学习中文经过了几次反复，他之所以在四五年的时间里坚持下来，就是为了来中国考察社会现状。萨特的哲学体系解决了个人在社会中如何选择的问题，而雄心勃勃的斑马更倾心于构筑他心目中的理想社会。带着一个西方人的乌托邦来中国，他挑剔的目光里常会呈现不尽人意的事情，但他绝无恶意。

我们与其他的西方人不同。菠萝蜜这样告诉我。

这天晚上的话题还涉及了性的问题。菠萝蜜说在法国有两部分人：三十岁至六十岁的人中间，有一小部分同意性解放而并不付诸行动，大部分是反对者；十五岁至三十岁的法国人，大部分同意性解放，但慑于社会压力不敢付诸行动；而另一部分人则是最活跃的，他们既大声呼吁性解放，又积极地付诸行动。

中国有没有同性恋呢？菠萝蜜后来这样问我。

那是你们高度物质文明的西方社会才有的一种变态现象。我不假思索地予以反击，莫名其妙的民族自尊心又涌上胸间。

那你的话剧里，女主人公为什么要女扮男装？菠萝蜜问道。

我的话剧所描绘的故事，发生在特殊的"文革"时期，女主人公女扮男装是出于无奈，这与你说的同性恋毫无关系。我红着脸辩解道。

我有些恼火。我觉得，我与他们之间总是存在着误区。

对不起，法国有很多作家都是同性恋者。菠萝蜜说。

凌晨两点，菠萝蜜才兴犹未尽地离去。随着岁月的静静流逝，这天晚上的情景在我的记忆里渐渐淡忘。它再度被提及，已是几年以后的事了。那次菠萝蜜携同一个不会一句中文的德国小伙子，来中国南方旅游，途经我们这座城市。重提"放假"的典故，使我和菠萝蜜开怀大笑，那个比菠萝蜜年轻得多的德国小伙子，因不通语言，困惑地左右张望。受轻松气氛的诱导，我开玩笑地抱怨菠萝蜜从没想到过和一个中国人一起"放假"，这大概是潜藏的种族歧视思想在作祟。没承想，菠萝蜜矢口否认，她很认真地提到了几年前的那次深夜长谈。

那是一次机会，一次跨越姐弟关系界线的机会，而你却把它放弃了。菠萝蜜的眼睛里闪耀着真诚而狡黠的目光。

我和我的法国朋友自从结识那天起，就确立了一种耐人寻味的关系。从俄罗斯横穿西伯利亚来到中国的思想家斑马遍游世界各地，他身材娇小的妻子菠萝蜜谈话犀利尖刻，他们在这个世界上并没有很多朋友。无论是西方人还是东方人，恐怕都很难忍受他们永无止境的好战性格，以及从不让人的思辩方式。倘若我一开始就被他们的挑战吓倒，那么以后的情形很可能完全是另外一种样子。禀性内向羞怯的我，恰巧以漫不经心的态度接受了他们的挑战，在持续不断的思想交锋中，我已习惯让自己成为斑马和菠萝蜜的对立面。我没有包袱，随时准备中止交流，随时准备撤出留学生楼，法国佬的挑剔目光，对事物精微深刻的分析，无意间激活了我潜在的思辩能力和桀骜不驯的内心世界，信奉《矛盾论》的法国人，恰恰需要这样一个对立面。在他们看来，正像生活中不可缺少奶酪和维生素一样不可缺少斗争哲学。我的强词夺理，应战时逻辑混乱的狡辩，使两个法国佬获取无穷无尽的快感，同时也逐步改变对中国人业已形成的看法。友谊，正是借助矛盾斗争的桥梁而架立起来。朔风凛冽的隆冬季节,我和两个法国佬,围着一只电炉犹如围着篝火,室温在唇枪舌剑中渐渐升高,有如春天般和煦暖人。

气候转暖的二月,因斑马菠萝蜜的相邀,我连着参加两次中外联姻的婚礼。真是不可思议,仅仅五六年前,我们小街上哪家有海外关系,都是讳莫如深的秘密。几年时间,中国人和老外结婚,已变得是很寻常的事情。一切都在悄悄地发生着变化。

第一次是一个中国姑娘和一个意大利专家的婚礼。

我曾在一次校内的聚会上见过这对情人。那次聚会上,我自始至终没有和漂亮的中国姑娘说过一句话,尽管我和她坐得很近。中国姑娘是学表演的,因和意大利男友公开同居,刚被她所在的学校开除,这种处罚的后果,是导致了这位中国姑娘的偏执。聚会间留给我的印象是:她宁可和任何一个外国人说些无聊的话,也不愿意和她的同胞打个招呼。事后斑马和菠萝蜜一致赞同我的看法:中国姑娘不但已经彻底忘了她的肤色,而且日趋严重地蔑视她的同胞。她不仅举止言谈向西方人靠拢,幽默感也完全是一种拙劣的模仿。她送给主人的生日礼物,是一本中文版的《性知识手册》。主人哇哇大叫,所有人都报以哄笑,我却悄悄离开了屋子。我离去前，斑马正和我讨论有关贞操的话题，法国佬尚未以一种嗤之以鼻的神情，展开对贞操观的批判，转眸之间已失去了谈话对象。

我本无兴趣去参加这次婚礼，菠萝蜜竭力劝说我，她认为我应该了解我的国家正在发生的变化，理由不能说没有说服力。

都说法国人喜欢迟到，这天我算是领教了。天完全黑了，斑马和菠萝蜜才穿戴好下楼来。我随这两个法国人路途迢迢赶到市区，婚礼早已经开始。裹着一件旧棉袄的我又冷又饿，环顾小餐厅的四周，一张长桌上，几只装冷菜的盘子，早被人数众多的来宾席卷一空。我后悔自己轻信菠萝蜜的话，没吃晚饭来参加婚礼，满以为有丰盛的珍馐佳肴在等着我们。

菠萝蜜大概也饿了，不知从哪儿搞来一大盘龙虾片，分给斑马和我。龙虾片经过细嚼慢咽，由食道一点点滑下肚，更勾起胃囊对美好食物的回忆和眷恋，咕咕地叫个不停。我看看斑马和菠萝蜜，他们好像已安妥了食欲，若无其事地开始与几个熟人交谈。

一个身穿礼服的中国侍者，手托盘子走了过来，盘子里盛有一杯杯色泽鲜艳的鸡尾酒。侍者走到我们面前，彬彬有礼地呈上盘子,让大家随意挑选。菠萝蜜拿了一杯酒之后,那个侍者将盘子移向了我,他抬起眼帘扫了我一眼,盘子仅仅在我面前停留了一瞬,又移走了,移到了另一个留学生的面前。

这短促的一幕,恰巧被机敏的菠萝蜜捕捉到,她犹如箭镞一般蹿出去,一把拽住那个男人的手臂,低声道:对不起,你忘了给旁边那位先生一杯酒。你为什么忘了呢?啊,你是不应该忘的。菠萝蜜夸张地说,边说边用五指并拢的一只手比画着,显得极富感染力。

那个男人脸色绯红,走回到我面前。我正迟疑着,听到菠萝蜜大声说道:拿吧,骆驼!这位先生请你拿一杯喜酒。

我慢慢伸出手,握住一只高脚玻璃杯的下端,那个中国侍者迅疾转身离去。

婚礼余下的时间是表演节目,新郎新娘用中、意文合唱了一曲《我的太阳》,几个外国专家也演唱了几支外国民歌助兴,最后一个节目是由两个中国女孩表演劲舞。身穿汗衫和紧身牛仔的两个中国女孩,在震耳的摇滚伴奏下,跳得激烈疯狂,如痴如醉。她们的动作幅度极大,时而扭臀松胯,时而倒地翻身,看上去好像受过一点训练。

菠萝蜜在边上连连摇头,嘴里发出啧啧声,她俯我耳畔轻声说：她们跳得不错，人也很漂亮，但她们肯定不知道，在西方的三流酒吧里才跳这种舞蹈，下面就该是舞者脱衣服了。

不久，我又参加了第二次婚礼，也是一个中国姑娘和一个外国人联姻。

所不同的是这次婚礼的新郎，来自赤道附近的非洲国家。菠萝蜜和斑马向我发出邀请之后，像是串通好了似的，一齐用如电的目光盯视我，观察我的反应。

我警觉起来，说晚上有事不能去。第一次的婚礼留给我的刺激太深了，但我说出理由怕法国佬找茬，所以故意推说有事。谁知法国佬怎么也不相信我的理由，并因此引申出一场有关种族问题的激烈争论。

在斑马和菠萝蜜看来，我是因为瞧不起非洲人才不去的，他们脸上浮现的那种鄙夷神情令我终生难忘：你们瞧不起非洲人，那是"黑鬼"对不对？你不要忘记，没有非洲国家的支持，你们无法加入联合国。

我心里觉得他们说的有道理，但既然是一种有预谋的挑战，就不得不予以回击了。我说不要先入为主，中国人没有种族歧视，至少在我这里没有。

没有？斑马皱起鼻子表示了极大的疑问，你们连乡下人外地人还歧视哩，怎么可能没有种族歧视呢？

我情急生智，只能搬出他们常用的武器《矛盾论》。我说他们列举的都是现象，现象仅仅是矛盾的一个方面，现象有时并不代表本质。我说中国人民和非洲人民的友谊源远流长，有那么多非洲留学生来华留学，就说明中国人对他们不错。歧视固然要不得，但个别非洲留学生依仗自己在本国是皇亲国戚，到中国来盛气凌人，做出不尊重中国人民族感情的事也是有的，这构成了矛盾的另一方面。

其实，我知道斑马和菠萝蜜对种族问题如此敏感的原因。斑马的祖父是犹太人，祖母是阿拉伯人，斑马的父亲二战时因犹太人血统曾被纳粹投进集中营，出狱后一直疯疯癫癫，患了痴呆症。菠萝蜜也是混血儿，她的母亲——一个俄罗斯女人在十八岁那年搭上马车，跟随一个法籍犹太牧师逃离故乡，这次颠沛流离的私奔经历导致的直接后果，就是产下了不足三斤重的菠萝蜜。斑马和菠萝蜜曲折坎坷的家族史，使得每次法国政府与其非洲殖民地发生矛盾，他们都坚定地站在弱小民族一边。

经过激烈交锋，大家阐述了各自的观点，本来事情也就可以结束了。然而这天晚上回来的车里发生的一个插曲，又使下午的争论得以延续。

婚礼是在一所大学的留学生礼堂举行的。中国姑娘嫁给非洲留学生，在当时的中国确实是开风气之先的。婚礼的组织者从各个学校请来几百名来华的留学生，加上中国学生以及新娘的亲属，偌大的礼堂显得很拥挤。

新郎新娘在人群中央翩翩起舞，我以一种好奇的目光打量那个中国姑娘。从外貌服饰上看，新娘长得还算端正，但不像是大学生。她的舞姿略略有些僵硬和呆板，转身回眸间，脸上并无喜庆之气，反倒给人留下一丝淡淡的忧悒感觉。

简单的仪式举行完毕，很多人开始撤走，留下饮酒作乐的大多是非洲留学生，这好像是他们所有人的一个节日。菠萝蜜被一名非洲留学生拉去跳舞，斑马和我只得在靠近礼堂门口的地方等候。非洲留学生将菠萝蜜送回来的时候，热情地将我们安排进一辆停泊礼堂门口的面包车。

我上车后才发觉车内已坐了许多留学生。临开车前，又上来两个学生模样的中国小伙子，把他们送过来的新郎，与车后座的一个非洲留学生嘀咕一阵，大概是叮嘱他把上车的两个中国学生送到什么地方。车上已无座位，两个小伙子只能站靠门边台阶上。

面包车启动行驶后，两个小伙子一边点烟，一边挓着额上的汗水。开车的司机也是一位非洲留学生，他哼着小调，将车开得飞快，不到半小时，已有好几批人员下车。

车停靠一所大学门口，下了几个人，又重新启动驶上柏油路。沿着宽阔的道路行驶不到五分钟，后座的那名非洲留学生突然用法语叽里咕噜嚷叫起来，不一会儿，车突然减速停靠路边，两名中国小伙子朝全车的人挥挥手，说声"拜拜"后下车了。车门关闭，面包车又风驰电掣般驶走。

之后，我发觉旁边的斑马和菠萝蜜小声地嘀嘀咕咕，他们好像在犹豫着，是否要将事情告诉我。

下了车，我们三人步上留学生楼的台阶，菠萝蜜嗫嚅地问我：你知道那两个中国小伙子下车之前非洲留学生说什么吗？

我摇摇头。

那个非洲留学生告诉他们的司机：在前面五十米远的地方，将那两条中国狗扔下去。菠萝蜜脸色严峻地说。

我看看菠萝蜜，又看看斑马，然后冷冷地说：好，很好，我很高兴我们今天下午没有白白争论！

说完，我一个人径自走了。

3

当你觉得风光秀美的山顶愈来愈近，几乎马上就可以占据它的时候，峰回路转，翻过一道山梁，转眼间你找不到峰巅，面前只有一股股浓云密雾飘浮，你是一种什么样的心情？

我丢失了柠檬，我一不小心就将梦寐以求的柠檬丢失了，我甚至不知道是怎么将她丢失的。

当她允诺和我一起去观看芭蕾舞，我是多么地高兴，我还以为事情正一步步朝着无比美妙的境地发展，事后想来，种种迹象都给了我虚假的暗示。

在此之前，我见过柠檬两三次。每次见面的间隔时间很长，这一方面是因为话剧团的排演占了我大量时间，另一方面也是我对追求柠檬这件事本身，显得有些信心不足。也许正是这种若即若离的疏淡关系，使得我们见面时的质量倒有所提高。质量提高的重要标志就是气氛比较活跃，虽说话题免不了围绕校园里发生的一些轶事，但我们谈得津津有味。柠檬不仅开始踊跃表示她对某件事情的看法，而且还常常面带微笑地对什么人什么事挖苦一番。偶尔，她也会怯怯地和我开个意趣无穷的小玩笑，这些变化都造成了我的一种错觉：冷处理在感情上往往带来奇效，要征服一个姑娘，最好的方法就是先冷落她，疏远她。

我为自己获得与异性交往的这个小伎俩而感到自鸣得意。后来柠檬主动来找我，还给我莎翁剧作，又借走了《大卫·科波菲尔》。在我看来，这种还还借借的把戏，也是女孩子常会设计的，一如我当初为了接近柠檬而想出的借口。所以当我送她下楼时，一股好闻的青草味激发了我的冲动，我鼓足勇气，吞吞吐吐，邀请她去市区观看芭蕾舞演出，柠檬想了想，竟然爽快地答应了。

正是柠檬的爽快迷惑了我。我犯了一个低级错误：把柠檬的欣然赴约，看作是签了城下之盟。或者干脆说，我把柠檬想得太简单了。

我记得，那天天气在傍晚时分忽然阴沉下来，飘来一阵淅淅沥沥的小雨。奇怪的是，我和柠檬相约从学校出发，雨停天霁，空气格外清爽，我把这一切都看作是好兆头，随即收起出门时带的一把伞，这把伞作为这天晚上的一件重要道具，既帮了我也毁了我。这把伞直到我们离开剧场时才显现意义，事情都是从这把伞开始转折的。

我和柠檬到达市中心的剧场门口，天色已暗，我掏出两张高价买来的票，递给检票员。我们走进剧场，芭蕾舞剧已拉开了序幕。柠檬似乎很喜欢舞台上充满诗情画意的童话故事,她自始至终歪着脑袋,神态安详地静静注视着前面的舞台。她披了一件鹅黄色的羊毛衫,圆领的衬衫下摆束进牛仔裤里,她伸长的颈脖又白又细,乌黑的长发一并绾向后脑,她浑身散发着那股令我晕眩的青草气息。我好几次侧目打量她,仔细辨认她脸部轮廓的线条,仿佛要把它们牢牢地镌刻进记忆。

散场时下起了濛濛细雨,我与柠檬随人流涌到街上,很自然地打开伞,撑开的伞面下走着柠檬和我。回学校需要换两次车,我们只坐了一趟车,便慢悠悠地踱步回校。我想,这个主意肯定是我出的,两个人合撑一把伞,在细雨中漫步,这件事使我产生不可名状的激动,有一瞬间,我想到了在海边,和柚子一起走在田野里,但很快,我又把海边的情景抹去了。我和柠檬一路走去,亮湿的路面踏过舒缓的脚步,我一只手拿着伞,另一只手很自然地扶住柠檬柔细的腰肢,感觉她身体轻盈移动的节律。

我好像又一次回到了那个夜晚。濛濛的细雨,昏沉沉的路灯,寂静的街道,朝黑暗延伸出去的长长围墙,以及围墙上簇拥的花枝绿叶。远处偶尔传来几声火车的鸣叫,孤寂地穿越夜晚的雨幕,消失在渐行渐远的城市边缘。

我们一路默默无语，我记得，是柠檬首先打破了沉默，她仰起头，侧目回望探出围墙的玉兰花，嘴里不由得发出轻轻的一声喟叹：要能摘下一朵就好了。

处在当时情景中的我，很容易把柠檬的话看作是她抛出的一个机会。我旋即踮起脚，摘下一朵白色的玉兰花，树枝晃动，雨珠密集地洒落下来。

你不该摘下它的。柠檬幽幽地说。

不是你想摘下它的吗？我感到很纳闷。

摘下了，我又感到后悔了，柠檬将花凑近鼻翼嗅了嗅说，这花不太香。

不香吗？你再闻闻。我说。

柠檬又嗅了嗅，说，唔，是有些香，淡淡的。

事情接着柠檬的这句话发生了转折，现在回想当初的情景，可以十分肯定地说，接下去发生的事，绝对不是我预先设计的，我在那一刻没想那么多，当时我正在揣摸柠檬话里的意思，这时候奇怪的事情出现了：我手中拿着的那把伞，忽然"啪"的一声合拢了。

四周的一切在我和柠檬的眼前倏然消失了，柠檬轻轻地"啊"了一声。

我的错误就在于又一次把突然出现的变故，理解为冥冥之中有谁在帮我，我被没头没脑与柠檬一起封闭于伞面之下这件事，撩拨得内心痒痒的，我猜想柠檬的唇发出轻轻一声惊唤之后，依旧微启着，犹如一朵绽开的湿润花瓣，我无法阻止自己的想象，我像要吮干花瓣上晶莹的雨珠一般，脸庞不自觉地凑了过去，我接触到微微蠕动的绵软嘴唇的刹那间，全身像通了电似的痉挛起来。

柠檬肯定把这一切都看作是我的安排，在短暂的战栗之后，我感到她的唇渐渐趋于冰冷。

今晚我大概不该出来的。我重新打开伞后，柠檬这样说道。

你不高兴了？我问道。

没有不高兴，但也没有什么可以高兴的。柠檬的态度让人摸不着头脑。

你不喜欢我吗？犯傻的情况下只可能说犯傻的话。

在我眼里，你和其他同学一样，没什么不同。柠檬的话，无异于把后路都断了。

为什么？难道你的看法就不能改变吗？我急急地问。

渺茫得很……柠檬说。

这到底是为什么？为什么？我感到天旋地转。

还是不出来的好。过了一会儿，柠檬又说。

为什么？我不依不饶。

你别问了，我也不知道为什么。柠檬说。

这以后，任凭我再三追问，柠檬躲躲闪闪，再不正面回答我的问题。逼急了，她反问道：难道什么事都要问到底吗？

这天晚上我与柠檬分手后，心中一直闷闷不乐。傍晚走出校园时的那股兴奋劲已荡然无存，我像热锅上的蚂蚁，又着急又迷糊，不知道哪儿出了毛病。

第二天我找到鲸鱼，把前后经过告诉他，希望他能拿出良策来，鲸鱼在我心目中一直比较成熟。戴着眼镜的鲸鱼沉吟良久，一副老谋深算的样子，他让我不要着急，说首先要稳住。他慢悠悠地替我理清头绪，在他看来，柠檬的态度之所以会这样，有两种可能性：一是她已有男朋友；二是她与我交往不久，发展的节奏太快，导致她本能地退缩。鲸鱼认为目前的任务就是要设法摸清情况，假如柠檬没有男朋友的话，事情就比较好办。鲸鱼所说的，我在胡思乱想时也都想到过，但他在理智和冷静的分析中，能够抓住关键的要点，这还是让我暗暗钦佩。鲸鱼对情况的准确判断，在日后事态的发展中得到了印证。

大约过了一星期，厄运降临到我的头上。某天晚上，我远远看到身材颀长的柠檬从路灯下走过，她的身边，紧挨着一个高个子的男同学，他们有说有笑，沿着林荫道朝校外悠闲走去。我被这一幕情景击垮了，木然站在一棵参天梧桐树下，思维骤然凝固，我感到，心在流血。

后来，我迅疾小跑起来，跑到经济系学生楼，把鲸鱼从宿舍床铺上拽了出来。鲸鱼很重义气，这天晚上表现出大哥风范，他陪我走出校园，找到一家小店铺，请我喝啤酒，他说事情还没有完，我明明知道事情已经完了，他这是在安慰我。鲸鱼为了转移我的注意力，向我敞开心扉，谈了他的情感经历。漫漫长夜里的娓娓诉说，一杯接一杯的啤酒进入我的身体，仿如疗伤的药，暂时缓解了我内心的苦痛和酸楚。

从那充满忧伤的日子里渐渐跋涉出来，我想到了我的初恋。

我曾经也像疯狂迷恋柠檬一样迷恋过柚子。无论是柠檬还是柚子，犹如雷电从我的生活中一闪而过之后，我都像一个重病患者，陷入苦痛久久难以痊愈。我迷恋柠檬是真实的，迷恋柚子也同样是真实的，柠檬和柚子在时间的两端，我在思念柚子的时候，绝不会想到以后还会有柠檬的出现,而我在为柠檬愁肠百结耿耿难眠之际,显然也把曾经占据过我生命的柚子彻底遗忘了。

那么,哪一次的恋情才最为真实,才是我所渴望的唯一而至死不渝的圣洁爱情呢?失去柚子的疼痛潜伏在得不到柠檬的疼痛中,得不到柠檬的疼痛又淹没了失去柚子的疼痛。时间静静流过,泡洗一次又一次的疼痛,也许,还有无数次的泡洗。既然这样,疼痛是有意义的吗?问题还在于,我既可以在时间的那一端为柚子疼痛,也可以在时间的这一端为柠檬疼痛,我思恋柠檬的时候完全遗忘了柚子,背叛了历史,现在的我背叛了过去的我,那是不是可以说,疼痛的无意义都是从自己开始的,这个世界的不可靠都是因为内心的不可靠而造成的?

春天的时候,鸽子跑来告诉我他的一次冒险经历。鸽子之所以如此坦率地向我谈及他的私生活,是因为他从鲸鱼那儿获知:我曾迷恋过柠檬。

鸽子讲述他的冒险经历时神色慌张,似乎还有些后怕。在一个月色撩人的夜晚,鸽子将柠檬带进了爱情小屋,他自认为,前面的一切都干得非常漂亮,不费什么周折,几句话就把柠檬病快快的矜持态度化解掉了。为打消柠檬的顾虑,鸽子的做法简洁明了,他从床头找出一盒避孕套，往柠檬面前一扔，然后直截了当地说：要我帮你脱衣服吗？

非要脱吗？柠檬平静地说，你会失望的。

一丝不挂的柠檬横呈在鸽子面前，她的肌肤洁白如雪，鸽子一阵冲动，旺盛的情欲随之被激发起来，他沉稳地走向床边，犹如走向战场，开始了持久的撕搏。鸽子在情场也算是见得多的了，然而，无论他怎样狂热，怎样努力，他都无法进入柠檬的身体，他找不到入口，或者说柠檬的身上根本就没有入口，她像一具横卧的白色蜡像，毫无感觉，纹丝不动。

鸽子浑身冒汗，他从未遇到过这种情况，手开始往柠檬下身摸索，他摸到了针眼大小的洞口，这时，鸽子耳边听到柠檬牙缝里挤出的冰冷声音：对你说了，你会失望的。

鸽子难受至极，有一种撒不出尿的感觉。后来他努力几下，嚎叫一声，想挥发掉积聚到临界点的热情，终于没有成功，冷汗沁上他的额头。

鸽子匆忙下床，草草替柠檬套上衣服，将她打发走了。

4

一九八二年，法国留学生斑马和菠萝蜜离开中国，他们将要回到巴黎的塞纳河畔。在机场送行时，我被菠萝蜜的惜别之情搅得心乱如麻，没想到平素给人厉害印象的菠萝蜜，离别时竟泪水涟涟，泣不成声，站在一旁的斑马嘟着嘴，眉开眼笑，像哄小孩似的抚摸他妻子的肩膀。

我再度见到菠萝蜜是两年后的事。

此时，菠萝蜜已是法国一家银行驻中国办事处的负责人。她出色的中文，雷厉风行的工作作风，使她很快博得法国老板的赏识，她的薪水一提再提，其丰厚的程度已超过法国公司高级职员的两倍。

菠萝蜜的高薪，不仅使她自己在中国的生活阔绰富裕，她还有足够的能力去养活那个在法国无所事事的丈夫。从东方回到西方的斑马，整日愁眉苦脸，情绪极坏，他对靠妻子养活这件事耿耿于怀，然而他又找不到合适的工作。他不愿意与社会合作，因为这个社会不符合他的理想。走遍西方东方，他在构筑理想社会方面，远远不如他将一个又一个女人勾引到床上那样来得顺手，他变得绝望，刻薄，挑剔和暴躁，他与任何人包括他的情人相处的一个重要内容就是争辩，他可以从一根叉子引申出文化传统、经济结构及个人自由选择诸多方面的讨论，他的大脑不停运转，敏感的神经每天绷紧，处于高度紧张的状态。

一九八四年年底，斑马和菠萝蜜办了离婚手续。

这对法国人清楚地知道，这辈子他们谁也离不开谁，但他们还是在离婚协议上签了字。他们分开不是因为天各一方，大家都有自己的情人，而是作为男人的斑马，受不了菠萝蜜每月往他们共同的银行账号里，存进一万法郎的钱供他开销。离婚后的斑马，将他积余的钱投资于一项科技项目，这项科技实验迟迟未能出台，致使斑马与他的三个合作者分崩离析，所有的投资如泥牛入海，斑马为此背了一身的债。熟读经济理论书的斑马，深感理论替代不了严酷的现实，他不得不将他的房子装修后，以九十万法郎的高价出售，以抵还债务。从此，满脑子理想社会模式的斑马，只能从一个情人的怀抱，流落到另一个情人的怀抱。

一年后，在法国西部小不列颠通往大不列颠的公路上，斑马搭上了一辆小车，开车的英国姑娘是一个二十六岁的大学生，她对满腹经纶的斑马佩服得五体投地，只要斑马一开口,她立即就会掏出本子和笔,飞快地记下那些大逆不道却又是课堂上根本听不到的思想。

汽车在公路上走走停停,斑马与英国姑娘白天赶路,晚上在森林里搭帐篷宿营,面对唯一的忠实听众,斑马的思想喷涌如泉,英国姑娘的求知欲得到充分满足之后,她常常主动脱掉衣服,噙着感激的热泪,让斑马在她的身体上呼风唤雨,耕耘播种。

斑马和英国姑娘的小车,最终停靠于法英边境的一座小村庄。他们用树木搭建了宽敞的木屋和场院,每天清晨,斑马坐在一台传真机前,向远在中国的菠萝蜜传递他对世界上所发生的各种事情的看法,他往往用很简单的句法"我反对"或者"我赞成"来表达他的意见和态度。这时候,年轻的英国女郎总像木偶一样毕恭毕敬站在他身后,手捧笔记本,神情机械单板地记录着。

这个世界对我来说一点意思也没有,真的没意思,我每天每天在等待死亡。斑马在传真机上,向他的精神恋人菠萝蜜这样倾诉。

英国姑娘一边迅速写下这些悲怆的文字,一边泪流满面地哽咽着。

一天早晨,当晨曦从林间透射进木屋的时候,正在厨房准备早餐的英国姑娘，听到卧室里传来斑马的惊叫声。她冲进卧室，看到斑马满头大汗，咿哩哇啦，指着他胸前突然长出的一根几寸长的肉瘤大叫大嚷，英国姑娘惊慌失措地拨通电话，叫来一位乡村医生。医生给斑马服下镇静剂和安眠药，斑马整整昏睡了一个星期，醒来后肉瘤消退，但斑马再也无法表述他的思想，每天神不守舍，表情麻木。

不久后的一天下午，村里的伐木工从木屋里发现了昏迷的斑马和英国姑娘。人们将他们送到医院，经医生诊断，这两个精神分裂的隐居者，服用过多的安眠药而导致全身中毒。远在东方的菠萝蜜闻讯后，日夜兼程，赶回地处英国僻远处的乡村医院，这时，躺在病榻上的斑马已经不认识她了。

我们选择了一条冒险的生活道路。菠萝蜜对我这样说。

菠萝蜜与斑马都知道，在这个世界上，只有他们俩结合在一起才是最合适的，但他们都受不了结婚生孩子那种庸常的生活，他们在保持独立人格的同时，也不可避免地要付出惨痛的代价。

菠萝蜜说这番话的时候神情凄楚，目光幽远而迷茫。

5

　　早就辞去班干部职务变得无声无息的寝室长，没想到毕业分配时，又一次成为新闻系79级的热点人物。

　　事情的缘起是一篇论文。

　　寝室长自从主动辞职后，一改刚进学校时的活跃性格，埋头做学问，除了有课日外，他一般很少在学校露面。四年级开始准备毕业论文，寝室长选择了自己比较感兴趣的题目：中国报刊的起源。他为这个题目收集了大量资料，做了厚厚一沓卡片，也许他想把毕业论文作为一颗重磅炸弹，在新闻系乃至学术界轰隆炸响，他过早地暴露了雄心勃勃的计划。以小北京为代表的小龄同学，从寝室长的销声匿迹中嗅到了不寻常的气味，他们很快察觉了寝室长的计划。小北京们不会忘记曾经担任班干部的寝室长神气活现的过去，他们不会忘记寝室长曾是辅导员的得力臂膀。辞职后的寝室长无异于一只死老虎，而小北京们正需要这样一只死老虎作为他们的靶子。毕业分配方案一公布，连小胖这样的边缘人物都沉不住气了，形势对他们小龄同学很不利。分配方案显现出，有十几名同学或要被分到专业不对口的单位，或要离开原籍去边远省份工作。小龄同学的人数恰好大致相同，再加上他们不知从什么渠道打听到，落实分配方案要综合考试成绩、毕业论文、入学前的工作年限等各方面的因素，小北京们自然觉得那分配方案，像是信赖大龄同学的辅导员一手制作出来坑害他们的圈套。

扭转这种被动局面需要一个突破口，寝室长正好是小北京们心目中作为突破口的理想人选。小北京们认为，寝室长精心炮制他的毕业论文，无非是为了确保一份好工作，那么，要使寝室长的如意算盘落空，也只有从他的论文着手。

系里规定毕业班学生完成论文的最后期限到了，指导教师们无一遗漏地收到了学生论文的同时，新闻系领导接到了署名"几位同学"的一封信。这封信长达六七页纸，它言辞确凿地指出，新闻系79级寝室长的论文是一篇剽窃他人学术成果的拼凑之作，信中列举其抄袭转摘处有二十几条之多，并详尽地标出资料来源。

面对这封棘手的信，系领导目瞪口呆，它的工作量已大大超过完成一篇论文所需的精力。那么是谁用什么办法，如此准确地获取到寝室长的论文内容，又如此耐心执拗地去求证核对资料，将那些相同的论点、近似的语句

——捕捉出来？

这封信一经披露，毕业班乱成一锅粥。乐的乐，愁的愁，人心浮动，形态各异。当然，跳得最高的还是当事者——我们的寝室长。他急得像热锅上的蚂蚁，东撞西闯，逢人便大呼冤枉。

流氓，这是流氓手段呵，寝室长在走廊里凄惶地疾走呼喊。他最终坐到了辅导员家里，哭丧着脸要是非公正。

你不要急嘛，事情总会弄清楚的。你懂不懂，他们是冲着我来的。辅导员毕竟要冷静理智得多。

寝室长不罢休，他每天晚上要去辅导员家磨嘴皮。

这天晚上，我坐在窗边整理抽屉，小胖和小湖南从外面回来。半小时后，小北京突然闯进门来，说寝室长失踪了，辅导员要求发动全班同学在校园里寻找。

小胖一骨碌从床上跃起，问道：失踪了？会不会是自杀了？快去找！

全班同学出动，在校园里转悠了两个多小时，十一点左右，校门口晃晃悠悠出现了寝室长的身影。看到路灯下三三两两皆是同班同学，他神经质地问：怎么啦怎么啦，又出什么事了？

没人回答寝室长的话，同学们一个个都是愕然的表情。

第二天上午，寝室长将一只凳子搬到寝室门口，面朝走廊坐下，开始了冗长的毫无对象的詈骂：谁那么缺德？说老子要自杀？老子活得好好的，老子偏不死，气不气啊？有本事别在背地里搞，站出来！站出来一个消灭一个，站出来两个消灭一双。每一颗子弹消灭一个敌人，我们都是神枪手，哪怕那山高水又深……站出来！王八蛋！站出来！兔崽子！

系里专门派人调查论文事件。谁知一波未平一波又起。

一封署名"十几位同学"的信送到系里，对辅导员协助调查论文事件表示了不信任态度，信中称辅导员四年来一向压制小龄同学，搞的是专制政策。这封信还就分配方案的出台应该怎样广泛征求意见，怎样通过民主商议等问题提出了看法。一段日子里，系领导频繁出入79级男宿舍，小北京为首的小龄同学经常聚在一起，不断发出一些新的声音。大龄同学以及班干部们因为辅导员的被告也纷纷四处活动，刺探消息，每个人都使出吃奶的劲，牵涉终身职业问题，谁都意识到沉默只能被动挨打，只要对自己有利，哪怕赤膊上阵也在所不惜，于是，毕业分配从风平浪静到波澜壮阔，从温文尔雅到穷凶极恶，变成了一场殊死的格斗，一场残酷的战争……

与这出热闹的人生话剧同步,校园里还在上演另一出话剧。这出话剧的编导是我。

临近毕业,辅导员希望我发挥专长,为班里编排出一个独幕剧,作为留给母校的礼物。我围绕一个寝室来结构,勾勒了几个人物大学四年的变化,写着写着,一发而不可收,写成了一出像模像样的无场次校园剧。因为剧中人物的需要,这出戏的参与者既有大龄同学,也有小龄同学。将若干张双人床搬至学生俱乐部中央一围,就变成一个可以四面环看的小剧场舞台。排演这出戏,使我意外地成为一个幸运者。

首先,这出戏在校园内外大获成功,由大学毕业生自己演自己,学生们有一种亲切感,再加上剧本诙谐风趣的风格,每场演出,从头至尾,笑声掌声喝彩声不断。报社记者闻讯赶来,数家媒体做了报道。一家戏剧研究所的领导看完戏后当场拍板,要我去他们研究所工作。

除了我之外,戏剧研究所是没人要去的单位,这无意间又为我们班的分配方案争取到一个名额。我早早地定下分配去向,一下子从纷乱的局面中解脱出来,逍遥自在。参与校园话剧演出的同学年龄各异,又使得我在两大势力的对峙中能够保持中立。大龄同学把我视作他们的同盟军,而小北京也拍拍我的胸脯说,你去戏剧研究所我们没意见,如果是寝室长去,我们坚决不答应。

我游离于矛盾旋涡中心之外,还有另外的原因。

七月一个闷热的晚上,鸽子高高的身影倏然晃进我们寝室。鸽子和寝室长等人打过招呼后,将我拽到屋外的操场上,然后告诉我,晚上九点整,有人在校门口橱窗前等我。

谁?谁等我?我被鸽子说得有点发蒙。

榴莲你认识吗?鸽子问。

我摇摇头。

你不认识她她可认识你。她刚和男朋友分手,对你非常有兴趣。鸽子边说边朝我眨眨眼睛,去吧,挺好的,你准会满意的。

鸽子的暧昧口吻和诡秘神情给我留下长久的疑问。后来我与榴莲在一起,脑子里常会跳出鸽子意味深长的笑容,然而,榴莲矢口否认与鸽子有染,她对我一次次有意无意地提及这件事显得很恼火。

那晚鸽子走后,我的心情再也难以平静。

我准时赶到校门口,身穿蓝色背带裙的榴莲,已亭亭玉立在一排橱窗前。九点的时候,晚自修的学生还未归来，校门口冷冷清清，我轻轻走到榴莲的背后。榴莲转过身来，这才发觉，我其实是认识榴莲的。学生俱乐部举行的舞会上，头扎蝴蝶结的榴莲跳舞时仰起脑袋，那天真无邪的神情曾吸引过我的目光，不过那时候我不知道她叫榴莲。

榴莲很大方地朝我点点头，淡然一笑间，露出两颗浅浅的酒窝。我们像地下工作者那样微笑着接上了头。榴莲款款走下石阶，随同我一起朝校门外走去。

穿越校门前的宽阔马路，正对校门的是一条林荫道。沿着林荫道一直往纵深处走上五六百米，便可看到一条波光粼粼的小河从面前蜿蜒而过。小河两岸杨柳依依，杂草丛生，虽说河水终年散发一股腐浊气息，但这儿仍是男女学生们幽会的好去处。几年时间，我从未来过这里，但是我和榴莲像有某种默契，一路直奔小河而来。

我和榴莲在河边草丛里面河而坐，榴莲将头倚靠在我的肩膀。不久，我侧过身体，让榴莲躺倒在自己的怀抱中。月光照亮榴莲的脸蛋，四野蛙鸣一齐涌来，我觉得身心荡漾，有一种冲动慢慢升腾，我俯下脸，将嘴唇重重压在榴莲的嘴唇上。这时，我闻到了一股酸涩的气味，一股像饭菜馊掉的味道。开始我以为是河水的气味，因为当我再度和榴莲接吻的时候,那股气味似乎消失了。

天气闷热难熬,蚊蚋嘤嘤嗡嗡在四周盘旋,我一次次俯下脸庞,很快,我的脊背上汗水涔涔。当一股焦虑情绪攫住我的时候,我用力紧紧抱住榴莲的身体,直到俩人都喘不过气来为止。我松开手臂,发出一声短促的"嘿",那像是对榴莲长得健康无比的身体的一种仇视。后来,我的手爬上了榴莲高耸在月光下的胸脯,我解开榴莲短袖衬衫的衣扣,鲁莽的手,径直摸索进去,我摸到了榴莲半球型浑圆丰满的胸乳,刹那间,我的眼前浮现出鸽子神秘莫测的笑容,我想他说的没错,确实无限美好,月光,蛙鸣,粼粼的河水,密密的草丛,相偎相依,夜色温柔,一切恍若梦中。以前无数次用艳羡的目光看着别人成双成对潜入小河深处,于今轮到自己藏匿其间销魂来了。

我愈来愈放肆地抚摸榴莲的身体……

我和榴莲钻出柳枝垂挂的河边,已是暑气上升凉风习习的夜深时分。林荫道上阒无一人,榴莲挽着我的手臂,不时用热辣辣的目光凝视我,那神情仿佛我们已结识了很久。

这以后连着几天晚上,我和榴莲不间断地在小河边幽会。有天晚上忽然下起阵雨,我拉着榴莲的手,一起奔至一间茅屋的屋檐下，俩人面对面拥抱着，静听对方急促的喘息声。雨水哗哗，雷电交加，我双手合围住榴莲的腰际，感到榴莲的胸脯急剧蹿动，我猛地一把推开榴莲，说不行，这样不行，得想想办法。榴莲似乎即刻明白了我的意思，她笑嘻嘻地说想什么办法呀。我说我不管，你想办法！我的态度显得蛮横无理。

榴莲扑哧一声笑了，你这个坏家伙，还要我想办法。

几天后榴莲找到我，她伸出一只拳头，慢慢展开手掌，一把钥匙神奇地显现了。我们一齐朝校外的一幢教工宿舍走去。榴莲的表舅是这所大学的教师，榴莲常去表舅家改善伙食。这些情况我早就从鸽子嘴里了解得一清二楚，所以我才会那么霸道而有把握地要榴莲想办法。

我们悄悄溜进教工宿舍，沿着楼梯拾级而上。到了三楼，榴莲不慌不忙地打开房门，然后让过我，又轻轻关闭了房门。这时候我不知是因为害怕，还是预感到生命中某一重要的时刻渐渐临近，心扑通扑通跳个不停。

进来呀！榴莲轻声招呼愣在那儿的我。

他们会回来吗？我在一张桌子边恭敬老实地坐下，小心翼翼地问道。

不会，每个星期六他们都要去舅婆家住两天，星期一早上才回来。榴莲给我倒了一杯茶,她把茶杯递给我的时候,我没接,却一把抱住了她的腰。

我们接吻。我们一点点向卧房挪动,后来,我将她推倒在铺有凉席的床上,开始解榴莲的裙带……她制止了我,说:等等,你告诉我,你爱我吗?

我的血液凝然不动了,眼睛直勾勾地盯视着躺在身下的榴莲。

榴莲不由得笑了,她拍拍我的脸颊,让你说一声爱就那么困难呵?好吧,不为难你了。

我又开始解她的裙带。我的动作越来越快,耳边听到榴莲不停地咕哝着:你要知道这对我来说很重要……很重要……我是第一次……你应该温柔一些……温柔……

我的眼前一片昏暗,脑袋嗡嗡作响,榴莲的两只小手摩挲着我的头颅,将我的头发弄得凌乱不堪。我胆怯地踏上一块陌生的土地,我失去了知觉,脑子里一片空白。我不知道什么时候逃离了那块土地,像只麻袋似的瘫倒在榴莲的旁边。

榴莲从卫生间走出来,看到我愁眉苦脸的样子,便拍拍我的脸颊问道:怎么啦?

我忧郁地说:我恐怕不行。我大概不是一个真正的男人。我是那样地害怕，害怕极了。

榴莲沉吟片刻，弯下身子紧紧抱住了我，喃喃地说：你行的你行的，你已经使我成了一个真正的女人，你信不信？

我用狐疑的目光打量榴莲，榴莲肯定地点点头。

我们躺在蚊帐里聊天，榴莲有意无意地一次次把话题引到家庭和婚姻上去，我一次次躲避榴莲的话题，像躲避飞来的子弹。我说我永远不要家庭，若是两情相爱，何必要一张结婚证来维系彼此间的关系呢？我不假思索地说着一套套的理论，甚怕不能说服榴莲，最后不得已，还搬出萨特和波伏瓦这对一辈子没结过婚的情侣，榴莲不得不缄默了。谈话间，我又一次亢奋强壮起来，我揽过榴莲，像名勇士跨上了骏马，我驱使马匹一路狂奔到山巅……我没想到，这一次居然做得很出色。

你看，你还要我来安慰你，鼓励你，你这个坏家伙！等到我们平息下来，榴莲这样说。

我看了看榴莲，咧开嘴羞涩地笑了。

你真像个孩子。榴莲嘟着嘴说。

我双手扶住榴莲的脸蛋凑了上去，这时，我又闻到了一股酸腐的气味，我停止了亲吻榴莲，而将脑袋伸过榴莲的肩膀，在她白皙的颈脖上吻了一下。

这天夜里异常闷热，垂挂的蚊帐纹丝不动，我翻来覆去，怎么也睡不着。临近天亮时我才迷糊过去。后来，懵懵懂懂中，觉得耳朵上有只小虫子在蠕动爬行，我挥拍了一下脸颊，小虫子掉落了。过一会儿刚想重新入睡，小虫子又开始爬上我的耳垂……我睁开眼睛，看到榴莲笑吟吟注视着我，她的一只手指在轻轻挠我，人斜倚在床架上，一丝不挂，白晃晃的身体在透进窗棂的阳光辉映下，显得格外炫目，我觉得喉咙干燥起来，仅仅迟疑了一会儿，我一骨碌翻过身，扑向了那团白晃晃的身体……

上午十点左右，我走到客厅，看到桌上整齐地放着丰盛的早餐，豆浆、煎饼、荷包蛋、稀饭、酱菜，天知道榴莲从哪儿弄来这么多吃的东西。吃饭时，榴莲若有所思地说，其实有个家庭不是挺好的，有个人替你把什么都安排好，你什么都不用操心……不，我打断了榴莲的话，那是坟墓，你是一个聪明的姑娘，应该懂得婚姻意味着什么。我这么说的时候，心里面其实很虚，我甚怕榴莲再纠缠下去，便撂下碗，离开了餐桌。

一星期后的一天晚上，我听到宿舍楼外有人叫自己。我走出去，看到鸽子、鲸鱼和羚羊，笑嘻嘻地站在一排冬青树的前面。我走到朋友们面前，刚想说什么，只见鸽子意味深长地朝我眨眨眼睛：怎么样，我说的不错吧？

未等我答话，旁边的树丛摇晃一下，款款走出脸色红润的榴莲来。

鸽子又一次朝我眨眨眼睛，随同鲸鱼和羚羊一齐朝学校后门走去。我和榴莲跟随在朋友们的后面。我们走过池塘，绕过一片竹林，最后来到一条废弃不用的铁路旁。我和榴莲远远落在后面，沿着长长的铁路慢慢走去，铁路两旁的草茎探头探脑，不时触碰我们的脚踝。

我没事了，你可以放心了。榴莲突然说道。甚怕我不明白，过一会儿她又说，我安全了，来例假了。

真的？我的双眼射出熠熠的光芒。这些天我一方面浑身酥软，内心暖洋洋的有一种幸福感，另一方面我又每天担惊受怕，常常一个人默默祈祷上苍，保佑榴莲不要受孕。我自己都不知道，为什么要那么恐惧这件事。现在好了，警报解除，我伸展手臂紧紧揽住榴莲的肩膀，像是在庆贺一个喜讯降临。

谢谢，谢谢你今天来告诉我这个消息。我兴奋地说。

你这个坏家伙！榴莲嗔怒地骂道，而后，又扑哧一声笑了。

6

秋风轻拂黑魆魆的小街,路灯四射,浓密的香樟树暗影摇曳,发出簌簌的声响。狭窄的天穹,蓝宝石一般深邃透明,无数繁星闪烁其间,流光泻银。

我从剧场匆匆赶回家,远远地便看到小院昏黄的灯光,如微明的篝火,跃动在黑沉沉的小街深处。那棵无花果树已长得枝深叶茂,像把巨伞笼在半空,冷冷的月光照在树叶上,像是涂了一层白粉。爬墙虎四处铺长,显示了旺盛的生命力,茎须探头探脑,悬挂下来遮蔽了小院的木制窗棂。

母亲戴着老花眼镜,在灯光下纳鞋底。在我的记忆里,母亲从不喜欢做这些琐碎的女红。可她最终步入老境,当她某一天不无沮丧地发现,眼睛四周总有一只小虫子飞来飞去,曾经当过高级护士的母亲十分清楚,那是伴随衰老而来的老年病——白内障,她想到了要做一双布鞋,作为她再也不做女红的纪念。母亲的女红做得很漂亮,这在母亲生长的那个小村庄是有公论的。自她沿着溪水淙淙的故乡小路,开始逃离男耕女作的生活,她便久久地闲置了曾经闻名遐迩的灵巧手艺。

我不会再做布鞋了，这是最后一双。我听到母亲幽幽地说道。

母亲最后一双封箱之作是为谁做的？母亲不说，我也不问，从那鞋样的尺寸上估计，不像是为她自己做的。

我走进家门，当母亲知道我还没有吃晚饭时，赶紧手忙脚乱地端来了饭菜。我确实饿了，五点左右在排练场就吃过一块面包，导演希望我不要走，留下来陪他一齐观看演员彩排前两幕的戏。对于第三幕，导演觉得剧本还有修改的余地，整整一个晚上，我坐在导演旁边，一边观看演员走台，一边详细记录下导演的修改意见。这是我毕业后第一个被剧团搬上舞台的作品，自然格外地认真，对导演有时苛刻到不近情理的要求，我也尽可能做出最大的让步，来满足那个老头洁癖般的艺术趣味。

我狼吞虎咽地吃着饭。

母亲坐在桌子对面，神情专致地纳着鞋底。母亲愈发苍老了，只是脸色还是那么红润。母亲的身体曾是那样地健旺，她曾手持一根晾衣竹竿，像二姨妈在我幼年时追赶哥一样，追了我几百米，有一刹那，我甚至都已感到竹竿逼近背脊的冷飕飕的刺痛。那时我十几岁，也记不清那次因为什么事惹得母亲如此地恼怒。只记得那天晚上是二姨妈将我带回家的，我在二姨妈的劝导下，跪在母亲的床前请求宽恕。母亲朝里躺着，背对着我。我一直跪了许久许久，母亲也没理我。那会儿是多么希望母亲能够转过身，我的肚子饿得咕咕叫，两条腿哆嗦着，脑袋沉重地耷拉着。母亲没有转过身来，她的背像一堵混凝土的墙。从那以后，我再也不敢惹母亲生那么大的气。我小心翼翼地与母亲和平相处，骨子里一直酝酿着逃离家庭逃离母亲的计划。逝去的往事记忆，就像那些无孔不入的爬墙虎，常常不经意地把茎须伸出来，朝你摇摆点头。

你以前是很喜欢穿布鞋的。母亲抬起头对我说，我再给你做最后一双布鞋。

我躲开母亲的目光，三下两下扒拉完碗中的剩饭，放下碗，起身走上了阁楼。母亲习惯于旁敲侧击的谈话方式，前些日子，母亲像是随意提及我一个儿时伙伴结婚成家的事，透过她淡然的神情，我猜测到她的言外之意，她是在提醒我，该考虑一下终身大事了。我未置可否地"哼"了一声，随后就沉默无语，我不愿意与母亲就这个话题再说些什么。母亲偶尔也会问及我的剧本，像是沉浸在往事的回忆中，她说她年轻时也演过文明戏。我看了看母亲浑浊的发亮的眼睛，又陷入了沉思，我为一次次回避与母亲深入交谈而内疚,但又确实害怕触及某块心病,我想我不是一个孝顺的儿子。

走上阁楼,我看到大姐和外甥面对面地坐在一张桌子前,大姐像当年辅导我一样,悉心辅导儿子的功课。外甥显然有负她的苦心,对读书提不起一点兴趣。大姐离婚后就搬回家来住了,她要求和前夫住一起的儿子每天晚上前来温习功课。

我进入阁楼,拧亮台灯,铺开剧本的打印稿。我在稿纸上飞快地修改着第三幕剧本。

不一会儿,我听到楼下二姐的房间里传出一阵吵闹声。接着,孩子的哭叫声又穿越其上,尖厉而刺耳。二姐重新组合家庭后,又生了个孩子。她历经坎坷,我们大家都为她获得目前的安宁生活而高兴,但她似乎并未真正从以往的不幸中摆脱出来,她的脾气异常暴躁,常为一些琐事和二姐夫争吵不休。

大概吵闹声也会传染,楼下的嘈杂稍稍趋于平静,隔壁又响起大姐呵斥外甥的声音。愣头愣脑的外甥并不买大姐的账,拉开嗓子与大姐顶撞起来。

我的心绪渐渐变得烦躁起来。

一小时后,我长叹一声,离开写字桌,走下了阁楼。

我朝院外走去的时候,听到身后母亲大声在说:你们这样吵吵闹闹,还让骆驼怎么写作?

我在小街上晃荡了一圈,回到家门口时,遇到了久违的樱桃。樱桃扭动身体,眼睛直勾勾地看着我,我一时冲动下,做出一个贸然而大胆的决定。

在母亲疑虑重重的目光注视下,我将樱桃带到了阁楼上。我和樱桃一起在沙发上坐下,海阔天空地闲聊。后来,我一把抱住樱桃,樱桃在我的身体下哼哼唧唧,嘴里嘟嘟囔囔地说你想我吗?你想我吗?嗯,你根本就不会想我……

我一声不吭地做着我想做的一切,我的手抚摸樱桃略显粗糙的背脊,然后顺着她骨节突出的肩胛,一直往下游动。长长的厮磨和缠绵,熬尽了正当年华的樱桃的耐心,她急不可耐地解开我的衣服……

面对突如其来的收获,我三下五除二,匆匆忙忙便挥发掉了我的热情,惹得亢奋无比的樱桃扬起拳头,雨点般击打我的背部,嘴里吐出一连串的脏话。我自顾自穿好衣服,心想你等着吧,我总会收拾掉你的,这对我来说很重要你知道吗?

樱桃走了之后,母亲嘟起嘴,一脸的不高兴。母亲说这是我的家，我不允许不三不四的人随便进来。母亲对樱桃一家没有好感，痛苦的往事已深深烙进她的记忆。

见我沉默不语，母亲又忧心忡忡地问道：她来干什么？她为什么会上我们家来？

我生硬地回了一句，没干什么。

母亲依旧不依不饶，她说以后不许这样的人上我们家来。

那我就搬出去住！我突然冒出一句。

我不知道为什么会这样说。我不仅这样说了，而且还这样做了。

一个星期过去，母亲大概已经忘了我们之间曾经有过的口角，而我在熊猫的帮助下，找到了一处空关的房屋。我离开海边不久，熊猫也回城了，他顶替退休的父亲，进入派出所干上了户籍警。海边的辉煌没能帮助熊猫在公安系统捞个一官半职，生活真会捉弄人，过去的历史好像都颠倒过来，一切重新开始洗牌。熊猫通过熟人调到市财贸部门，真正发挥他的领导才能、续上官缘那是后来的事。

熊猫来帮我搬走书桌和行李的那天，母亲目光忧戚地静静注视着，她一句话也不说，好像早就料到有这么一天。

在靠近城市边缘的一处僻静楼群里，我度过了孤寂而自由的秋天和冬天，梧桐树叶慢慢泛黄，凋零，有几片降落在我的窗台上。

这期间，樱桃先后两次光顾我那间阴冷的屋子，我们放肆地做爱。真正占有樱桃，带给我的不是快乐，相反，更多的是自卑和羞耻，我比以往任何时候都瞧不起自己。抚摸樱桃长着肉刺的毛糙背部，我想不明白自己为什么要和她在一起，为什么要一次次重复一件毫无意义的事。有过短短的一瞬间，我曾想对她好一点，但当我眼前浮现一堵围墙在樱桃父亲的指挥下轰然倒塌，还是小女孩的樱桃站在远处拍手欢呼的画面，刚刚冒出的念头便稍纵即逝。

樱桃第二次进入我的屋子，我不知道她很快就要成为别人的妻子。倒是貌似糊涂、木讷的樱桃，比较清楚她与我——这个从小一块长大的情人之间的真实关系，虽说她在进入激奋状态之后，忍不住要反复问我是否想她的傻话，面对我支支吾吾的默许，她当然不会相信，一旦身体的快乐消停，头脑趋于冷静，她便一把推开我，迅速穿上衣服，她说，算了吧，你不要再骗我了。

夜深人静时，我将樱桃送出屋子。这时，樱桃才告诉我几天后她就要结婚的消息。我一愣，而后伸出手揽住樱桃的腰部，她推开我，轻声说我走了，跨上自行车，很快消失在宁静街道的黑暗中。

这以后我再也没有见到过樱桃,她好像在这座城市里失踪了。半年后,百无聊赖的我枯坐居室,窗外闪过的窈窕身影使我忽然想起樱桃,我突发奇想,给樱桃所在的单位拨了个电话,那边的人告诉我:樱桃早已调走。

我的剧本进入了紧张的彩排合成阶段,每天一下班,我就从研究所赶到剧场,一直泡到深夜,才独自回到我的寄居处。看到稿纸上的剧本经导演之手在舞台树起来,我异常地激动,我给演员倒茶递毛巾,有时还自己掏钱为大家买来消夜。

这天我正坐在导演旁边观看演员走台,侧幕里探出一个头脑,说有我的电话。我走到剧院传达室,电话是大白鲨打来的,我又惊又喜。我知道这位老兄具有无孔不入的能量,只要在这个地球上,他总有办法找到他想要找的人。

大白鲨告诉我他要去漂黄河了,没容我反应过来,大白鲨在电话里哇哩哇啦地嚷了起来,他说你别这样小看我,我不是矫情,我去漂黄河与为国争光无关,纯粹是一种精神漂流,精神漂流你不会不懂吧?不等我做出反应,他已挂了电话。

大白鲨毕业后分到了报社,他除了和我保持密切联系外,也和班上很多同学往来,在毕业分配的矛盾旋涡中,他和我一样，完全游离在外，小北京分到东北是他送上火车的，寝室长被小龄同学搞得神经衰弱最后东渡扶桑，也是大白鲨送去机场的。在毕业分配这场战争中，没有真正的胜者。大白鲨的性情和包容，使他成为毕业后联络全班同学的核心人物。

我放下话筒，在黑暗中沉吟良久，尔后，慢慢踱向剧场排练厅。我走进剧场，发现黑压压的后排座位上，坐着一个戴眼镜身穿军装的观众。因耳边还回响着大白鲨的嗡嗡声音，我并未对那个陌生的观众引起注意。落座导演身边后，略略有些纳闷，军装在这座城市已属淘汰的服饰，不知道那个陌生人为什么还穿着。我不由得回头望了一眼，这一望，出问题了，那个陌生人竟然在朝我挥手，可我并不认识他啊。

连着几天，那个陌生人每晚必到，他一直静静地坐在固定的位子上，彩排结束，才依依不舍地离去。有一天晚上，大幕徐徐落下，场灯忽然通明，我情不自禁地回过头去，这一下让我看得一身冷汗：那个身穿军装的人站了起来，他的身材颀长，脸颊上架着一副黄色的赛璐珞眼镜，那不分明是已经死去的鹿吗？

我的心扑通扑通乱跳，两条腿簌簌打抖，我定定神，再一次回望，这回我几乎已清晰地看到那个人黝黑的脸，甚至还看到了淡淡的黄褐斑，我倒吸一口冷气，迟疑了许久，坚决地朝这个人走了过去。

听说这个剧本是你写的？陌生人迎上来问我。

我颔颔首，眼睛死死盯住他的脸，仿佛要从这个人脸上找出惊骇的秘密，那一刻，我觉得自己毫无恐惧感，仿佛跨越了生死之河。我朝前走近一步，意图很明确，如果鹿没死，如果前面不是鬼魂，他应该可以认出我来。

以前我也演过戏，对话剧有一种特殊的兴趣。陌生人嘿嘿一笑，这样说道。

我觉得他的笑声阴森可怕，给人一种虚幻的感觉。我故意告诉他，这个剧本的原始素材来自于对海边生活的回忆，它之所以叫《古堡》，是因为遥远的海边，确实矗立着一座久远年代遗留下来的建筑物。我还故意提到了防风林，提到了海啸，还提及一个名叫鹿的人，我一面说，一面死死盯住他的眼睛，观察他的反应。

是啊，好的作品都来源于生活。他好像很在行地点点头。

如果此人就是鹿，那么他一定患了失忆症。

陌生人的答非所问，使我无法再试探下去，我只能用目光盯视着那张形迹可疑的脸，竭力想与镜片后面的眼睛对视，但他不给我机会，他的目光假模假式地斜视着舞台。

导演高声叫我，我不得已离开了这个人。几分钟后，我重新转过头去，剧场后侧已空无一人，唯有那个人坐过的位子上，留下了一串疑问。

离开剧场的路上，我神思恍惚，快速骑着自行车，一棵棵斑驳的梧桐朝后驶去。我不时回头，总觉得身后僻静的路面上灯光昏黄，忽隐忽现始终飘浮着一个身影。

7

冬去春来。

梧桐树枝开始泛出嫩绿的季节，我又搬了一次家。原先的房主要准备结婚装修新房，熊猫托派出所的同事，替我在郊区借了一处住所。要是没有熊猫这个好朋友，真不知道偌大的城市我将如何安身，我像个流浪歌手，背起行囊，又开始了浪迹天涯的生活。

到了新住所，将居室简单安排一下，我坐在熊猫的三轮摩托车上，沿着屋后的田野小道兜了一圈。摩托车停靠在一条蜿蜒的小河边，我和熊猫跳下来，散步来到河坡上憩息。坡上有一大片青草地，脚踩上去能触碰到湿漉漉的水珠，几枝嫩黄色的野花在风中轻轻摇晃，河面上，一只小船慢悠悠朝东驶去。

身穿民警服饰的熊猫卷起裤腿，走下河滩，他折断一根芦苇，在河边的泥窟里捣鼓，不一会儿，一只青色的螃蟹从洞中匍匐而出。我对熊猫的举动很熟悉，海边的老职工们经常这样来捕捉螃蟹，改善伙食。也许是触景生情的缘故，我忽然想起几个月前在剧场里邂逅鹿的奇遇。

不可能！熊猫十分肯定地打断了我的话，开追悼会的那天我在场，鹿的脸虽说血肉模糊，但轮廓依然很清楚。

难道天底下竟有如此相像的人？我自言自语，怔怔地望着河面上渐渐远去的船影。

在这间田野围绕的小屋里，我写出了海边系列的第二部剧作。写完后我没有马上修改，而是将它搁置起来，又接着写三部曲的最后一部。我渴望着某一天这座城市，同时上演我的两部话剧。为此，我熬过了炎热的夏天和令人忧伤的秋天，临近岁末，我完成了第三部剧作的初稿。这一年的冬天早早来到，十二月初的某天早晨醒来，我看到窗外的田野上铺了白茫茫的一层雪。

圣诞前夕，从凛冽的西北风中，姗姗走来了榴莲。她走近这幢矗立在田野上的孤零零小屋，放慢了脚步四处张望，一条粉红色围巾，裹住了她的脖子和大半个脸。榴莲肯定很奇怪，我为什么喜欢住在这个靠近乡村、离城市中心很远的地方。

已经考上研究生的榴莲是怎么找到我的，她用了什么方法打听到这处鲜为人知的居所，这一直让我迷惑不解。

在这座城市四处遍寻的榴莲，一旦走入小屋便再也不肯离去。她请我不要紧张，她说，她是做好一切准备之后，才来与我重修旧好的，她不期望更多的东西，仅仅想得到应该属于她的那部分情感。

我不能相信她的话，因为整整一个夜晚，蜷缩在我身边的榴莲泪水涟涟，她咬着被角，为了不使她的呜咽声传出小屋。

榴莲的状态让我烦躁不已，你为什么要这样，我说，你不是说得好好的吗？

别管我，榴莲哽咽着说，别管我，我的脑子出了毛病。过一会儿，榴莲像只小猫似的依偎于我的怀里，你让我爱爱你行不行，我要求的不多，你不知道我找你找得有多苦，说着榴莲又抽泣起来。

不行，这样不行！我粗鲁地推开榴莲说道，你应该去寻找幸福而不是寻找痛苦。

我做不到，做不到！榴莲的哭声越来越响。

我的脑袋嗡嗡作响，我想，大概又得央求熊猫另找一处住所了。

第二天早晨，我坚决将榴莲送上了郊区公共汽车。临别前，榴莲的脑袋探出窗来说，圣诞节晚上见，我扭头走了。

圣诞节那天晚上，我故意深夜才归。当我站在房门前，借助月光看到门上粘着一张贺卡，贺卡下面，用彩笔画了一只榴莲，我内心像有虫子在咬。

进入房间，我手持贺卡走来走去，仿佛那是一块炙手的烙铁。窗外雪花满天飞舞，很快，窗台上积满厚厚的一层。榴莲各方面那么优秀的一个女孩，为什么偏偏要粘上我呢？我觉得自己对不起榴莲。扪心自问，我喜欢榴莲吗？我想是喜欢的，可我不敢告诉榴莲，我不相信她说的把第一次给了我，但对我来说，千真万确，榴莲绝对是我生命中第一个有性爱关系的女孩。思前顾后，我不愿和榴莲长久厮守，没有什么大不了的原因，说穿了就是我受不了她嘴里的那股……馊腐气。可我怎么说得出口呢？我私下曾偷偷咨询过当医生的朋友，医生朋友告诉我，嘴里有馊腐气，一般都是胃有问题。榴莲啊榴莲，不是你的脑子出了毛病，而实在是你运气不好，碰到了一个脑子有病的男人。

深夜两点，已经躺在床上的我，听到一阵急促的敲门声，我顿时心惊肉跳起来。我拧灭床头灯，我想我坚决不开门，背靠床架，双手捂着耳朵。敲门声异常固执，且愈敲愈响，嘭嘭嘭的声音，在寂静的四野回响。

我忍无可忍，愤怒地跳下床，准备好与敲门者大吵一场，打开门，我惊呆了：站在门外的不是榴莲，而是身材魁伟、满头雪花的大白鲨。

大白鲨胡乱抖了抖头上的雪花，乐呵呵地走进屋子。这位不速之客，神秘地在屋内东张西望了一阵，似乎半信半疑地问我：就你一个人啊？

见我点点头，大白鲨将一只牛仔包往桌上一撂，而后，从包里逐一掏出两瓶黄酒，及一包包熟食。也不等我帮忙，他顾自将桌子拖到中央，拍拍我的肩膀说：今天就不客气了，占用一下你的销魂时光。

我和大白鲨在寂静的深夜边饮边聊，涉及的话题海阔天空，漫无边际。

望着笑眯眯的大白鲨，我心想，这位老兄选择大雪漫天的圣诞夜深夜来访，不会是来陪我喝酒，和我做毫无目的的闲聊的，他一定遇到了什么问题，很可能是情感方面的问题。

离开大学后，当上报社记者的大白鲨经常来找我聊天，谈得最多的就是女人。大白鲨与我交谈的坦诚深入都大大超过了以往。有时，话题触及双方都感到困窘的私密领域，我们往往迟疑片刻，红着脸果决地将话题引向深入，我有与斑马菠萝蜜夫妇深谈的经验，对付大白鲨绰绰有余。

果然，到了酒酣兴浓之际，大白鲨吐露了内心的苦楚。

年初，挎着睡袋背包的大白鲨登上北去的列车，送他去车站的是他女朋友，大白鲨中学时代的同学。火车启动的刹那间，大白鲨看到他的女友眼里涌出了泪水，她随着移动的列车一路小跑，水汪汪的眼睛与站在列车门口的大白鲨久久对视，那一刻，大白鲨的心都碎了，他差一点想纵身跳下速度愈来愈快的列车，紧紧抱住他的女友。

抵达北京的第三天，大白鲨汇同黄河漂流队的其他成员，朝内陆深处进发。将近一个多月的时间，大白鲨差不多隔天就要给女友写信。他坐在雪地里写，坐在篝火旁写。他常常离开宿营地，手持防身的木棍，在狼群绿莹莹眼光的逼视下，去几十里外的小县城寄信。黄漂队顺流而下，行踪不定，死人事件常有发生，作为随队记者的大白鲨，拒绝队里伙伴们的一番好心，他在黄河上游几处危险地带，坚持下水漂过急流险滩。有一次，大白鲨眼睁睁地看着一股浪峰，将同船的一名队员从他身边裹卷而走。他甚至都来不及发出一声呼喊，那大红色羽绒衣在水中闪忽一下，便消失得无影无踪。那时候，大白鲨的内心已毫无恐惧感，每次队员落难带给他的信念就是不当逃兵，似乎只要他堂堂正正从河面上漂过，那些难友亡灵的眼睛，就会高悬于河道两旁的崖丘上朝他发出会意的微笑。

夜晚，大白鲨盘腿坐在帐篷里奋笔疾书，手电照映出密密麻麻的似水柔情激扬文字，他把他在黄河边寻觅到的一种深沉博大、不亲临无法体会的感受记录下来，这些文字因其散发浓浓的思念，寄至女友手中，想象得出是如何地煽情，读之如何催人泪下。

皮肤晒得黝黑、臂膀变得壮实无比的大白鲨回到这座城市，立即去找他无数次在黄河边梦见的女友，甚至都顾不上参加报社给安排的欢迎庆功会，为此他的顶头上司还有些不高兴。大白鲨和他的女友相聚，整整三天三夜，缠缠绵绵难舍难分。

然而，一切都不如他原先想象的那么好。大白鲨的直觉告诉他，有什么东西阻隔了他和女友之间内心深处的沟通，但他看不见找不到那东西，他想，也许是黄河边的一幕幕壮烈景象转移了自己的兴奋点。

半年后，大白鲨意外地发现事情并非如此。他在女友的日记里，读到了他们分离期间女友的秘密和她当时的矛盾心情。从日记中，大白鲨知道了女友那时候常和一位男同事在一起。那位男同事如痴如醉地追求她，她在游移之中频频奔赴男同事的约会。

我不是故意偷看你日记的，大白鲨对女友这样说道，我一直感到我们之间存在某种疏离感，我既苦恼又不明原因。现在我明白了，这很好，你表个态吧。

女友扑上去，搂住大白鲨的颈脖说，我不能离开你！

那好，以前的事既往不咎，你和男同事必须一刀两断。大白鲨很痛快地说。

不——女友从大白鲨的身边急遽后退，她说她也不能离开男同事。

大白鲨愣了，他没想到事情竟是这样。过了一会儿他说，那好，我只有去和你的男同事打一架了，以此来决定谁赢谁输。

女友说不要，她不许他们打架。大白鲨摇摇头，表示事情已经无可挽回。

大白鲨和他的情敌相约在公园门口。夜色阑珊，树影婆娑，大白鲨比约定的时间要早到一些。等了很久，一个瘦弱无比的男人从树后走到大白鲨面前，对他说，你打吧，我不会还手的。大白鲨退后一步，上下打量对方，他觉得对方是个风都能刮倒的男人，原先设想的公平决斗，眼看就要演变成恃强欺弱的把戏。大白鲨想了想说，你先打我三拳，然后你再让我揍三拳。瘦男人不愿意，嘟嘟囔囔连说好几个对不起，身体还紧紧粘住大白鲨。对这样的窝囊废，大白鲨实在下不了手，只能警告他：那好，我放过你，从今以后你离她远点。孰料那男人立即连连摇头说他不能，他的神情异常痛苦，使大白鲨不得不相信那是一种真实的痛苦。大白鲨伸出了拳头，你这王八蛋——拳头在空中运动，变成了张开的巴掌，大白鲨就那么一推，瘦男人便趔趔趄趄，站不稳脚跟了。面对这个无用而又固执的东西，大白鲨不知如何是好。瘦男人还要贴过来，大白鲨只得闪身让过他，撇下这个废物走了。

这究竟是怎么回事？这样的男人她也会喜欢？大白鲨

讲完了他的故事，眼睛喝得红通通地望着我。

是有些奇怪。我思索着。

那你认为，她说她离不开我是真的吗？大白鲨问。

应该是真的。我的话带有安慰朋友的性质。

那她为何离不开那个人呢？大白鲨接着问。

那也是真的。我说。

那我就不明白了……这算什么事？大白鲨一脸的迷茫。

关键是你自己。经过这件事以后，在你的内心发生了什么样的变化？你还一如既往地爱她吗？我说。

想她，不停地想她。有时又觉得她太不人道。她怎么可以在我生命冒着危险的时候，与另外一个人幽会。这件事深深地刺痛了我，我想我不会忘记的。大白鲨的表情很痛苦。

你这么想自有你的道理，因为所处的境况不同，人不能完全超越境况说话。你的女友也处于她的境况，你在远方的时候，她孤独寂寞，感情格外脆弱，这时候一点点的帮助，一些小小的抚慰，就很容易赢得她的好感，动摇她的意志，她也许糊里糊涂就坠入了情网。我分析道。

照你看来，同时爱两个人是有可能的？大白鲨关心的是另外一个问题。

你和女友谈恋爱后,是否还会偷看其他女孩,是否还会旁顾从你身边飘过的倩影?我反问道。

当然,还非常地忍不住。大白鲨点点头。

这就对了,你看,人就是这样地靠不住。我喝了一口酒,慢悠悠地说。

那你说我应该原谅她?大白鲨问。

如果你做得到的话。我说。

嘿嘿,你真像什么你知道吗?大白鲨一脸坏笑。

像什么?

情感教父。

我苦笑了一下,一个自己生活一团糟的人,居然还能做什么情感教父。我想,大白鲨的心里其实比任何人都清楚,他需要的只不过是倾诉,疏导,痛饮,畅谈,发泄一通,所谓当局者迷这句话是不适合他的,他心里应该早就有了答案。

天大亮后,大白鲨又精神倍增地走出了小屋。他踏出的脚印又大又深,在铺满积雪的地上清晰可辨。

距这次彻夜长谈不久,春节前夕,我收到了鲸鱼寄来的一张联欢会请柬。这张请柬,为我的生活带来了意外的收获,它如同一把钥匙,开启了一扇情感之门。很神奇的是，一不小心我也走入了与大白鲨相同的境地，我对大白鲨侃侃而谈的理论全部应验在自己身上，临到自己头上才发觉，我的那些狗屁理论一钱不值。你想对别人的生活指手画脚，命运马上就回敬你。

鲸鱼大学毕业后，分配至政府机关工作，他喜欢穿着一件风衣，在这座城市里到处跑来跑去，谈吐举止，已经完全是一副官员的口气和做派。机关里会发各种电影票戏票，他像个老大哥似的常会想到我们，还经常充当发起人，召集朋友们聚会。

像任何改变个人历史的关键细节一样，那张请柬，直到大年初二早上才被我看到。我身穿一件海边带回来的旧棉袄，来到一栋异常气派的大厦面前，看到络绎不绝的人都穿着新衣裳，才明白这是新年联欢会。这足以证明我当时的生活糟透了，而且对渐渐临近的好事毫无预感。

我在这次联欢会上，遇到了充满青春气息的杏子。

除了鸽子有事缺席外，朋友们几乎全到了。大家坐在一条长凳上，邻座不远处几个嘻嘻哈哈的女孩，惹得我们这群小伙子眼睛飘忽，心神不定，身穿大红毛衣的杏子就在那些女孩中间，她出众的身材、活泼的笑脸、姣好的面容，使她从那几个女孩子中脱颖而出。

事后才知道,那时候,这些女孩的男朋友们,正在大厦底层的游乐场玩电子游戏机。他们中一个戴眼镜的大学体育教师,便是杏子的男友。屏幕上显示的坦克装甲车令体育老师亢奋无比,激光炮弹的吼叫声轻易掩盖了身边潜伏的危险,直到一星期后,体育教师还对已经发生的事变浑然不知。

缺少舞伴的小伙子们呆坐长凳,只有个子矮小的蜘蛛,邀请到一个十五六岁的女中学生跳了一圈舞。这就是我们这群人唯一的收获。这样的情况令活动召集人鲸鱼十分焦虑,他坐不住了,首先大胆地跑向邻座那几个女孩,和她们攀谈起来。一问才知道,她们是化工院的大学生,无巧不成书,她们班主任恰好是鲸鱼的大学同学。鲸鱼将那些女孩从一些不三不四男人的围困下引领出来,他走向朋友们的时候,神气活现,威武得像娘子军的长官。女孩们蚂蚁搬家似的跟随鲸鱼而来,小伙子们发出一片欢呼声。我们纷纷起立,差一点要鼓掌了,我们已等得太久太久,大家涌向鲸鱼,毫不矜持地从他身后牵走一个又一个舞伴。

几首舞曲过后,我才邀请到杏子跳舞。在此之前,我犹犹豫豫,几次企图出击,结果都在朋友们的捷足先登下落空。好在乐队帮了我的忙，一支快三步的圆舞曲响起，在座的人都傻了眼，鸽子不在，没人会跳快三。

脱了旧棉袄的我，不知哪来的勇气，从容地走到杏子的面前，有礼貌地伸出了一只手。杏子甜甜地笑了，她的笑容如旭日冉冉而升，照亮了舞厅，也照亮了人间。旋进人流之后，杏子悄悄告诉我，她最喜欢跳的就是快三。

今天碰到知音了，我也最喜欢快三。我说得像真的一样，其实毕业后和鸽子一起就跳过一次舞，那还是几年前的事。

事情就在一连串的偶然性中迤逦前行，恰如配合默契的一对舞伴，从拥挤的人群里巧妙地穿行盘旋。杏子身上散发出的气味让人陶醉，有时浓郁得像栀子花，有时又像广玉兰，随着音乐节奏变幻莫测。

舞曲悠长。我平素缺少上阵操练的机会，整日伏案写作难免筋骨僵硬，几个圈子旋转下来，大汗淋漓，气喘吁吁，我不小心身子朝后趔趄，杏子眼明手快，搭在我肩上的手用力按了一下，使我不至于撞到后面的人，就这样，我脸颊的一侧擦过杏子红扑扑的脸蛋，一股清香随之扑鼻而来。

舞会结束前，我偷偷告诉杏子：明日下午我所就职的研究所还有舞会，我问杏子愿不愿意前来参加。我伸出三个手指头，秘而不宣，像是暧昧的勾引。

杏子笑笑，抿嘴不语，她显然已感觉到事情的性质发生了变化。我心里忐忑不安，对杏子是否会接受邀请完全没有把握。

走出礼堂，人流如涌。女孩们走在前，小伙子们走在后。我几乎都已经要绝望了，快走到大街上的时候，我看到杏子突然转身，朝我疾走过来，她脸色绯红，快速地问我：明天在哪儿见面？

第三章　草原

1

一九八四年，我们的朋友鸽子出面召集大家聚会。这次聚会的地点，定在鸽子的那间爱情小屋。之所以把鸽子独居的屋子叫作爱情小屋，是因为自从鸽子将他父母安顿到别处居住，他就像走马灯似的换女朋友，过夜的女孩子总是晚上来早上走。小屋位于一楼，给鸽子的幽会带来一定便利，但为了避人耳目，女孩子晚上抵达小屋之后，总是像地下工作者那样笃笃笃敲三下窗户，然后鸽子轻轻打开半扇门，女孩子幽灵一样闪进那间弥漫情欲的小屋。

朋友们纷至沓来，从不同之处走来的路上，大家难免会联想起四年前的另一场聚会。在那次聚会上，鸽子向朋友们抛出扬名校园的计划,他的计划当时听来无疑是激动人心的。

我抵达鸽子家已近黄昏,在暮色四合的街口,我首先遇到了蜘蛛。蜘蛛嘴里衔着香烟,一只手握着油瓶,正朝一家酱油店走去,看到我后,他挥挥手,远远地大笑起来,露出一口洁白整齐的牙齿,他比画着示意我先去小屋。

走过小屋敞开的窗户,我看到系着围兜的羚羊,站在煤气灶前忙得不亦乐乎。羚羊微笑着朝我扬了扬一柄巨大的汤勺,然后对着里屋大声问道:哎,鸽子,鲜辣粉放在哪里鲜辣粉?

疾步走出里屋的鸽子迎面遇上我,有失远迎有失远迎,鸽子侧身说,他让出过道,彬彬有礼地请我进屋。

我落座不到几分钟,蝌蚪也到了,脱去警察服的蝌蚪是坐了一辆的士来的。蝌蚪说的士绕着小屋转了好几个圈子,蝌蚪才认出鸽子的住所。蝌蚪将三张十元的纸币往司机面前一放,说了声不用找了,便派头十足地跨下车来。蝌蚪叙说这些细节时,明显带了炫耀的成分。

蝌蚪进屋时,我差一点没认出他来。春风得意的蝌蚪西装革履,头发吹得油光锃亮,腹部微微隆起,完全是一副老板的样子。

这天晚上，鲸鱼是最后一个到达的。

鲸鱼穿着一件米黄色风衣，从门缝里慢慢挤进来的时候，大家正端着酒杯准备一干而尽，鲸鱼伛偻着背，镀金眼镜后面的目光，奇怪地注视着屋内每个人。鸽子第一个放下酒杯，他笑嘻嘻走向鲸鱼，似乎对鲸鱼的姗姗来迟并不介意，朋友们也纷纷与鲸鱼打招呼。

你们要干就干个痛快好了，干完了我再进来。鲸鱼绷着脸，两只手插在风衣口袋里，慢悠悠酸溜溜地说。

哪里哪里，老鲸鱼不到场，我们怎么会痛快呢。鸽子边说边将鲸鱼往桌边推。

等等！鲸鱼挣扎着举起一只大手掌，大家还没反应过来，他已退到门口，将门拉开，这时大家才注意到，门外还站着一个高个子姑娘。

这次聚会原先规定不准带女孩，鸽子说有要事同大家商量，他怕女孩在场，朋友们难以集中注意力，他的忧虑事实证明是有道理的。

鲸鱼与高个子姑娘在桌边坐下后，俩人眉来眼去，一会儿用肘推对方一下，一会儿又用脚踢还一记，一刻也没停过。鸽子打住话头，看看他们，那对活宝就老实一点；鸽子重新启口，那一对又不安分起来，动手动脚，还发出奇怪的声响。后来羚羊看不下去,他鲁莽地往那对活宝中间一坐,迫使鲸鱼与高个女孩的调情把戏再也无法继续下去。

由鸽子发起的聚会,往往具有非同寻常的意义。鸽子不会满足于朋友之间那种叙旧聊天的见面形式,鸽子一旦开始筹划一次活动,那么,某个完善而成熟的计划,已在他胸中孕育诞生。

这次聚会举行前,鸽子已同羚羊详谈过他的计划,两个情投意合的朋友,坐在闹市区的咖啡馆里,一边品啜咖啡观赏流光溢彩的街景,一边交换看法吐露秘不宣人的心事。到了聚会的那天晚上,鸽子计划中的一些步骤,业已展开实施。当然,这是事隔多年后,鲸鱼与我分析推理出来的,鸽子在那个晚上,并未向朋友们透露这一点。

兄弟们好久没见了,最近忙些什么,有些什么打算?寒暄过后,鸽子似乎要言归正传,他的开场白好像有些严肃。

朋友们一个个面面相觑。

沉吟良久,没想到蜘蛛先开了口,他说他谈了个女朋友,想结婚。个子矮小的蜘蛛有了女朋友是一件很不容易的事,朋友们七嘴八舌地询问情况。

接着说的是蝌蚪，他支支吾吾了半天，大家才听清楚他的计划。他说他正在办离职手续，一切顺利的话，他将出任某家跨国广告公司的经理。鸽子的目光转向了我，我说我最近在干的事朋友们都知道。鸽子的目光掠过挤眉弄眼打情骂俏的鲸鱼，他咳嗽了一下，好像是要引起在座各位注意似的，他说出以下这句话的时候声音放得很低，但唯其这样，他的话才显示出了分量：大家没有考虑过出国这件事吗？

沉默。

鲸鱼和高个姑娘也察觉到了突如其来的宁静气氛，东瞧西望，不知发生了什么事。

我考虑过。说话的是羚羊，年纪最小的羚羊，不失时机地出来接应鸽子，这给日后我和鲸鱼的推理分析提供了依据，也就是说，这场聚会是鸽子和羚羊共同策划的。

考上大学是第一步，大学毕业有了工作是第二步，想要图发展，完成人生三级跳的最后一步，应该是出国，没有其他路可走。坐在我办公桌对面的一个老头，混到白发苍苍的年纪，才刚刚是一个副研究员，寒酸无比。不出国的话，我想这个老头就是我的明天。化学系毕业的羚羊言简意赅，条理清楚，几句话已将他的想法说清楚了。

羚羊的话犹如微风，在朋友们的心湖上荡过一层涟漪。

国家呢？这个国家交给谁？全跑了国家谁来管？谁来建设？鲸鱼忽然愣头愣脑地插入一串话，引得大家哄堂大笑，他在与高个姑娘调情的间隙，倒不忘忧国忧民。

我们出国后肯定还要回来的，那时候也许是回来做生意，也许是办实业，总之是个人强大了，才有可能报效祖国。鸽子侃侃而谈。

谁知鸽子的话，遭到鲸鱼一阵猛烈的反攻：拉倒吧，想逃跑就说想逃跑，还要扣之报效祖国的美名。我要想出国，决不美化自己。羚羊的话比较实在，我听得进。我现在不想出国，我觉得在国内混得不行的人才会想到出国。

鲸鱼和鸽子争执不休的时候，我坐在一旁心事重重，思绪如麻。一切都不幸被我的法国朋友斑马言中，他所预言的出国潮终于席卷而来了。我所在的研究所不少年轻人，都想方设法寻找出国的途径。表面上相安无事，暗地里很多人都在悄悄地活动。我置身其中不为所动，勤奋写作，对周围发生的变化不闻不问。而今天当我发觉我的朋友圈子也按捺不住，也被出国之风鼓动，我的内心震动了。耳畔交替出现鸽子和鲸鱼争辩的声音，愈想理清思路，愈找不到头绪。

这天晚上的聚会，由于大家的想法大相径庭而没有取得共识。朋友们离开小屋前，鸽子说了一番语重心长的话，他说今天的聚会和四年前一样，主要是互通情况，他说在出国这件事情上，应该允许有不同想法，有一个认识过程。不过他坚信，有一天在座的朋友们都会清醒过来，这是大势所趋。

鸽子的话说完后，朋友们不欢而散。

一年过去，光阴如梭，鸽子的计划一步步临近目标，他在离开这个国家前，才向朋友们披露了他计划的全过程：那次聚会前的某一天，鸽子给他远在欧洲的一个朋友发了信。信中请他朋友替他在欧洲任何一个国家，找一个拥有居留证的妻子，没有任何其他附加条件，哪怕是七老八十的老太太也行。

鸽子最后去的国家是西班牙。他的妻子也是一位中国人，这个离过婚、比鸽子大八岁的青田女人，经营着马德里的两家中国餐馆。她需要一个帮手，也需要一个老实的丈夫，鸽子的条件几乎全都符合。

持有一张旅游签证的鸽子，抵达马德里的第二天，便与餐馆女老板迅速完婚。一年后，他们有了一个娇小灵活的女儿。

在西班牙的两年间，鸽子以最快的速度初通西班牙语，然后他以非凡的经营头脑，将妻子的餐馆扩展到四家，并在马德里的市中心创办了一家规模不小的超级市场。马德里的华文报纸，登载了鸽子发家的过程。很快，拥有上千万美金资产的鸽子作为青年华人实业家，成为中国驻西班牙大使馆的座上客。

鸽子在最短的时间内，完成了人生的转折。他获得了成功，也付出不小的代价。他每天上午十一点起床，然后忙忙碌碌，直到深夜两点方有空闲。这时候，他慢悠悠驱车于马德里寂静的街道，静静倾听喜爱的乐曲，啜饮几口冰镇可乐，他所有的人生乐趣就在马德里夜晚的街道上。他与妻子交流谈论的话题，不外乎餐馆每天应该叫人送多少肉多少鱼。在国外的日日夜夜，鸽子格外想念朋友们，格外留恋在中国时的潇洒时光。后来，他急切地渴望回国。冬天来临，生意进入淡季，鸽子将餐馆嘱托给了他的内弟，只身乘机返回了中国。然而鸽子在中国待了仅仅一个星期，他又待不住了，想尽快地离开，不是因为空气污染程度高，也不是因为喝的水水质差。我问他为什么来去匆匆，鸽子想了想说：也许我就是一只候鸟吧，这片土地生育了我，但它永远留不住我，我已失去故乡，永远地失去了。

鸽子出国不到半年时间，羚羊也动足脑筋，广开门路，办下了去法国的签证。朋友们送他去机场，羚羊逐一握住大家的手说：小弟我先走一步，希望大哥们赶快出来，我们可以继续在一起奋斗。

说完，羚羊朝我们挥挥手，步入了候机室。

从机场回来的路上，大家闷闷不乐。一群朋友中少了两个，感觉像是一下失去了重心。鲸鱼拼命插科打诨，但无法使大家快乐起来。蜘蛛唉声叹气，不停地大口大口抽烟。蝌蚪拍拍我的肩膀，好像是鼓励，又好像鞭策，也许在他看来，接下去最该出国的就应是我了。

如果说鸽子和羚羊的先后出国，还在我的预料之中，那么当某一天大白鲨告诉我，他也要去美国时，我惊诧得半天说不出话来。一些年来，大白鲨已成为我精神上重要的朋友，与大白鲨探讨的问题无法对第三人言及，然而，大白鲨也要走了。

你非走不可吗？我愣了半天，怔怔地问了一句。

我想到这个世界的别处去走走。几年来，我被爱情折磨苦了，我离不开我的女朋友，但她确实毁了我的理想，毁了我的梦。我想出去后,经过一段时间的调整,再来好好考虑我与她的关系。不管以后怎么样,我不会忘记和你畅饮长谈的美好时光。大白鲨说得很轻松又很矫情,他竭力想使气氛不要太沉重。

大白鲨去了美国后与我书信频繁,大白鲨的女朋友不久也出国了,在美国,大白鲨和他的女朋友冷静地分了手。之后,大白鲨因为热情、性格开朗、乐于助人,成了几个中国女孩共同追逐的对象。

我爱她们每一个人,大白鲨在信中告诉我,但她们没有一个人可以在我内心诱导一场火山爆发,我渴望火山爆发般的狂热恋情,但我却找不到,在国内找不到,到了国外依然找不到。我的内心不愉快,真的不愉快,美国政府哪一天将我遣送上飞机,我连头都不会回一下。

收到大白鲨的来信,我很替我的朋友着急。

第二天我就给大白鲨回了一封信。我在信中指出,我们的情感之所以常常没有着落感,是因为我们心目中把爱情不恰当地强调到了宗教的位置,而事实上这个世界已不再需要宗教,物质至上的意识日益取代了宗教意识。将真正的神圣爱情深埋心底吧,做好永远不与任何一个女人签约的准备,这样,你也许会活得潇洒自在些。

大白鲨在美国替我联系了好几所大学，把担保也替我搞定，但当时的我马上要卷入一场热恋，根本没把他的好意当回事。

2

比约定时间晚十分钟，我在车站把杏子等来了。

充满青春气息、活泼可爱的杏子一跳下公共汽车，便牢牢占据了我的目光。那一刻，车站上熙攘的人群，在我眼里，似乎全都隐遁了，消失了。

杏子环顾了一下四周，然后踩着轻盈的步子，笑容满面地朝我走来。与昨天相比，杏子的服饰明显讲究多了，而且还化了淡妆。我在车站周围徘徊的时候，不知道那时候的杏子正面对全身镜，打量自己出众的身段，犹豫着是否要来见我，因为她只要一走出家门，就意味着对她男友的叛变将真正付诸行动。很久以后，当我问及杏子第一次为何出来和我约会，杏子的回答是：她与男朋友的裂隙由来已久，只不过没有一个分手的理由。

这天的舞会上，我占尽了风光，单位里的同事，忍不住都要朝我的舞伴投来艳羡的目光。笑盈盈的杏子也感觉到这一点，她一次次随同我，步入舞池中央翩翩起舞。枝型吊灯，弹簧地板，杏子的舞姿柔曼优美，乐感极好，她和这里的气氛极为融洽，好像生来就应该在这种氛围里展现她的禀赋。舞曲间隙的交谈中我才知道，杏子出众的身段和精湛的舞艺，得益于数年艺术体操的训练。

难怪我觉得有些力不从心，原来我是在与专业舞蹈演员一起跳舞哩。我笑嘻嘻地调侃道，我的舞技看来是要被你取笑了。

杏子咯咯地笑着说：还好，你跳得不算差。

她这么一说，我内心得到些许宽慰，舒坦了很多。

与高手在一起跳舞肯定长进很快，以后还请杏子小姐多多指教，我说。

不知道为什么，从一开始我在杏子面前说话就特别顺溜，平素与女孩子交谈的心理障碍，在杏子面前荡然无存。我想，也许是杏子天真无邪透明纯洁的笑容鼓励了我。

一般的舞曲我基本上还能对付，轮到探戈舞曲响起，我只得眼睁睁地看着别人将杏子请走。我坐在角落里，远远地注视着杏子与陌生人共舞，望着望着，心里不由自主涌出一股莫名的悲哀来，我无法阻止自己做这样的联想：

像杏子这样活泼可爱的女孩，大学里不知有多少小伙子跟在后面追她哩。

舞会结束，我送杏子回家。分手时，她欲言又止，留下一个灿烂的笑，像朵夜来香悄悄绽放。我无限留恋地回味她身上的气味。杏子离去的背影，在跳跃的霓虹灯的映照下，显得那样地虚幻。我站在人行道旁，望着渐行渐远的背影，心情黯然若失，某一瞬间忽然萌生的猜测、推断、悲哀和自卑，导致那天晚上和杏子分手后的半年时间里，我再没去找过她。

和杏子再度相见，鲸鱼起了关键的作用。一天下午，我坐在借居的小屋门口，面对一大片金黄色的油菜地愣愣地出神，身材俨然像个老头的鲸鱼披了一件风衣，穿过田间小道，沿着泥土路朝小屋蹒跚走来。

作为不速之客的鲸鱼，这一天似乎专门就是来解决我的问题的。我们喝茶聊天，东拉西扯一番，最终进入核心内容：你现在有没有女朋友？鲸鱼问我。

没有啊。我回答。

有合适的追求目标吗？鲸鱼又问。

原先……倒是有一个，不过有半年没来往了。我吞吞吐吐地说。

她在你的心目中占有怎样的地位呢？鲸鱼像是有备而来。

倘若能得到这个女孩，此生别无他求。我的目光远眺金黄色的油菜地。

那还犹豫什么，明天就去找她！鲸鱼果断地说。

可她要是已有男朋友呢……我迟疑道。

公平竞争你怕什么？你的优势你自己看不见。她不喜欢你就不会跟你去跳舞。退一万步讲，失败了也比你一个人犯傻强。下手要快，事不宜迟！鲸鱼好像什么都知道。

鲸鱼临走时说的话更让我惊讶，他沿着小路走出去很远，突然转身说，哎，有时间回去看看你的老母亲。他的镀金眼镜后面闪着狡猾的光泽。

第二天，我毅然决然地坐了两个多小时的长途汽车，闯到了杏子的学校。我的贸然闯入，使正处分配阶段的杏子喜出望外。她会同几位女同学，热情地接待我。我们在校园里逛了一大圈，然后在校门口的川菜馆吃了饭，是我买的单。

晚上十一点左右，我才离开学校，杏子依依不舍地一直送我到车站。回归途中，晚风习习，望着车窗外掠过的黑魆魆田野，和杏子重逢的亢奋夹杂淡淡的忧伤，一齐袭扰我的心头。

这次长途奔袭的意义在一星期后显现出来：杏子主动给我写信，约我见面。

杏子又来到我们研究所，研究所大院的中央有个小池塘，爬满茑萝和葡萄青藤的凉棚遮天蔽日，人造喷泉飞溅出莲花形状，炽热的夏风偶尔吹来如丝的水珠，我和杏子面对面，坐在凉棚底下的石桌旁。杏子的讲话节奏很快，她在分配方面遇到了麻烦，杏子没有忘记，我的好朋友鲸鱼是他们班主任的同学。

我爽快答应了杏子的要求，尽管当时我并无太大的把握，但我想，应该紧紧抓住这天赐的良机。

整整一个夏天，我陪着杏子四处奔走，不断给杏子打气，出谋划策，在忙碌之中，我看到了自己身上的潜力，看到了一个活力被充分调动起来的自己。我再不是那个犹豫不决、优柔寡断、瞻前顾后的生活旁观者，而很像是一个有主见、给人以依靠的男子汉。那些日子里，我觉得身心特别地健康，心理每一处阴暗的角落都被明媚的阳光照射到了。我时常会想到斑马和菠萝蜜经常强调的名言，医治百病最好的一帖药就是行动。

最最难熬的炎夏过去了，杏子如愿以偿，终于去化工研究所报到。分配问题解决以后，我和杏子的关系也到了摊牌的时候。

傍晚时分凉风习习，我和杏子从化工研究所走出，来到暑气蒸腾的林荫道上，树上的知了不停鸣唱，洒水车一路开去，水珠飞溅到我们身上。走着走着，身穿白色超短裙的杏子忽然忧郁起来，愁容满面，我问她有何不舒服吗，她指指心，我说心为何会难受呢，她说因为她原有一个男朋友，是化工学院的体育老师，一直没敢告诉我。

我如闻惊雷。杏子困难地说出她想说的话后，轻轻吁出一口气，并用眼光偷偷打量我。

其实事情已经非常明了，对杏子来说仅仅需要一个理由，感情的天平，早在不知不觉之中向我倾斜。但我还蒙在鼓里，面对表面复杂实质简单的形势，我又开始烦恼起来。我不知道，这仅仅是一个必经的环节，照杏子的说法，她不能因为瞒着我她有男朋友而让我瞧不起，她要从我这儿得到对这件事情的明确态度。

我找到了鲸鱼，一五一十地说明了情况。鲸鱼推推眼镜，老谋深算地说：这事情成了。

鲸鱼让我把杏子请到他的办公室，然后要我回避一下，鲸鱼与杏子关在房间里，整整谈了一个多小时，杏子出来时笑盈盈的，眉结舒展，浑身轻松的样子。

鲸鱼究竟对杏子说了些什么至关重要的话,这始终是一个谜。

后来杏子和我并排躺在小屋的床上,她告诉我,假如不是鲸鱼那天晚上的一番话,她与我恐怕不会有戏。她说那些日子,那个体育老师每天坐在杏子的家中,幸好杏子的父母并不喜欢他,对他比较冷淡,也没干涉杏子和我交往。

听到杏子那么轻松地提到她的过去,我的心底掠过一丝隐隐的不快。她的过去因其云雾缭绕,一次次吸引我的好奇心。她的过去是怎么样的?还有些什么样的经历?随着感情的不断深入,随着我愈来愈怜爱这个把什么都奉献给我的女孩,我的脑际常常冒出这样的傻念头,和大白鲨谈起来我头头是道,遇到我自己的事情,我是那样地弱智和低能。我还想贪婪地拥有杏子的过去吗?我不是表示过自己不介意她的过去,我不是非常瞧不起别人的嫉妒心理吗?

我转过身,将杏子拥进怀里,像只小狗似的闻遍她的全身,我喜欢她身上的清纯气味。我想,我要一辈子好好待她、疼她,我在心里暗暗请她原谅自己一闪而过的狭隘心理。

从夏天到冬天，我沉浸在热恋之中。我真正品尝到拥有一个所倾心的姑娘，是怎样一种如痴如醉的狂热和甜蜜。

恋爱使我换了个人。一个星期有三个晚上，我推着自行车，守候在夜校门口，等待进修英语的杏子下课后走出教室。无论是雨天，还是北风凛冽的冬天，我不间断地准时自郊区赶到地处市中心的夜校，然后将杏子送回家。坐在自行车后架上的杏子，双手紧紧抱住我的腰，脸蛋无限依恋地靠在我的背脊上，一路上，杏子像只百灵似的喊喊喳喳说个没完，一会儿告诉我单位里的笑话，一会儿又说说夜校课堂上的趣闻。

初夏季节，鲸鱼帮我觅得一次去郊县旅游区度假的机会，我怂恿杏子一起去。杏子好说歹说，好不容易说服了她的父母，挎包里揣了一大堆零食和泳衣，随我登上了大巴士。

到达宿舍地，我和杏子租了一顶帐篷，把行李放好，我们跑去海滨游泳。

海水汹涌，不会游泳的我，只能在浅水区抱着杏子随波逐浪。我抚摸着杏子如水波一样光滑的肌肤，嘴唇凑近杏子的耳畔，轻轻说了句淫秽的话，杏子旋即咯咯笑了起来，我的热情和欲望在杏子的笑声中一点点膨胀奔涌。

晚餐时，我和杏子、鲸鱼随人群来到烧烤场，围着篝火品尝野味。不一会儿，一团乌云从海上慢慢聚集过来，天空阴沉，淅淅沥沥的雨点开始飘落下来。我偷偷瞄了鲸鱼一眼，发觉他正和一个女孩聊天，我悄悄拉了一下杏子的裙裾，而后离开了烧烤场，潜回到帐篷里。在这方属于我们的小天地里，我们一次次拥抱，一次次地做爱，我从头到脚亲吻杏子的身体，她身体的每一处都透出让我喜欢的气味。雨点轻轻击打帐篷，掩没了我们的喘息声和呻吟声，直到第二天早晨天色大亮，我们这对情人才筋疲力尽地沉沉睡去。

在以后的岁月里，我屡屡回想起我和杏子甜蜜的如梦如幻的恋爱经历。我想，这是爱的顶峰，爱的至境，我和杏子毕竟攀援上去了，我们流连忘返，乐不思蜀。那段时间，我内心真的希望和杏子永远在一起，永远不分离，永远。

那么，两年后，当杏子正式提出要和我结婚，我为什么又迟疑了呢？

杏子神情严肃地说，应该是你而不是我提出这件事，我不知道你心里想什么,如果你再这样迟迟不表态,我就要另做考虑了。

面对杏子忿忿的质问,我显得很茫然。我想,要是两年前那次去海边度假,我们来讨论结婚这件事,我会毫不犹豫地做出肯定的回答。而两年过去了,审视我与杏子的关系,我觉得我们是相爱的,但爱得循规蹈矩,和生活中所有的未婚男女一样,少了激情,多了规矩,我感到自己像树木一样,被漫长的马拉松式的恋爱一点点修剪掉枝叶,我感到我正在失去自己。杏子的研究所已无科研项目可做,所里要他们自己养活自己,资深的工程师都被派去农村创收了,作为助理工程师的杏子留守在家,无事可干,整日怨天尤人,她常常指责我不够用心,说我不是个优秀的男朋友,她经常用别人的男朋友来比照,以突出我的不是。我试着去理解杏子工作上的不顺心,但她的话重重伤了我的心。我想我爱杏子,这是毫无疑问的,可是当彼此双方都感到很累的时候,是不是结婚就是最后的归宿?

杏子是一个十分传统的女孩,她觉得我迟迟不向她求婚,就是内心还不够爱她。可惜我在情感方面远远没有好朋友鲸鱼那么老到,在处理情感危机时,态度尤为消极。

我自认为在等待生活中的奇迹发生，过一种庸碌的生活，我还有些不死心。如果说以后我和杏子的结局是一种必然的话，那么我的这种等待，无疑铸成了不可挽回的错误。

终于有一天，杏子对我提出了她想出国的想法，身处矛盾之中的我，知道杏子也在努力寻求一条改变我们关系的途径。杏子说她不出国的话，也许会活活憋死。那时候我怎么那么糊涂呢，居然就同意了杏子的决定。以后很多年里，鲸鱼一次次惋惜地提到杏子，他说我在情感方面实在是一个低能儿。

出国的手续全部办妥之后，杏子再一次问我，愿不愿意和她结婚。

我想了想，说：让命运来决定吧。

奇怪的是，我和鲸鱼送杏子去机场的那天，占据我内心的不是离愁别绪，而是一种无法言说的轻松感和解脱感。我清楚记得，那是二十世纪八十年代末，但我绝没想到，我和杏子的爱情也就此走到了尽头。我再度见到杏子，是十七年以后的事情，我和杏子都步入了中年。

那天，泪水涟涟的杏子紧紧挽住我的手，直到最后一刻，才红着眼圈说了声多保重，扭头走进候机大厅。

3

剧团团长握了握我的手,请我在办公桌对面的椅子上坐下。

我们曾经合作过两次,都很成功很愉快,可以这么说,你的剧本为我们剧团带来了好名声。包括这第三个剧本,团里的导演也非常喜欢。剧团团长顿了顿,继续说道,可现在情况变了,国家只拨给剧团很少一点钱,我们需要自己养活自己。在这种情况下,我们别无选择,只能挑选一些上座率比较高的本子来演。你的剧本艺术上很有追求,但写的都是过去年月里发生的事。现在的话剧观众大多数是年轻人,而年轻人对回忆过去毫无兴趣。

没办法,人民不需要回忆。团长接着说,前不久我们把一出反映战争时代生活的话剧搬上舞台,演了一个星期,只卖出一百张票,演员最后一天演完这个戏,互相抱头痛哭。

我听懂了你的话,我理解剧团的难处。如果确实像你所说不是剧本本身的问题,我心里还算踏实,把剧本还给我吧。我不动声色地说道。

剧团团长打开抽屉,拿出我海边系列的第三部话剧稿，小心翼翼地朝我面前推过来，脸上满含歉意地说：对不起，耽搁了一年多，剧本还是未能搬上舞台，希望这个结果，不至于影响你和我们剧团这些年建立起来的友好关系。

我摇摇头。从桌上拿过剧本，起身告辞了。

剧团团长送我到门口，忽然想起什么似的，从口袋里掏出一张请柬塞给我，说：这是剧团举行冷餐会的通知，请你务必出席，帮我们出出主意，如何应对市场化，渡过目前的难关。

我接过请柬，若有所思地沉吟良久。走出剧院办公室，差不多来到林荫道，我突然回转身，对送我到剧院门口的团长高声问道：你说，我们能够将昨天隔断吗？

团长一愣，然后略显尴尬地说：不能，当然不能。

那好，再见了。我伸出手和团长握了握，疾步离去。

公共汽车沿着狭窄拥挤的街道缓缓行驶，我坐在临窗的位子上，木然凝望都市街道旁川流不息的人群和琳琅满目的商店。阳光穿越高大的建筑物斜射下来，空气中浮动金黄而发黑的尘埃，人流在梧桐树荫下匆匆而过，嘈杂的喧嚣声四处弥散。

公共汽车在一家豪华宾馆门口停下。我下了车，慢慢朝宾馆的旋转门踱去。

几个散立在街道两旁的男人将我包围起来，外币有没有外币？他们凑过来，急切地欲从我脸上寻找答案。我让开去，这些人不依不饶，一直追踪到宾馆门口，才悻悻地往回走。

身穿黑色礼服的侍者给我指点方向，我穿过大堂，走到电梯前面。

进入电梯，刚想按电钮，一个时髦的中国女孩，挎着一个外国大胡子老头的臂弯箭步闯了进来。电梯上升，我看到一脸稚气的中国女孩一边用汉语说着什么，一边用手使劲比画着，外国老头似懂非懂地一个劲儿点头。

电梯停靠八楼，我走了出去，眼睛的余光瞥见一只毛茸茸长满褐斑的手，伸进中国女孩的衬衣，很快，急速闭合的电梯门阻断我的视线。

我走到804室前停住，摁了摁门铃，屋里传出一声响亮的"请进"，我拧开门钮，推门而入，看到西装革履的蝌蚪，在一张大沙发上朝我招手示意，蝌蚪手里拿着电话，正与什么人在讨价还价地谈生意。

我环顾了一下房间四周，一排衣架上挂满了时装和领带，沙发旁边的角落里，摞满录像机和电视机的纸盒。

蝌蚪放下话筒，笑嘻嘻地沏了一杯茶端给我。蝌蚪敞开的西装里,腹部明显隆起,多日不见,蝌蚪大概是真发了。

知道我为什么打电话把你叫来吗?寒暄几句,蝌蚪忽然神情严肃起来。

我摇摇头。

蜘蛛死了。蝌蚪说。

什么?我不相信自己的耳朵。

蜘蛛死了。前天晚上,公安局的老同事打电话告诉我的,他知道蜘蛛是我们的朋友。蝌蚪给我一支烟,我没接,他把烟在茶几上弹了弹,衔在嘴里点着了。

为什么?他为什么要这样?我不能理解,一个年纪轻轻的人为何要寻绝路。

直接的原因是他妻子。蝌蚪说。

他结婚了?我问。

是的,我也不明白,蜘蛛为什么要将结婚这件事瞒着我们,没请任何人。他是去年结婚的,他妻子我见过,是一个很可爱的女孩,是的,很可爱。有一次约人谈生意,我在宾馆的酒吧,意外见到蜘蛛和他的妻子。蜘蛛妻子给我的谈判对象,一位生意圈里的老板当助理。当时我就觉得很奇怪,谈生意时,蜘蛛妻子不断支使蜘蛛干这干那,看上去她好像不是蜘蛛的妻子,倒像是那位老板的太太。

而蜘蛛呢，完全像个马仔。蜘蛛死了之后，他妻子哭得死去活来，她说是她害了蜘蛛。蝌蚪把烟揿灭在烟缸。

还有什么其他原因吗？我问。

警官在调查这宗案件的时候，偶然发现蜘蛛的家族中有自杀的历史。蜘蛛的祖父患有抑郁症，是割脉死的；蜘蛛的父亲，十年前突然奔向一列疾驶的火车，后来被人救下；蜘蛛的姐姐几次自杀未遂……

……

走出宾馆的时候，我脑海里不断浮现蜘蛛笑盈盈的脸庞。我不明白性格开朗禀性软弱的蜘蛛，何以有勇气去打开居室的煤气阀。

记得海边时，蜘蛛在紧张复习的间隙，跑来给鸽子和我讲述一些快活的事情。他还会找出一些冷僻的题目来考我们，一旦被考住，他矮墩墩的身体里，就会爆发出一阵得意的响亮笑声。一个曾经共患难的伙伴，一个从海边走出来的朋友，异常成功地隐瞒了他的家族史，他欢乐爽朗的外表完全是假相，蒙骗了大家的眼睛。这时候，我感到通往心灵世界的绳索骤然崩断，每个人其实只不过是一粒微不足道的尘埃，浮游于虚无缥缈的世界里，永远做徒劳的寻觅。

走过一家商店门口，我将手里揣着的剧本，扔进了一只放纸屑垃圾的箩筐。我想，这算是对死去的蜘蛛的一种祭奠。

车站上人头攒动。四周的摊贩们扯着嗓子招徕顾客，叫卖声此起彼伏。一个盲人双手抚摸着一个十七八岁的姑娘的手，空洞的眼睛仰天眨动，嘴里嘀嘀咕咕念念有词，他在给姑娘预测命运。四周旁观者围成一个圈。

公共汽车徐徐驶近。人们蜂拥过来，互相推搡着，谁都想早点踏上归途，谁都不愿意被公共汽车抛下。

我在人群的挤压下渐渐后退，泥沙般涌动的人流从我身边缓缓而过。我正犹豫着是否也使出吃奶的劲，挤上人满为患的车厢，这时，我忽然看到一辆进口旅游车，从右向左横驶过路面，茶色玻璃窗掠过一张熟悉的脸庞。

我怀疑是自己的眼睛出了差错，后来旅游车上的人也看到了我，那人倏地站起，朝我点点头，粲然一笑。我终于看清那人身穿军装，黑里透红的脸颊上，架着一副赛璐珞眼镜。没错，肯定没错，我想这次终于看清了，这次再也不能错过了。

我招手拦住一辆出租车。

上车后我让司机紧紧盯住那辆旅游车。黄昏降临，路上车水马龙，旅游车在相距一百米左右的前方开开停停，我的目光一刻也没离开过它。出租司机不时用狐疑的眼神，斜睨旁边焦虑而奇怪的我。

转眼间来到一座大桥下的十字路口，旅游车穿过马路，缓缓驶上桥面。出租车开到路口，遇上红灯，司机一个急刹车，将车停在斑马线上。

糟糕！我眼望远去的旅游车，不由得高声喊叫起来。

时间嘀嗒嘀嗒飞逝，我急得满头大汗。好容易等到红灯转跳绿灯，我一个劲儿催促司机快开，追上前面的旅游车。司机加大油门，出租车犹如脱缰的野马，嗖的一下蹿上了桥面。过了桥那辆旅游车失去了踪影，我左顾右望，忽然我看到桥下右侧的宽阔广场上，停泊着那辆旅游车。

快，那边！我指了指广场中央，出租司机驱车驶下桥面。

出租车发出吱的一声尖叫，停住了。我将一张五十元票面的人民币，往司机手里一塞，推开车门跳了出去。

我跑到旅游车跟前，看到车门敞开着。我一步登上车厢，车厢内空空如也，只有司机座位上，有个人伏在方向盘上打瞌睡。

我走过去推推那人的背部，被吵醒的司机很不高兴，抬头看看我，没好声气地回了句"干吗？下班了"，又伏头呼呼睡去。

我一个人孤零零地在广场四周的道路上徘徊，明晃晃流动的车灯，宛如曳光弹急速地穿来穿去。

4

五月里的一天，鲸鱼借来一辆卡车，替我又搬了一次家。

鲸鱼一边将我的铺盖往车上扔，一边嘟嘟哝哝地说，已经失去了一个蜘蛛，不能再眼看你住在偏僻的郊区慢性自杀。

新居所离市中心不远，坐落在一片商业区后面的新村里。房东是鲸鱼的一个朋友，新婚不久便出了国。家具都是新的，设备也很齐全，装有私人电话。平素不上班的日子，我通过电话与外面的世界保持联系。夜深人静时，写东西累了，我走出楼房，在树木葱郁的小路上散散步，呼吸呼吸户外的空气，活动一下酸疼的筋骨。

这天，鲸鱼的一位朋友在一家豪华大酒店设宴请客，鲸鱼邀请我和蝌蚪前去出席宴会，说我们几个已好久没碰面了。我本来就没什么事，蝌蚪答应鲸鱼会去，但他说晚上有个应酬，可能要晚到一会儿。

五点左右,我穿戴整齐,刚欲出门,电话铃响了。电话是话剧团的团长打来的,团长与我寒暄一阵,最后才吐露真实意图:他想约请我写一出娱乐剧,风格要轻松诙谐的,剧本中最好能穿插四五首流行歌曲。

我考虑考虑吧。我想了想说。

剧本一旦采用,我们立即付高稿酬。团长大概找到了赞助,声音在电话里嗡嗡作响。

我挂了电话,走出了房间。

到达酒店,我找到了宽敞嘈杂的宴会厅。宴会厅内装饰华丽,灯光璀璨,服饰高雅的男男女女围坐在十几张餐桌前,一支爵士乐队演奏着古典名曲。我走入宴会厅,看到穿着衬衫、系着领带的鲸鱼坐在一张桌子前,朝我使劲招手。

我在餐厅小姐的引领下,走到鲸鱼面前,鲸鱼红光满面地给我介绍同桌的几位朋友。一个漂亮女孩落落大方地将手伸给我,说:我们是校友,很早就听说你的大名,看过你写的话剧。

漂亮女孩的寥寥数语,驱除了初次置身这般豪华场面的矜持,我觉得周身略略松弛了一点。

直到宴会开始,蝌蚪始终没有出现。

我们不等他了。鲸鱼俨然以主人的身份，举起了酒杯。

酒席进行过程中，漂亮女孩不断给我夹菜，这引起鲸鱼的极大不满，他的目光透过镜片斜睨着我说：哪有这种事，有没有搞错？

乖巧的漂亮女孩，旋即也往鲸鱼的菜碟里夹了一只大明虾，鲸鱼支支吾吾说不出话来，抿着嘴兀自笑。

鲸鱼的朋友走过来给大家祝酒，他曾是鲸鱼的同窗，移居国外后成了一家公司的董事。于今作为外商代表，回大陆洽谈投资业务。他搂着鲸鱼的肩膀，对大家说：我永远不会忘记鲸鱼在兄弟最困难的时候对我的帮助，你们是鲸鱼请来的朋友，也就是我的朋友，来，干一杯！

大家一干而尽。鲸鱼的朋友朝餐厅小姐招手，示意她给大家斟酒。

酒杯又咕噜噜斟满。稍顷，鲸鱼怂恿漂亮女孩与我干了一杯，我依仗生就的好酒量，来者不拒，一个晚上干了十几杯酒，散席时，已有几分醉意。

鲸鱼的朋友请大家上顶楼的士高舞厅跳舞，我脚步踉跄地离开餐桌，手臂被眼明手快的漂亮女孩一把扶住。

舞厅内音乐震耳欲聋，灯光幽暗，红男绿女挤在圆形舞池中央群魔乱舞。头戴一顶黑色礼帽的女调音师边歌边舞,时而朝疯狂的人们飞吻,时而轻捷地跳上桌子撩起旗袍搔首弄姿。

我跟随大家在吧台旁落座,鲸鱼的朋友为每人要了一杯XO。我举起放了冰块的酒杯与漂亮女孩碰了碰,说干杯,将黑红色的酒液一干而尽。

你这样很快会喝醉的。漂亮女孩举起酒杯抿了抿,不乏忧戚地望着我。

没事,再来一杯。我将酒杯往吧台一推,吧台小姐迟疑之际,我大声问道,你们这儿有没有酒啊,还五星级酒店?

吧台小姐不敢怠慢,立即又往我的酒杯里斟上酒。

你不能再喝了。漂亮女孩用手掐了掐我的膝盖。

我捏住了漂亮女孩的手,转过脸问道:不喝酒,还有什么好玩的?

我们跳舞去。漂亮女孩将我拽至舞池中央。

灯光旋转。

音乐旋转。

天地旋转。

漂亮女孩旋转。

你哪儿不舒服?漂亮女孩面对面地问我。

我指了指胸,说:这里。

你们这些舞文弄墨的人总是自以为是，总觉得生活亏待了你们。谁心里痛快了？放松一点吧，别把自己的神经绷得那么紧。漂亮女孩说。

谁不放松了？谁神经绷紧了？我看是你，你……我说话已有些大舌头，边说着一把将漂亮女孩揽进怀里，她的身体在我的怀里哆嗦了一下。

我们的脚步慢慢晃悠，完全游离了强劲的音乐节拍。漂亮女孩的身体渐渐变得酥软无比，我听到她的心怦怦乱跳，也听到自己胸膛内急剧的回响。乐曲一首接着一首，漂亮女孩犹如温顺的羔羊依偎着我，轻轻摇晃身体，似幻似梦。透过舞厅的落地窗，我看到城市迷离的夜景，无数个夜晚我在写作，而很多人却在寻欢作乐，欢度良宵。从城市到海边，从海边到城市，我寻求的是什么，我寻求的东西究竟有什么意义？当我刚刚感到可以实现人生价值的时候，生活又一次将我远远抛下了。

也许是我们出了问题。我自言自语地悄声说道。

漂亮女孩猛地抬起头，你说什么？！

我说……也许是我出了问题。我改口说。

真没劲！漂亮女孩一把推开我，扭头走向了吧台。

过了一会儿，鲸鱼走到我的身边，附在我的耳畔问道：你说什么啦？那女孩在吧台那儿流泪呢。

你可要小心，鲸鱼扭动笨拙的身体又说道，那女孩一旦爱上一个人，是不顾一切的。

你老兄胡说些什么！我在鲸鱼的胸前猛击一掌，傻笑着说。

我是为你好，那女孩被她国外的男朋友甩了，现在正是空档。她要真爱上你了，杏子怎么办？别忘了，我可是你和杏子的月老。鲸鱼说。

凌晨两点，我们才走出酒店，一辆辆的士停泊在门口，将红男绿女纷纷载走。晚风一吹，我感到脑袋一阵阵胀痛，余兴未尽的鲸鱼邀请朋友们去他家继续跳舞。

我们刚刚在鲸鱼家中坐下，门外响起一阵敲门声。

大概是蝌蚪。鲸鱼边说边走过去开门。

门打开，两名陌生人站在门口。他们走进来，逐个打量屋内的人，然后问道：怎么，蝌蚪不在你们这里？

不在。你们是干什么的？鲸鱼问道。

陌生人从口袋里掏出派司，在鲸鱼面前晃了晃，说：我们是公安局的。有人告发蝌蚪诈骗钱财，他要是出现的话，请转告他，逃是逃不掉的。局里已下令抓他，他是公安局出去的，应该知道潜逃拒捕意味着什么。

两个便衣走后,鲸鱼哇哇大叫起来:这个家伙是怎么搞的!我们单位还有一笔钱在他那儿哩,这叫我怎么做人?这个蝌蚪,生意做亏了,也不能坑害朋友,你们说对不对?

大家面面相觑,一时不知说什么好。

鲸鱼国外回来的朋友走到他旁边,一副风雨同舟的样子,拍拍胸脯说:老同学,真要有什么事,别忘了还有我哩。

神情沮丧的鲸鱼看了看他的朋友,渐渐缓过神来。

真没劲!漂亮女孩从座位上一跃而起,跑过去从酒柜里拿出一瓶葡萄酒,斟满一杯一饮而尽,然后打开录音机,说跳舞跳舞,谁顾得上明天的事,拉起我开始晃了起来。

其他人见状,也成双作对地翩翩起舞。

5

我迷迷糊糊睁开双眼,怔怔地望着屋顶的吊灯,我一下想不起来这是在什么地方。鹅黄色的窗帷紧闭着,灰蒙蒙的亮光从缝隙间透进,淅淅沥沥的雨滴击打在窗棂上。

伸手一摸索，感觉我是躺在一张大床上，撩开覆盖身上的毛巾毯，很奇怪，自己的衣裤竟然凌乱不堪。我挺身缓缓坐起，毛巾毯的一角被什么东西牵扯住了，我拉开毛巾毯，不由得暗暗吃了一惊：毛巾毯下面，躺着一个赤身裸体的女人……我猛然想起，这是在鲸鱼的家里。我揉揉额角，竭力地回忆，昨晚的情景依稀浮现，记得是鲸鱼和那个漂亮女孩将我搀扶进卧室的，以后发生了什么，我怎么也想不起来。

我穿好衣服，翻身下床，蜷曲在床上的女人梦呓一阵，翻了个身，拽过毛巾毯又沉沉睡去。女人的长发披挂脸庞，侧身安睡的姿态妩媚动人。我光着脚，从地毯上悄没声息地走向门边，我在床的另一头，看到了漂亮女孩的一堆衣服和发夹之类的饰物。

我来到客厅，沙发上，躺椅中，七倒八歪地放倒着鲸鱼和另外几个人。茶几上搁满没有喝完酒的酒杯，烟蒂和瓜果皮扔得满地都是。

我走进盥洗室，从一面圆镜里，看到自己的脸色灰暗无比，眼睛布满血丝。我匆匆漱洗一下，绕过客厅，朝歪头酣睡的鲸鱼望了一眼，蹑手蹑脚地走出鲸鱼的家。

天色灰暗，雨水涔涔。我站在屋檐下，透过如注的雨帘，寻找着自己的自行车。我看到自行车形象猥琐地倚靠在一棵榆树下，我冲过去，打开车锁，跨上车使劲蹬踏，自行车犹如箭镞一般，朝茫茫雨天里飞驰而去。

雨愈下愈大，愈下愈密。不一会儿，我周身已淋得精湿，像从水里捞起来似的。过往的行人不时用好奇的目光，打量这个不戴雨具的横冲直撞的家伙。

我像一个穿行在雨幕中的逃兵。我在逃离什么？是在逃离一次偶然的放荡，还是在逃离一种想起来都有些后怕的生活状态？我害怕的不是酗酒和艳遇本身，而是在这种生活状态中，我明明白白地感觉到自己失去了重心。此时此刻，我是那样地孤独，那样地忧伤，我不能再这样下去，不能过一种自己都不满意的凌乱生活。我想念杏子。分别一年多，我愈来愈觉得，我深深地爱着那个远在大洋彼岸的姑娘，比任何时候都爱，我甚至愿意为这种爱放弃事业、追求，因为生活一次又一次地告诉我，在这个世界上，除了铭心刻骨的爱情之外，我一无所有。

　　落雨了，打烊了
　　小巴拉子开会了

警察叔叔下班了

无轨电车打弯了

……

　　杏子，还记得我唱给你听的这支儿歌吗？你听到我的心声了吗？你知道吗，我的生活不能没有你。我已经过了三十岁，厌倦了流浪和漂泊，杏子，你等着，等着我好吗？我将抛弃一切奔到你的身边。人活一世不容易，最不容易的不就是寻找爱情吗？我们彼此相爱，曾发誓谁也不放弃谁，后来怎么啦？是的是的，那都是我的错，你是一个善良宽容的好姑娘，我现在才明白，以前拒绝和蔑视的普通人生活，只要有爱，其实就是最最幸福的生活。人为什么经年历月，方才明白最浅显不过的道理？你会原谅我吗？我知道你会的。你不是一次次来信说非常怀念我们曾经相爱的日子，你不是一次次说那些热恋的岁月是你在国外苦苦挣扎中的精神支柱吗？

　　我来到电讯大楼门口。我飞速地将车停靠在一棵梧桐树下，然后疾步奔上高高的台阶。我很快走进业务大厅，在人群里像一条鱼似的穿梭前行，我找到国际长途服务台，拨通了电话。

哈啰？对面接电话的是一个男的。

我找杏子，我是她的男朋友。汗水夹着雨水，在我脸上汩汩流淌。

喂？过一会儿，话筒里传来杏子的声音。

是我，骆驼。我想通了，我决定出国，我要和你在一起。你听明白了没有？我要和你在一起！我飞快地对着话筒呐喊。

沉默。

喂喂喂，杏子，你听到我的声音了吗？是我，是我啊。我要出国，你听到了吗？

我听到了。杏子异常冷静的声音，通过越洋电话传了过来。

你怎么啦？你不是一次次来信让我学外语，做好出国的准备吗？我说。

是的，可现在太晚了！杏子在电话里哇的一声哭了起来。我没有办法，你不是相信命运吗？也许命运注定我们不能再待在一起。你要出国我可以帮助你，去什么国家都行，就是不能来澳洲。

我兜头被泼了一盆凉水，木然地愣在那儿。半晌，我才吐出一句话：明白了。

你不要怪我，你无法想象国外的生活。我一直犹犹豫豫，不知如何对你说……杏子呜咽着说。

我慢慢撂下了话筒。

杏子哭泣的声音依稀可辨，我拖着沉重的脚步走出电讯大楼，跨上车，慢悠悠地蹬踏着，雨水哗哗地浇泼在我脸上……

　　落雨了，打烊了
　　小巴拉子开会了
　　警察叔叔下班了
　　无轨电车打弯了
　　……

回到寄居处，我关闭窗户，拉上窗帘，随后脱光衣服，赤裸裸摊手摊脚地躺在床上，两眼直直地盯视着房顶发呆。

我这样躺了足足有一个星期。

期间，仅仅起来咀嚼几块饼干，喝了几口饮料。电话铃声时常响起，但我已经完全听不见任何声音，也不想听见。

一星期后，我起床了。

我拉开窗帘，推开门，来到阳台上，我在那儿久久凝立,浑身乏力,头重脚轻。楼房前飞过的鸽子群,偶尔闪跃在视线里的裙裾,都让我的心隐隐作痛。

那些日子里,某种颜色、某种声音,甚或公共汽车掠过的某张面影,都会像针锥般刺痛我的记忆。夏天来临,空气中流动闷热难熬的暑气,但我却心如止水。

一个深夜,我正坐在阳台上远眺浩瀚的星空,听到电话铃声骤然响起。

我走回房中,拿起话筒,奇怪的是没有声音传出。我放下话筒,回到阳台上。不一会儿,电话铃又一次响起,我没有去接电话,电话铃持续而固执地回响。我不得不再一次返身入室,拿起话筒后,听到的是嘟嘟嘟的盲音。

接连几个夜晚,总是在万籁俱寂的时候,电话铃会突兀地震响。终于有一次,我突然奔至电话机旁,乘铃声大作之际,猛然拿起话筒,这时,我听到了一种类似吆喝、类似呼天抢地的歌唱声。

我从未听到过这般奇异的歌声。那歌声仿佛从遥远的地方,仿佛从久远的年代里穿越过来,苍老而悠长,像是呼喊,像是哭诉,更像是一种召唤。

歌声渐渐远去,像陨星般坠落遁逸。后来,我听到一个喉音很重共鸣很好的人在说着什么,开始我没听懂,可是渐渐地我听明白了。那人说到了北方,说到了草原,说到了马车,他说他是鹿,他在北方的草原上等我……

是的是的,我似乎一下就明白了,快速地重复着鹿的话,北方,草原,马车……

我手持话筒,泪流满面。

6

空空如也的列车日夜兼程,一直向北行驶。黎明时分,列车徐徐停靠在一个临近草原的小站上。我提着旅行袋走下列车,孤零零的车站几乎没有人,一眼望去,四周荒无人烟。

车站上见不到一个人影,只有一条毛色发白的秃尾狗,贼头贼脑地从我面前穿过。绕过矗立铁道旁一间无人小屋,在出口处,我看到了一辆停靠着的马车,马车上蹲伏着一个老人。老人身穿天蓝色的破旧蒙古袍,头戴一顶脏兮兮的黑色鸭舌帽。他帽檐拉得很低,怀持一根马鞭,使人摸不清他是醒着还是睡着。一匹老马垂头丧气地站在那儿,纹丝不动,宛如木偶一般。

我走到马车跟前，没想到，老人竟然缓缓抬起低垂的头颅，用鞭杆顶了顶帽檐，露出一张布满皱纹的古铜色脸庞。老人朝我颔颔首，示意我上车。

我刚想和老人说什么，他已松开马缰，做好上路的准备，我只得纵身跳上马车，马车在坑坑洼洼的泥路上颠簸前行。

一小时后，我看到了草原。漫无边际的绿草从天边铺展过来，天地是如此地辽阔，湛蓝的天空，飘浮着棉絮般洁白的云朵，一望无际的草原上见不到人迹，天地之间，唯有这辆马车慢慢朝前移动。老人左手紧了紧缰绳，那匹温驯无比的老马，一头栽进绿草覆盖掩映的小路，一些黄色的星星草，拂掠过我伸在车外的脚踝，草丛中随处可见堆满蛋壳的鸟窝。

马车就这么走着，直到天色暗下来，草原上也没出现可以落脚的帐篷或茅舍。有那么一会儿，我实在憋不住，向老人探询我们的目的地，但老人没搭我的腔，不知是听不懂呢还是没听见，依旧一动不动地坐在马车上，把冷冷的背脊对着我。

夜幕降临的时候，马车悠悠地停住。

老人跳下马车，从坐垫下拽出一只黑乎乎的麻袋，轻轻一抖，麻袋像变戏法似的变出一只帐篷。老人默默地架起帐篷，然后抱来一些草秸，铺在帐篷内。

我走进帐篷，看到草堆上放着一块白色的奶酪，奶酪上刻着圆形图案。我饿坏了，拿起奶酪大咬一口，咀嚼几下，吞下肚子。又膻又腥的奶酪顺着食管下滑，反刍回来的气味非常难闻，我几乎要呕吐，挺胸直腰，强忍一会儿，眼中已渗出泪水。

老人不知从哪儿搞来的柴禾，在帐篷外点起篝火，一只茶缸里煮熬着什么东西。几分钟后，老人端着茶缸走进帐篷。这是我第一次和老人面对面双目对视，老人的眼睛混浊不堪，眼角满是眵目糊。他把茶缸递到我面前，茶缸里是稠乎乎的黑黄色液体。

你先喝吧。我说，其实是喝不下。

老人依旧一动不动地举着，表情木然。

我们一起喝，好吗？我用手势比画着。

老人将茶缸送到我手里，我刚接住，他转身走出了帐篷。

看着老人的背影离去，我端起茶缸喝了一口，又苦又涩又膻，我想这大概就是奶茶吧。

天色完全黑下来以后，我将草秸堆匀出一半，铺放在靠近门口的一侧，我自己紧靠帐篷里侧，头枕旅行包躺下了。我不知睡了多久，一觉醒来，发现旁边并没有人。

天微亮时，帐篷外有一些响动。我迷迷糊糊醒来，走了出去。老人又在那儿煮奶茶了，天知道昨天晚上他是在哪儿过的夜。草原的早晨阴凉无比，草丛中沾满露水，才走几步，裤管已湿透。

喝了早茶之后，我们又上路了。日复一日，走走停停，这样过了三天。茫茫的大草原，似乎永远也走不到尽头。寂寞而遥远的途中，老人枯坐着，始终也没开过口，以至于我有点怀疑他是不是一个哑巴。

第四天下午，前方的草原上出现了马群。黑色的骏马像一阵飓风、一片乌云，在天地之间黑压压地掠过，壮观的景象令我兴奋不已，我哦嗬嗬地喊叫起来，几日来旅途的劳顿和沉郁的情绪抛之九霄云外。我激动了一阵子，发觉老人依然无动于衷，没有反应。

临近黄昏，我看到一些散落的蒙古包。蒙古包的背后，有一道长长的巍峨的山梁，山梁上等距离矗立着像烽火台又像炮台的建筑物。马车驶近蒙古包，一些身穿蒙古袍的男人女人迎过来，这些人纷纷朝我点头示意，好像与我很熟似的。

我跳下马车，一个年轻女子过来将我领进一座帐篷。

帐篷内整洁无比,地上铺着地毯,四壁挂满挂毯,图案鲜艳抽象,像是一幅幅现代画。年轻女子给我端来一盆羊肉和一壶清冽的奶酒,而后走了出去。

酒足饭饱,我感到浑身舒坦。帐篷外,传来马头琴如泣如诉的悠扬声音,一种歌声,一种我在电话里听到过的歌声,在草原上此起彼伏。我将杯中仅剩的一口清纯奶酒仰脖干完,晕乎乎地走向帐篷门口,站在帐篷外的年轻女子,伸手拦住了我。

为什么,为什么不让我去看看草原的夜景?我醉眼蒙眬地看着年轻女子。

女子笑而不答。我推开女子的手臂,准备往外闯去,谁知那个女子一把拽住我的胳膊,用力一甩,我像只麻袋似的摔倒在帐篷内的地毯上。我歪着脑袋仰望女子,女子朝我眨眨眼睛,笑嘻嘻地又退回到门边。

第二天一大早,我被齐鸣的鼓乐声吵醒。翻身起床,看到桌几上已搁放着奶茶和干点。我匆匆喝了一碗茶,朝门口走去,那个年轻女子笑嘻嘻地打量着我。我拍拍肚子,表示已喝过早茶,女子一歪脑袋,让我随她而去。

草原上旗帜飘扬,马群奔涌。我跟在女子身后一路走去,不少人都朝我点头行注目礼,他们身穿袍子,面目黝黑。我追上女子，忍不住诧异地问道：这些人好像都认识我似的，他们知道我要来吗？

女子抿嘴嘻笑，我猜想她可能听不懂我的话，谁知女子突然开口了：你的右边眉毛上不是有一道竖立的疤痕吗？那是我们家族的印记。成吉思汗侍卫军的后代，都有这道印记。

女子说话间，我看到她的右眉毛上，确实也有一道细细的疤痕。我想告诉那女子，我的疤痕是小时候摔在搪瓷铁碗上落下的，但想了想，终究没说。此时此刻，我的内心被一种神奇的力量所震慑，对面前发生的一切都产生了似真似幻的疑问。

年轻女子领着我爬上山岗，山坡上，散落着形态各异的马群和羊群。沿途的岩壁，到处凿刻着车轮、太阳、弓箭等图画，还有一些简形人体，这些岩画分别上了各种颜色，很奇怪，这些场景我仿佛都曾在梦中见过。

女子在一面猎猎飘扬的黄色大旗下站住了，我看到一块巨型地毯前，很多人簇拥着一位虬髯长者。这位虬髯长者苍老无比，像是一块活化石，他眼皮耷拉，面无表情，牙齿全部掉落，说话时嘴唇艰难蠕动着。

年轻女子凑在虬髯长者的耳边嘀咕一阵，虬髯长者开始说话。他说话时声音咝咝的,听上去犹如蚊虫细弱的嘤嗡,女子在翻译他的话。

虬髯长者说,你终于回来了。这次回来后,就不要再走了,你是属于草原的,你的血管里流动着草原人的血液。我会给你找一匹骏马,真正的骑手才配得上的骏马。

虬髯长者朝身后挥了一下手,那个带我来的哑巴老人从人群里默默走出。哑巴老人走上山坡,牵来一匹没有鞍的枣红马。那马毛色锃亮,体形健美,它昂着头,用一种充满敌意的目光扫视我。

年轻女子捧来一副崭新的马鞍,枣红马配上马鞍后,更是盛气凌人,不可一世。

虬髯长者说,今天是草原人的节日,你要能降服这匹马,不从它的身上摔下来,它就属于你了。

我的情绪渐渐亢奋起来,我渴望成为一名真正的骑手。

我慢慢走近枣红马,从哑巴老人的手中接过缰绳。枣红马支棱着眼睛,马蹄倒腾着,不听我的使唤。我咬咬牙,用劲将枣红马牵下山坡。枣红马来到山下,更是蛮横无理,它在原地团团打转,不停地提臀尥蹶,使我接近它的企图一次次落空。正为难之际,一个头戴小红帽的男孩骑着一匹高头大马,从我身边飞驰而过,他一边哼着小曲,一边朝枣红马挥手吆喝。

我悄悄走近枣红马,收紧缰绳,手轻轻抚摸柔顺光滑的马鬃,趁枣红马不备,我一脚踩上马镫,飞身翻上马鞍。枣红马暴怒了,它跑起来,一会儿高高抬起臀部,一会儿又甩头,铆足了劲要把我摔下来。我死死拉住缰绳,双腿紧夹马腹,那马几次三番未能将我甩下,野性大发,突然,它像十分生气似的一扬头,撒开双蹄,流星般跑向广袤的草原。

我没想到身下的坐骑如此阴险蛮烈,它启动马蹄的刹那间,我身子猛地后仰,差点翻下马来,幸亏我反应敏捷,及时调整身体的重心,受了刚才一阵惊吓,我已是汗水涔涔。

骏马奔驰。天地变小了。草原起伏荡漾。

我紧紧地拉住缰绳,夹住马肚,因为夹得太紧,我两腿内侧和臀部被颠得生疼。枣红马的速度愈来愈快,某一瞬间,我觉得自己不行了,要被它甩下来了,几乎有一种想哭的欲望。我想象自己怎样被枣红马甩掉,马蹄怎样从我身上残忍地踩过,我的五脏六腑被踩得粉碎……没有人可以来帮我,只要稍稍一松懈,我顷刻间就会从马背上坠落,葬身马蹄之下……这时,我听到远处小男孩开始唱歌，他的声音清脆嘹亮，在漫漫草原上回荡，长长的地平线，忽然涌出大群大群的黑骏马……

我的眼睛湿润了。风在我耳边呼啸而过，我没有从马背上摔下来。最最难受的那一时刻，我似乎已将生死置之度外。生和死，喜和悲，人世间的恩恩怨怨已被远远抛在身后，随风飘散。那时候，我看到前方一大群黑骏马呈扇形扩展，闪开一个空档，一辆手扶拖拉机犹如战车般奔突而出，身穿军大衣、戴着赛璐珞眼镜的鹿，高高直立着，他像一名威武无比的古代骑士，驾驭着手扶拖拉机，穿越时空朝我飞奔而来……

图书在版编目（CIP）数据

气味 / 程永新著. -- 上海：上海文艺出版社，
2024.07
　ISBN 978-7-5321-8974-8

Ⅰ. ①气… Ⅱ. ①程… Ⅲ. ①长篇小说－中国－当代
Ⅳ. ①I247.5

中国国家版本馆CIP数据核字(2024)第011911号

发 行 人：毕　胜
责任编辑：张诗扬　吴　旦
封面设计：陈威伸
内文制作：艺　美

书　　名：气味
作　　者：程永新
出　　版：上海世纪出版集团　上海文艺出版社
地　　址：上海市闵行区号景路159弄A座2楼　201101
发　　行：上海文艺出版社发行中心
　　　　　上海市闵行区号景路159弄A座2楼206室　201101　www.ewen.co
印　　刷：上海盛通时代印刷有限公司
开　　本：889×1194　1/32
印　　张：10.875
插　　页：4
字　　数：174,000
印　　次：2024年7月第1版　2024年7月第1次印刷
Ｉ Ｓ Ｂ Ｎ：978-7-5321-8974-8/I.7067
定　　价：78.00元
告 读 者：如发现本书有质量问题请与印刷厂质量科联系　T:021-37910000